思库文丛
汉译精品

清末想象

中国科幻小说的兴起

Nathaniel Isaacson

Celestial Empire

[美] 谌孙那檀 著
王丁丁 译

江苏人民出版社

图书在版编目(CIP)数据

清末想象 : 中国科幻小说的兴起 / (美) 蔼孙那檀著 ; 王丁丁译. -- 南京 : 江苏人民出版社, 2024.12
(思库文丛 · 汉译精品)
ISBN 978-7-214-27786-2

Ⅰ. ①清… Ⅱ. ①蔼… ②王… Ⅲ. ①幻想小说一小说研究一中国一清后期 Ⅳ. ①I207.41

中国国家版本馆 CIP 数据核字(2023)第 002469 号

书名	清末想象 : 中国科幻小说的兴起
著者	[美]蔼孙那檀
译者	王丁丁
责任编辑	张 凉
装帧设计	潇 枫
责任监制	王 娟
出版发行	江苏人民出版社
地址	南京市湖南路 1 号 A 楼,邮编:210009
照排	江苏凤凰制版有限公司
印刷	南京爱德印刷有限公司
开本	890 毫米×1 240 毫米 1/32
印张	7.875 插页 4
字数	175 千字
版次	2024 年 12 月第 1 版
印次	2024 年 12 月第 1 次印刷
标准书号	ISBN 978-7-214-27786-2
定价	56.00 元

(江苏人民出版社图书凡印装错误可向承印厂调换)

中文版序言

2011 年我受重庆大学李广益和他的朋友蔼孙那檀的邀请，跟他们一起去夏威夷参加美国亚洲研究协会的年会。李广益是我在北京师范大学教科幻课程时认识的好友。那时，他还是北京大学中文系的学生，酷爱科幻，听说我在师大开课，每每就会到场。久而久之，我们成了朋友。后来，他到美国加州大学洛杉矶分校读博士，那檀就是他的同学。

我们在夏威夷开会之余，找了个酒吧聊天，席间聊起来各种事情。我发现那檀的中文水平很高，我们没有语言障碍，很快成了朋友。此后的几年，我们还在加州和北京见过面。他定期到中国访问，更新自己对中国科幻的认知。我还知道他的太太是日本人。所以，他的日文水平也相当了得。难怪 2024 年在瑞士参加“中国科幻的文化物流”会议时，他做了一个 20 世纪 60—70 年代中国、日本、东南亚，以及中国香港、台湾地区之间科幻电影如何跨界和被改编的演讲。要顾及那么多地方，要查阅的文字种类可想而知，看来他的外语水平更上一层楼了。

那檀的博士论文，主要研究清末民初的中国科幻。我很早就得到了这篇文章，但由于语言障碍，读起来难度不小，看看放放，花了好几年时间还没有读完。现在，王丁丁博士翻译了他的这本对博士论文进行改编的著作，要在中国大陆正式出版，我有幸能提前阅读，感到特别高兴。虽然这一次语言障碍是清除了，但那檀论文内容的复杂程度确实超过我的想象。全文通读再次占用了我很长时间。这次阅读的感受是特别欣快的，因为我能感觉到作者研究的深度和广度是其他人难以企及的。可以说，每一个页面都充满了思考，充满了我们过去不曾注意过的科幻史的细节，阅读的过程是带着我们的思想飞向天际，心情久久不能平静的过程。我跟周围的人说，这本书不但是研究中国科幻的一本有价值的读物，更是像这个领域的博士生学习如何进行中国科幻研究的一个范本。

让我试着举出几个例子来证明我的观点。

首先，任何一篇优秀的博士论文都需要明确的出发点。为什么研究中国科幻的起源、怎样从历史和学理的高度认知研究中国科幻起源的价值，是这本书的阅读起点。在导言中那檀明确地写道："科幻文学占据中国文学的一席之地，而且其地位一直相当特殊，因为它既是普及科学知识的工具，是表达现代化、全球化焦虑和希望的载体，也是批判社会和历史的媒介。"一句看似简单的话，把诸多中国科幻的特征都概括其间，思维的复杂性和高站位令人印象深刻。

其次，那檀站在对文类的全局基础上铺陈了自己的观点，彰显出理论探索的雄心。在序言中那檀写道："我的观点是，科幻小说的出现其实是清末两种因素交叉的产物：一是由于中国在欧洲列强统治下的半殖民状态导致了认识论的意识危机；二是帝国主义者对全球交流和征服的幻想促使这一文类在西方出现，随后通过日本的翻译作品引进中国。科幻小说作者和读者从中国传统奇幻写作的主题内容中汲取灵感，也借鉴了许多古代小说文类的形式特征。在很多例子中，清末科幻小说也诉诸中国经典传统，从中搜寻能够容纳欧洲科学的解释和认识论框架。”如此复杂的问题，想要通过一篇论文进行证明，足见那檀给自己提出了具有挑战性的难度。

我特别赞赏那檀看重问题的复杂性。因为只有承认问题的复杂性，再进行批判的尝试，才是真正有水准的研究。他通过中国的问题向海内外学者构建的科幻理论质疑，且都是理论界的权威。他写道：“也就是说，虽然詹明信(Fredric Jameson)和达科·苏恩文(Darko Suvin)试图阐明科幻和乌托邦叙事的同构性，但我认为这两种体裁极少在清末重叠。”我钦佩那檀对权威的态度。如果没有对复杂性的认知，没有实事求是的精神，他是不可能得出这些结论的。相比之下，我常常对权威理论不假思索地引用和宣扬，忘记了他们的观点其实也是某种初生牛犊不怕虎的尝试，不能被当作颠扑不破的真理或原理，拿来无分析地使用。那檀的工作方法与此相反，他首先找到概念与现实存在之间的差异，然后才据理争辩，并在驳论所获得的空间中进行自己的建构。

被那檀所质疑的，也不仅仅是科幻领域的权威，对主流文学的每一个论点他也不放过。这样，对中国科幻的研究也就不是简单地在狭窄的类型文学池塘中进行的自我考察。一旦将主流文学的发展当作跟类型文学相互作用、相互拉扯、相互对抗的创作物料来观察，科幻小说自然而然就具有了相应的文学地位。被那檀抓住的作家中最重要的一位，就是鲁迅。在导言中他写道："在早期中国科幻中，我发现了许多隐喻的原型，这些隐喻后来成为五四运动重估中国文化遗产的重点考量，传统上它们与鲁迅联系在一起，并成为一般意义上现代中国文学的核心主题。这些隐喻的意象早已旗帜鲜明地出现在清末作家的作品和最早的中文科幻小说中。这一发现并非意图贬低鲁迅的地位，或否定他现代中国文学之父的经典地位。相反，我想提供一种稍许不同的理解鲁迅作品的方式，展现其作品是如何使一系列已然存在的修辞用法更为具体化，而非直接凭空创造它们。这些修辞包括：疾病和心理健康隐喻作为民族强大与否的讽寓；'吃人'意象作为社会衰落的象征；文学意象中用文化窒息和'铁屋子'隐喻民族救亡的希望；对知识阶层和老百姓之间令人忧虑的关系的广泛思考。在清末科幻中，许多'五四'时期以及整个现代中国文学中最主要的隐喻早已十分普遍。"如果说，王德威先生把"贾宝玉坐潜水艇"当成另类现代性在中国文学中曾经存在并且已经消失的案例，那么，那檀则把科幻文学对主流文学中现代性的形成所提供的影响力清晰地展现了出来。

新论点的密集出现，是那檀这本著作的重要特点。这些论点随处可见。例如，"西方科学和科学小说一样，应被理解为一个有助于生产东方主义话语并由东方主义话语产生的知识体系"，这一论述极为深刻。此外，他指出人文主义者讨论科学，如果也都是从科学主义者的出发点出发，必然会落入对方的问题路径和视角，而这种落入是以丧失人文思想为代价的。他对吴趼人《新石头记》的切入点颇为独特，是从"吴趼人的贾宝玉"跟"曹雪芹的贾宝玉"之间的差异谈起的。按照曹雪芹的写法，贾宝玉怎么也不可能坠入十里洋场。吴趼人这么写，恰恰是想通过对贾宝玉的引入，设置一个“时代的局外人”。于是，薛蟠的机会主义、消费主义以及充当外国商品拥趸者的奴才相变成了消费主义“铁笼”。贾宝玉想要冲破的，恰好是这个铁笼。还有一个有意思的射击，那就是在文明境界前的体测，此时贾宝玉身体羸弱，跟后来鲁迅先生希望展现的“病夫”的形象至少走向是一致的。

那檀非常注意作家创作中的倾向性，他常常对作品透过现象看本质。老少年带领贾宝玉去空中追逐大鹏，其中包含了怎样的意向？在那檀看来，射落大鹏隐含着让中国传统失去声音的意向。小说中这次游猎的成功，具有多重意向。道家的传统在这里失去了声音，此为其一。把大鹏制作成标本，则凸显了西方的博物风气。这又是一种对古典文化的否定。我觉得这些看法都非常大胆和具有启发意义。当然，那檀本人的观点一如既往的复杂。他指出：“这座位于文明境界的博物院通过其庞大完整的儒家经典藏品，包括那些被认为已经完全失传的作品，来表达对远古乌托邦时代的缅怀和复兴。庄子笔下的鹏被摆放在圣物架上，它不再作为宇宙崇高浩瀚的寓言标志而存在，而是成为儒家秩序体系的一部分。文明境界博物院迈出了赢得文化生存斗争的一步，也就是夺回原本占主导地位却不幸丢失的道德哲学体系的一部分。在《新石头记》描绘的图景中，自然世界被征服和控制，展现出文明境界的技术和道德优势。就像现实世界中的博物馆一样，吴趼人虚构的博物院是‘一个可以摆脱混乱、建立秩序的场所’。”此后，他还通过主人公给动植物以拉丁语命名来观察传统与现代的关系，他引用 Bennett 的话说道：“通过给标本确立新的拉丁语名称，自然世界被赋予了一定程度的‘现代性’。如前所述，现代性的标志是一把双刃剑，它常常预示着与当地认识论不兼容的可能性和文化遗产的丧失。”

这些话语都含有深刻的思考，值得读者反复咀嚼。

对博士研究生有启发的地方还有作品的结构和方法学设计。跟清华大学贾立元的博士论文《“现代”与“未知”——晚清科幻小说研究》类似，那檀的论文也在阐述科幻文类兴起的大趋势时，集中到对一些重点作家进行文本阐释。那檀对鲁迅、吴趼人在科幻起源中的地位和作用进行的探讨，集中在研讨《月界旅行·辨言》《新石头记》《月球殖民地小说》和《新法螺先生谭》等作品上。

以上已经对研究鲁迅、吴趼人的新颖见解进行了分析，下面再看看其他部分。

在讨论《月球殖民地小说》时作者指出：“小说的主角是一位亚洲科学家兼探险家，故事描绘了他力图争夺对东南亚他者的霸权并成功击败欧洲对手的故事，最终预言了一种同心圆式殖民统治的普遍秩序——亚洲凌驾于东南亚，欧洲凌驾于亚洲，月球凌驾于地球，外星凌驾于月球，等等。”这一看法对被殖民国家的知识分子自我殖民的心态进行了剖析，不能不说有很强的启发意义。论文还针对在当时中国盛行的社会达尔文主义进行了甄别，指出：“论点及反论点的辩证冲突被权力关系的同心圆或等级排序所代替，致使一个政体下日益‘文明’的成员对‘缺乏文明’者进行掠夺。冒险家在处理地方的、跨国的与地外的个体关系时，奉社会达尔文主义为圭臬。”

在探索《新法螺先生谭》的过程中，那檀引用另一位学者马邵龄的看法指出：“比躯体出窍和灵魂出窍体验更为奇幻之处在于，这里的第一人称叙述同时也是第三人称对于他‘[复数]自我’的指涉，即‘我’作为对于他本人来说的第三人称。”那檀认为，“从字面意义上来说，法螺先生被不同的知识领域撕裂。对他来说，双重意识是叙事风格、表达方式和情节方面的主旋律。”当然，在《新法螺先生谭》中，作者也看到了一些独特的处理。例如，“故事的主题内容采用了类似的克里奥化策略，以道家哲学作为认识宇宙的本体论‘语法’，而《庄子》的结构语法则作为文本模型。徐念慈运用这些本体论和修辞模式，以及一系列现代科学术语，作为对科学的独到理解的语义‘词汇’。法螺先生描述了两种推翻殖民现代性的尝试：一是在道家哲学领域为科学分类法的总体化力量‘腾出空间’，二是抓住全球资本的缰绳。该作品叙事最成功之处，是以语言而非叙事的方式推翻了殖民现代性的现实。”他还就道家文化在这部作品中的存在进行了肯定，“因此，法螺先生双重意识的另一表达是时间性的双重意识——两种意识彼此形成对照，一边是对理性的、工业化的时间测量的严谨关注，一边是作为解释深时奥秘的阐释学工具的道家语言。”上述观点值得深思。

研究中国科幻的起源，目的不单单是针对起源，还要对后期在中国科幻领域中出现的现象作出有预测力的解释。在这方面，那檀也尝试做了一些工作。作者指出中国科幻起源隐含了之后发生的新中国成立后早期的一些科幻现象，也提示了为什么中国科幻被用于发动群众和科学普及，以及讲述新人故事。我正好近期阅读了亚历克·内瓦拉-李的《惊奇：科幻黄金时代四巨匠》一书，觉得如果对照两本书一起阅读，能获得许多有意思的心得。原来，可能在某些时刻，在各个国家，都有着同样的应用模式。

我肯定那檀的新书对研究者的启发意义的同时，也觉得有些部分处理得不足。例如，作者将“科学小品”和“点石斋画报”也放在其中进行分析，看似给科幻增加了背景，其实还是有些离题太远。中国的科学普及、科学传播都有着各自深厚的历史，下力气去做深入的辨析，恐怕还需要很多时间和精力。这一点我在阅读武田雅哉的《飞翔吧，大清帝国》中就发现了。但武田雅哉的著作并非专论科幻，所以作为一种泛文学或文化现象分析还是可以的。那檀要以科幻为核心做论述，似乎还应该对周边多一些了解。当然这是我自己的想法，不一定对。

还有，看到那檀提及庚子赔款，这点我也想借题发挥一下。以往国内的著作都认为，庚子赔款是美国一反其他西方国家对中国进行敲诈和剥削而采用了对中国的恩赐政策。但近期的研究发现，早在1972年便有美国学者证明，庚子赔款并非美国给中国的优惠。例如，Michael H. Hunt 在 The Journal of Asian Studies，Vol. 31，No. 3（May，1972）一篇题为 *The American Remission of the Boxer Indemnity：A Reappraisal* 的文章中就指出，之所以返还赔款，是因为最初美国的漫天要价。当然，这个问题与本书无关，我只是借此提供一些信息。

最后，我想回到之前对这本书的看法上。这是一部扎扎实实挖掘、不断深入思考、创造了许多全新思路的重要著作，希望那檀给我的启发，也能让更多研究者或学习者有所了解。让我们共同努力，提升自己的研究质量，特别是在实证性、认知复杂性等方面有所提升。

衷心希望更多优秀的海外科幻研究著作能被引进中国。

吴　岩

2024年8月4日

（吴岩，南方科技大学科学与人类想象力研究中心教授）

致　谢

我于加州大学洛杉矶分校攻读博士学位期间开始研究这个课题，起初以为研究能够覆盖整个 20 世纪，但可用文献资料的匮乏已经决定了我的博士论文内容可以包括什么、不可以包括什么。在论文接近完成时，我的导师对我坦言，当我最初提出这个研究计划时，他就认为根本不可行。因此，我永远感激他的耐心和智慧，等待我自己找到了解决这个问题的答案。其间几年中，我可以肯定地说，我们两人都被证明是错误的。中国科幻小说已经成为一个独立的研究领域，学者们正以惊人的速度进行研究和翻译工作。本书在此基础上继续拓展中国科幻小说的领域，考察它与中国本土文学经典的关系，及其与科幻小说这一全球现象的关系。

我要感谢北卡罗来纳州立大学和加州大学洛杉矶分校，从我开始写作的初始阶段到最后发表成书为止，一直对这项研究提供支持。北卡罗来纳州立大学提供的旅行和研究经费资助，使我得以在北京和上海的图书馆里进行研究,加州大学洛杉矶分校的毕业论文年奖学金和杰出助教奖学金对我尤其有帮助。我要特别感谢 Theodore Huters、David Schaberg、Jack Chen、Shu-mei Shih、Andrea Goldman 和 Robert Chi 在我攻读博士学位期间对我的指导,我也非常感谢 Paola Iowene 对我论文认真审读,对修改本书手稿起到了重要作用。感谢 Carlos Rojas、Andrea Bachner、Chris Hamm 和 Eileen Chow 的指导和支持,特别是在杜克大学为《牛津中国现代文学手册》和东亚三角学术讨论会(Triangle East Asia Colloquium)汇报本书第五章的各种修订版本。宋明炜和吴岩也是指导我进入中国科幻小说研究领域非常重要的导师。还有 Jennifer Feeley、Sarah Wells 和 2011 年艾奥瓦州艾奥瓦市举办的"未来愿景:全球科幻电影"会议的所有小组成员,他们说服我相信,真正的跨学科研究是值得研究者付出艰辛努力的。感谢我在加州大学洛杉矶分校的同期博士研究生同学们的支持和鼓励:David Hull、Maura Dykstra、CedarBough T. Saeji、Brian Bernards、Jennifer T. Johnson、Matthew Cochran、Aynne Kokas、Winnie Chang、Hanmo Chang、Ma Lujing 和 Makiko Mori。在中国,我还要感谢李广益、任冬梅和贾立元对我的指导和支持。

我还要向我文章和书稿的审稿人表示最诚挚的感谢。感谢 Arthur Evans、Parker Smathers 和卫斯理大学出版社的其他工作人员,在写作和修改过程中对我提供的指导、专业知识和支持。

最后,感谢一直支持我的妻子 Kaori Isaacson 和我们的两个孩子 Kenzo、Karina,感谢他们在过去几年中的耐心。我的父母 Ken 和 Martha Isaacson,以及弟弟妹妹 Tyler 和 Natasha,他们仍然是我的灵感来源。这本书是献给他们的。

目　录

CONTENTS

导言 殖民现代性和中国科幻小说

本书是对20世纪初中国科普写作和科幻小说(science fiction,简写为SF)①,以及它们与殖民历史和工业现代性之间关系进行跨学科文化研究的成果,我追溯了该文类在中国的发展历程,从清末一直到新文化运动(约1904—1934)开始后的十年。中国科幻小说的诞生,是存在于中国经济政治中心的殖民影响所带来的国别之间思想、文化潮流和物质文化交流的产物。更确切地说,我认为科幻小说和东方主义话语(Orientalist Discourse)之间的关系是20世纪初中国科幻文类的一个决定性特征。通过研究各种图文资料,包括有关科学在中国的引

① 我采用这一缩写有很多原因,一方面是为了节省笔墨,另一方面也是为了反映这个词在中文和英文中的模糊性。更多对此的解释,请参阅导言后面的部分。中国科幻过去是、现在仍然是中国、日本和西方(特别是美国)之间复杂交流的产物。时至今日,在中国可以接触到的大量科幻小说都是翻译作品。尤其是清末以及那个时代特定的翻译实践,这一问题本身就值得单独深入研究。遗憾的是,本书仅在第二章讨论鲁迅翻译儒勒·凡尔纳的小说时间接地探讨了翻译问题及其与中国科幻史的关系。

进和制度化的历史文献、真实或想象中的科学技术发明的图像呈现、探讨科学在求索民族复兴中的地位的写作，以及一些早期原创的中国科幻小说，我想展示清末及20世纪30年代民国时期的知识分子们如何致力于探讨科学、小说和帝国之间的关系问题。在殖民威胁的背景下，中华民族的命运萦绕着一种极为悲观的情绪，而这种悲观的情绪也深深渗透入彼时的科学话语和科幻小说中。

我的研究涵盖一系列领域，主要包括现代中国文学研究、现代中国思想史、后殖民研究、科幻研究和乌托邦研究。对于从事中国研究的学者而言，特别是文化史学家、思想史学家以及文学研究学者，我的研究描述了中文科幻小说兴起和现代中国文学兴起之间的关系。对于从事科幻研究的学者而言，我展现了这一此前被忽视的科幻文学传统的旁支如何受到帝国残余的影响，并且拓展了全球科幻研究的地理范围。为了使不熟悉20世纪初中国思想史及其长远历史回响的读者更易于阅读本书，我尽可能标示出历史人物的生平简介，以及方便查阅的英语引用文献。

本书可与其他现有文献对照阅读，很多已经出版发表的作品探索了类型文学在现代中国文学史中的地位，以及它和通过文学实现的持续的道德和政治教育之间的关系。科幻文学占据中国文学的一席之地，而且其地位一直相当特殊，因为它既是普及科学知识的工具，是表达现代化、全球化焦虑和希望的载体，也是批判社会和历史的媒介。尝试给科幻小说下定义的做法相应地产生了不少问题和麻烦，其中之一便是中国科幻小说的谱系问题：一些学者认为奇幻或志怪小说这类古代虚构文类可被视为科幻小说的原型，而另一些人则以各种方式论证科幻小说直到20世纪30年代、50年代，甚至70年代才在中国出现。我的观点是，科幻小说的出现其实是清末两种因素交叉的产物：一是由于中国在欧洲列强统治下的半殖民状态导致了认识论的意识危机；二是帝国主义者对全球交流和征服的幻想促使这一文类在西方出现，随后通过日本的翻译作品引进中国。科幻小说作者和读者从中国传统奇幻写作的主题内容中汲取灵感，也借鉴了许多古代小说文类的形式特征。在很多例子中，清末科幻小说也诉诸中国经典传统，从中搜寻能够容纳欧洲科学的解释和认识论框架。

我在阅读中国科幻小说的过程中，发现这一文类的解放性潜力内部根植着一种与殖民活动紧密联系的焦虑感。关于帝国主义的各种文类的话语之刃能否成功推翻帝国压迫者，清末和民国初期作家对此问题倍感矛盾。如果当真能够推翻，那么选取如是话语又会带来什么影响？人们也许设想西方主义(Occidentalism)①——东方主义的辩证倒转——将会成为对这种话语的回应。本书意在研究这种情况在何种程度上属实，同时表明在有关科学的纪实报告、政治话语、小说和视觉文化中呈现的对东方主义的回应要复杂得多。东方主义曾经是(现在依然是)一种自发性的过程，它和现代世界的地理现实互为创造和被创造的关系。如爱德华·萨义德(Edward Said)观察所得，东方主义生产出有关东方和西方的知识，这两个过程通常是同时发生的，伴随着内在于殖民计划中的政治经济不平衡现象而出现，或成为其后果——东方主义不是单纯地反映现实，而是在很多方面构建了现实

① 这一用词特别存疑，因为它被用在许多不同的场景下，只是偶尔用在与东方主义对立的话语意义上，但也经常被用作对西方的正面描述，或用来表现旨在支持中国民族主义，同时压制对国家不利行为的陈述(Carrier，1－29；Xiaomei Chen，4－11；Buruma and Margalit，5－12)。

(Said 1979,13)。这一碰撞影响深远,以至于尽管可能发展出反话语(counter-discources)和颠覆行为,但虚构的东方优越性话语再也无法压制它们的背景现实。

东方主义的政治现实明显与少数西方主义小说形成矛盾。在这一时期,中国出现了许多关于科学的视觉和印刷表现形式,其主题核心常常是反抗东方主义的努力、大多数情况下创造反话语的徒劳,以及对中国和亚洲历史不同走向的空想。然而即便在小说中,也鲜有作品能够超越欧洲军事经济帝国不断扩张的现实。在欧洲和日本扩张的背景下,东西方之间的本质主义化(essentialized)话语令人不安,这证明它们本身难以被反抗或推翻,而在很多中国作家看来,民族灭亡的前景是清晰可触的威胁。在寻求长远解决办法的同时,令人烦恼却又持续出现的一大难题,便是中国和西方认识论之间的关系。

总体来说,本研究的发现和结果主要涉及20世纪初东方主义话语及社会达尔文主义的幽灵如何在有关现代化和民族转型的知识界和大众话语中发挥关键作用。一些作者试图开辟空间使二者处于平等地位,而另一些人则提倡本土知识体系的优越性。还有一部分人试图规范术语,使得研究物质世界的工具主义方法能够和中国的形而上学及道德哲学并行不悖。很多情况下,人们意识到的各种二元对立——现代性和传统、东方和西方、文明和野蛮——爆发出令人眼花缭乱的分形(fractal),根本无从下手寻求长期的解决方法。

我研究的许多科幻小说中的隐喻、主题和语言问题,是一般意义上现代中国文学史中为人所熟知的内容。现代中国文学中最主要的意象之一便是鲁迅(1881—1936)《呐喊》(1923)自序中的"铁屋子"隐喻,他将中国社会描写成"铁屋子,是绝无窗户而万难破毁的,里面有许多熟睡的人们，不久都要闷死了，然而是从昏睡入死灭，并不感到就死的悲哀。现在你大嚷起来，惊起了较为清醒的几个人，使这不幸的少数者来受无可挽救的临终的苦楚，你倒以为对得起他们么？”（鲁迅全集[*LXQJ*]，1:437）①

意识到危机逼近的知识分子发现其无法介入现状，这一形象贯穿于鲁迅的其他作品中，比如《祝福》(1924)中的叙述者无法为困境中的寡妇祥林嫂②提供任何安慰。在鲁迅采用这种叙述角色之前，这已是早期中国科幻小说中常见的主角形象，其常常以旅行者自居，透过旁观者的双眼见证中国讽寓式的再现(allegorical representations)。在这样的叙事中，涌现出对 20 世纪最初几十年中国社会所面临的内外压力之间冲突的伪人种学理论。当时一些所谓的人种学发现认为，普罗大众愚昧无知，意识不到末日临近，对他们来说救赎难以发生，类似的论断往往延伸为窒息而亡的形象。我认为在危机感的困扰之下，乌托邦(Utopia/Eutopoia)不是一种空间—时间模式的再现：超越“铁屋子”模式的奇幻写作并没有成为早期中国科幻的特点。也就是说，虽然詹明信(Fredric Jameson)和达科·苏恩文(Darko Suvin)试图阐明科幻和乌托邦叙事的同构性，但我认为这两种体裁极少在清末重叠。③ 再者，相同的危机感和徒劳挣扎被刻画成疾病和药物治疗的身

---

① 译文见 Lu Xun 2009 (trans. Gladys Yang)，19。

② 祥林嫂两次丧偶，她担心自己将来死后会被锯成两半，分给已故的两个丈夫。因为这件事，再加上她的儿子被狼叼走，同村人都开始回避她。叙述者看到其处境的不公，却为自己不能说出任何安慰的话语而苦恼(Lu Xun 2009 [trans. Gladys Yang]，161－177；*LXQJ*，2:5－23)。

③ 虽然安德鲁·米尔纳反对詹明信和苏恩文将乌托邦小说归入科幻小说整体，但他也认为科幻小说、乌托邦小说和幻想小说“三者都占据了当代全球科幻场域中的位置，因此对科幻小说的选择性传统是有帮助的”(Milner 2012，115)。

体隐喻——再一次,与鲁迅联系在一起的开创性隐喻将成为现代中国文学中最重要的意象。① 与之并行的担忧是过去和现在、传统和现代性之间的关系,类似的危机意象也随之出现。

在早期中国科幻中,我发现了许多隐喻的原型,这些隐喻后来成为五四运动重估中国文化遗产的重要考量,传统上它们与鲁迅联系在一起,并成为一般意义上现代中国文学的核心主题。这些隐喻的意象早已旗帜鲜明地出现在清末作家的作品和最早的中文科幻小说中。这一发现并非意图贬低鲁迅的地位,或否定其现代中国文学之父的经典地位。相反,我想提供一种稍许不同的理解鲁迅作品的方式,展现其作品是如何使一系列已然存在的修辞用法更为具体化,而非直接凭空创造它们。这些修辞包括:疾病和心理健康隐喻作为民族强大与否的讽寓;"吃人"意象作为社会衰落的象征;文学意象中用文化窒息和"铁屋子"隐喻民族救亡的希望;对知识阶层和老百姓之间令人忧虑的关系的广泛思考。在清末科幻中,许多"五四"时期以及整个现代中国文学中最主要的隐喻早已十分普遍。

在中国科幻中,神话传统中的怪物和现代战争机械之间的冲突,是这种危机本身隐喻性的表现,同时也在文本层面表现为作者选取的表达方式。在本书分析的一手资料中,各类文体和词汇模式十分引人

① 从字面上来说,"自强"话语和国民、个人健康之间的连续性,被表述为一个与身体健康和锻炼有关的问题。梁启超和严复都认为,国民幸福是体能教育的问题。"体育"一词很可能来源于日语中的汉字词语"体育(*taiiku*)",该词出现在 1872 年阐述明治教育制度的文件中,并与斯宾塞作品的翻译有关。在明治日本和清末中国,国家地位和身体强健之间存在着直接关系(Morris, 877 - 881)。鲁迅最著名的两个故事——《狂人日记》和《药》——把中国政治和社会的失败,与精神和身体疾病联系了起来(Lu Xun 2009 [trans. Gladys Yang], 21 - 31, 37 - 45; *LXQJ*, 1:444 - 456, 463 - 472)。

注目。我认为，通过重读鲁迅的早期作品和阅读早期中国科幻，以及加深理解五四作者最鲜明的隐喻如何在清末小说中普遍出现，如此一来将拓展我们对文言到白话写作转变的认识。因此，我不仅希望能对理解20世纪初中国文人如何处理科学和帝国之间的关系有所贡献，也希望对一种逐步发展中的理解中国新文化运动的方式有所帮助，该观点认为新文化运动是持续辩论白话文写作中心地位的重要环节。与此同时，早期中国科幻也为这种写作模式的痛苦转变提供了一个窗口，使我们看到经过科举系统训练的写作者们，挣扎着使用全新的、不断演变的文学模式进行自我表达。最后，本研究也有助于理解科幻这一全球媒介现象。

中国知识分子和后来的阅读大众在面对科学技术发展的过程中，逐渐形成一系列话语，但我不想把这些话语构架成刺激和反馈的简单过程。殖民现代性处境中很重要的一个方面，就是这些关系形成了反馈链条，它们之间互相影响，而影响的程度也在过程中不断加深。一系列有限的科技进步导致了欧洲的殖民扩张，而这些优势也由于殖民占有导致的物质和思想收益而变得更为显著。从领土和金融角度来说，占有新的土地、劳动力和持有资本，确保了持续的殖民扩张。从思想角度来说，它同时需要并促进了全新的科学发现网络和环境的创建。在文学领域，对于领土占有和科学发现关系网的想象，导致诸如科幻和冒险小说等新文类的出现，从而创造了殖民帝国内部的都市人群对扩张的欲望，并且借助这些新的文学形式来表达这种欲望。在中国，国内文化的衰落应当归咎于无力抵抗外来侵犯的普遍想法加剧了意识危机。人们认为抵抗外来入侵的唯一方法是接受对方的话语和物质武器，这样的观念造成了由多重原因决定的民族危亡感，而这一认识本身也是与帝国计划共谋的信号。换言之，本研究和早期中国科幻作家的核心考量在于，西方科学和科幻能否以子之矛、攻子之盾，成为反抗外来进犯者的武器？而这样做又会带来怎样不可避免的后果？

科学小说

科幻小说在中国的诞生与众不同，尽管这一文类本身的起源是通过翻译的西方舶来品，[①]但中国出版界采用“科学小说”一词来指代特定小说体裁范畴(1904)，这一现象实际上早于英文出版界。[②] 在中国，科学小说一词最早用于描述梁启超[③]《新小说》杂志目录中的一部小说，该杂志于 1902 年 11 月首次在日本刊印。与大多数文类标签一样，这一术语与其说属于分类学衍生的范畴，不如说是为了新兴城市出版业营销便利所创设的标签，而且这一文类与其他文类之间有相当

① 当时翻译的普遍做法是，先由一人口头上把文章译成汉语，接着由第二人译成文言文，最后通常由第三人译成“白话文”，这种模式常常导致一系列改编，根据当地读者的习惯来修改格式、叙述和人物。以林纾(1852—1924)为例，他用这种方法翻译了170 多部欧美小说(Ye Yonglie, 6; Cheng Min, 10)。

② 加里·韦斯特法尔(Gary Westfahl)指出：“所有流派的评论家都可以接受[雨果·根斯巴克(Hugo Gernsback)]是创造和宣布类似于科幻史诞生的第一人。根斯巴克之前的一些评论家讨论过现在被视为科幻小说的早期作品，但他们没有将科幻小说作为一个独立的类别来看待，也没有将这些文本与其他形式的非模仿小说(non-mimetic fiction)区分开来。”(Westfahl 1992, 40)

③ 梁启超(1873—1929)，1884 年通过秀才省试，1889 年通过举人考试。1890 年殿试失败后，他成为改革家康有为的追随者，开始积极推动体制改革和现代化教育。1898 年，百日维新遭到血腥镇压，之后梁启超逃到日本，在那里创办了《新小说》和《新民丛报》。梁启超也从事科幻翻译工作；而他自己的小说《新中国未来记》(1902)则是对中国政治改革道路的乌托邦式设想。唐小兵的《全球空间与现代性的民族主义话语：梁启超的历史思想》(1996)是一部优秀的知识分子传记。中文版见丁文江和赵丰田《梁启超年谱长编》(1983)。

大的重叠,特别是幻想小说、旅行叙事和未来乌托邦小说。“科幻小说”这个类别在西方出现之前,便已经可以算是中国一个具体的出版类别,尽管它以翻译西方作品为主。① 科学小说这个词,本身是两个源自日本的新词组合。“科学(*kagaku*)”一词逐渐取代了格致,即“格物致知”,也就是中文中“科学”的对等词语。词汇的变迁也标志着认识论上的转变,从宋明理学实证主义转向以分类和可实验验证的数据来作为物质世界的知识基础。与此同时,散文范畴内的“小说”也开始取代诗歌,成为社会政治批判的主要写作方式。因此,中文最早将“science fiction”译为“科学小说”,实则概括了20世纪中国思想史上的两大主要发展——西方科学的引进和小说重要性的不断提高。

其他杂志也很快仿效,将科学小说作为文类标签印刷在热门连载小说杂志的目录和头版故事标题旁边。最初被定位为科学小说的作品,包括对英文作品的翻译和创造性改编,比如儒勒·凡尔纳的冒险故事或卡米伊·弗拉马利翁(Camille Flammarion)的《世界末日》(*La fin du monde*,1893;中译为《世界末日记》,1903)。清末,在小说这一广义的散文类别中,出现了文类标签名称的爆炸式增长,它们都明显忠实于大众教育和民族复兴事业。在《新民丛报》上发表的一篇文章

① 虽然英语中的“science fiction(科幻)”一词早在1851年就出现在写作中,但直到20世纪20年代末和30年代初才被广泛使用。这个术语一经确立,就被用于追溯过去小说的类型分类,同时也出现在粉丝讨论和当代出版物对小说的市场营销中。这个短语与“science fantasy(科学幻想)”“scientific fantasy(科学性幻想)”“scientifantasy(科幻)”“scientific romance(科学浪漫)”“scientifiction(科学小说)”等文类术语并存(Prucher, 170 - 180; Clute and Nicholls, 311 - 314)。王德威把这个词翻译成“科学幻想”(Wang Der-wei 1997, 253 - 255)。另见《牛津英语在线词典》。《牛津英语词典》将科幻小说定义为“基于假定的科学发现或惊人的环境变化、通常设定在未来或其他行星、涉及空间或时间旅行的想象小说”。

中，梁启超列举了十种小说类型：历史小说；政治小说；哲理科学小说；军事小说；冒险小说；侦探小说；写情小说；语怪小说；札记体小说；传奇体小说（Wu Xianya，43）。梁启超特别受到政治小说的启发，他认为这是推动美国、英国、德国、法国、奥地利、意大利和日本等国现代化和政治实力提升的驱动力，并在别处提出文学有能力将读者提升到与其所阅读的虚构英雄的同等水平高度（Lee，146－147）。在出版中，一些其他文类标签出现在《月月小说》这样的小说连载杂志的目录标题上，包括虚无小说、理想小说、哲理小说、社会小说、国民小说、滑稽小说和短篇小说。① 尽管这些类别的区分可能显得很具体，但在清末中国纷乱的知识地带，这些类别之间的叙事和形式的差别却并不那么显而易见。

清末政治危机

20世纪初，中国在鸦片战争和甲午战争中战败，结束了长期以来人们对中国就是"中央王国"的看法，中国不再是世界秩序的中心，②而中国经济、社会和政治上最重要的地区实际上受到外国控制。一场持久的政治和认识论意识危机，见证了最后残余的政治合法性从财政和军事方面愚昧的清政府手中滑落。中国无法击退外国的入侵；儒家思想、科举制度、中国传统的政治和社会组织理论，以及对世界秩序和中

① 最后一类显然指篇幅，而不是指叙述内容。

② 关于中国在亚洲朝贡体系中的中心地位，以及中国在历代王朝统治下主导世界秩序的各种表述，请参见 Charles Horner (2009)。查尔斯·曼恩（Charles Mann）的《1493年：揭开哥伦布创造的新世界》阐明了西班牙皇权和西班牙殖民地与中国贸易之间的关系（Mann，123－196）。

国在其中地位的理解，都被动摇了核心。太平天国运动（1850—1864）[①]带来的长期影响，又因日本在甲午战争（1894—1895）中获胜后的政治纷争而加剧。百日维新（1898）的失败、之后紧接着发生的义和团运动（1899—1900），以及随之而来中国被迫接受赔款条约，这些证实了面对外国入侵时多重因素共同决定的政治破产。在这一系列国内外政治失败之后，中国的思想体系突然显得不甚完备，与现代全球政治格格不入。人们对传统哲学的信心渐弱，认为必须同时掌握科学的实践和精神，因为这才是使西方进步的原因（Kwok，6）。这种危机感是如此强烈，以致湖南知府痛心道："殆不国矣。"（转引自 Murthy，56）[②]接二连三的危机使人民得出这样的结论：投入研究西方科学对于中国作为一个国家的命运来说将会变得至关重要（Reardon-Anderson，9）。1912 年中华民国的建立（紧接着袁世凯试图恢复帝制），以及 1915 年日本提出的"二十一条"要求再次说明，除了政治和物质改革之外，中国社会本身也需要根本性的重组（Kwok，8）。

社会政治重组的必要性是数十载改革困境斗争的一部分：许多人认为，为了避免灭亡的灾厄，中国必须以一种深刻而激进的方式来改造自己，以致和知识分子最初打算守护的对象之间存在着一定距离。朝贡体系的瓦解，标志着中国失去了亚洲世界的中心地位，也代表着新的世界秩序的出现。随着欧洲新兴工业生产网络以及相关的经济和军事力量网络的出现，急剧变化的全球环境中产生了一套全新的体

① 译者注：一般认为太平天国的开始时间是 1851 年，原文中以 1850 年为起始年份，包含了 1850 年 12 月的武装起义。

② 译者注：1895 年清廷战败后，与日本签订割地赔款条约，当时湖南知府陈宝箴哀哭："殆不国矣。"（来源于与原书作者的邮件交流）

制结构和关系，于是“中央王国”突然成了“边缘王国”。清末的改革危机，导致了长期以来对科学和文学研究方法的根本转变。

两个关键问题将19世纪末和20世纪初与欧洲科学的接触和明朝与晚清其他时期区别开来：第一，直到清朝在鸦片战争和甲午战争中战败，洋务思想以西方思想和技术起源于中国为由，为引进西方思想和技术辩护的论调或多或少还能站得住脚，而直到19世纪最后十年，西方科学才真正受到重视（Wright 1996, 2）。在科学研究领域，人们常常误认为欧洲具有优越的物质优势，但这其实直到工业革命后才出现。中华文明在近半个世纪，经历了一个吸收外来认识论并同时重新审视本土传统的过程。甲午战争结束后，人们越来越清楚地认识到，不管为达到这一目的需要多少思想技巧，采用欧洲科学技术都是绝对必要的，特别是在军事军备领域。这种共识促成了观念的转变：这个国家正面临着前所未有的危机，不管人们对科学技术有什么疑虑，运用科学技术都是生死攸关的问题。

第二，在19世纪末以前，皇室严密地保存着欧洲传教士带来的新知识，确保这些信息始终属于皇权领域的一部分，并用于展示君权和神权之间关系的仪式；这些知识没有被普及，也没有迫切需要这么做。在欧洲工业革命中，技术知识的普及源于大规模生产过程中对更多专门知识的物质需要——科学教育的普及不是为了其本身，而是为了工业资本的既得利益。而在中国，最初科学知识并没有被普及，直到当地的国家/帝国利益显然无法维持，才开展这样的实践尝试。

科学和帝国

几个世纪以来，进入中国的西方科学往往掌握在耶稣会传教士手中，这注定成为对皇权产生重要政治影响的工具。自明末起，耶稣会数学家在帮助宫廷数学家纠正测量和制图问题方面发挥了重要作用。明清统治者很快把科学和宗教区分开来，并且善于把原本象征教皇和（基督教）神权的东西转变成中国（帝王）神权的象征。17世纪初，耶稣会士向中国介绍了格里历法改革，提供了有力的宇宙预测模型，在维护皇权方面发挥了至关重要的作用。他们分享数学预测能力、各门科学和实验可证的数据，同时提出宇宙是神圣造物主的产物，而只有基督教才能理解人类与造物主之间的关系。17世纪初，第一次来到中国的耶稣会士发现，他们在明清宫廷中的被接纳程度，很大程度上取决于他们的天文学和地图学知识，以及历法的精确性。耶稣会影响的兴衰与清朝的命运息息相关。清廷对耶稣会士的恩惠，导致非满族文人不满（Elman 2006，63－149）。这些因素限制了耶稣会士的影响范围，也相应地限制了科学知识的普及。

对于明清两个朝代来说，对天文学、地图学和测量学知识的兴趣，取决于它们作为帝国工具的潜在用途，特别是在界定君权与天人关系的农业仪式方面和界定地理疆域的制图学工作方面。预测与农业生产和不规律天文事件有关的周期性事件的能力，受到朝廷的严密监管，并被用作君权神授的依据（Elman 2006，15－35）。利玛窦等传教士认为，欧几里得数学等原理的引入，“将使中国人准备好接受基督教的更高真理”，但清朝知识分子善于将耶稣会士们传授的数学、天文学和制图学技术的科学内容与基督教内容分离（Elman 2006，26，107）。利玛窦的钟表、地图和地球仪帮助其获得在广州西部开办教会的许可，他尝试着逐步北上北京，而他带来的西洋钟表很快取代了中国本土的计时设备。[1] 这些技术优势的展示是为了向朝廷显示欧洲技术和精神文明优势（Landes, 40-45）。[2] 这样看来，科学技术传入中国的实际目的，是为了吸引新的基督教信徒，扩大教会的影响。科学就像宗教或利剑一样，都是帝国扩张的工具。钟表装置是利玛窦软实力武装的一部分。

随着钟表开始体现出对中国自尊心的蔑视，中国知识分子开始在包括计时技术在内的众多领域中，为曾经明显优于欧洲的技术寻找中国起源。中国学者认为，西方钟表起源于中国的水钟，这种方法后来在中国工匠中失传。其他人则认为，时钟只是玩物，没有真正的思想或实际用途。尽管有这些为自己目的而辩称的言辞，但在19世纪初，"钟表是中国人愿意为之付钱的少数西洋制品之一"，也是为数不多中国商人有兴趣用高价茶叶和瓷器等商品来交换的制品之一，这些贵重的中国商品给大英帝国带来巨大的贸易赤字，最终导致了鸦片战争的爆发（Landes, 46-50）。钟表、天文方法和测量技术的引进，被交易双方理解为帝国的工具。中国君主对科学产生兴趣，是为了利用科学的预测能力，通过引用自然世界的表达来重申自己统治的合法性。

不同于此前的时代，19世纪的转变在于人们确实感觉到西方科学技术的优越，从而适当地反映出要求普及的意愿。19世纪末，西方科

---

① 关于北宋末年到清朝之间时钟在中国命运的历史，以及苏颂（1020—1101）的水运仪象台，请参见 Landes, 15-36。兰德斯认为，虽然中国的水钟可能优于11世纪的欧洲时钟，但如李约瑟（Joseph Needham）所言，水钟的发展受到它不便携带、在严寒天气中失灵，以及钟表计算领域中相对封闭的交换性质的阻碍。

② 这种看法通常被认为是由两个方面的失败造成——当时中国无法达到或超越欧洲钟表制造的质量，以及这种知识被限制，仅在朝廷内部流通。

学的优越性日益变得不可否认，[1]再加上达尔文演化理论的社会影响，不仅给中国人的时间观念及其在世界中的地位带来了挑战，同时也对中国的宇宙观和自然观框架产生了影响。[2] 在各种因素的综合作用下，18 世纪之后，英法之间和它们与中国之间的科技差距日益扩大。这一现象体现在一些方面，包括：耶稣会反对将牛顿微积分纳入他们的数学体系，中国耶稣会士和欧洲耶稣会士之间的信息差，教皇眼中耶稣会秩序地位的下降，以及康熙年间开始的内收政策（Elman 2006，169，183 - 189）。"直到太平天国运动年间，通过福州船政局的法国工程师和江南制造总局的英国机械工人，英法两国在物理学和工程学界经历的牛顿革命才传到中国。"（244）[3]耶稣会士对牛顿物理学的"糊涂"和清朝的内转向，同时阻碍了中国适应引发欧洲工业革命的工程和技术知识。

与此同时，18 世纪中国数学和医学经典复兴，对外来知识体系的兴趣减弱。在熟悉的帝国建设过程中，清朝统治者监督着收集和吸收前朝历史、文学和科学成果的工程。对于清朝来说，这一努力往往需要一个重建和提炼的过程，试图从宋代理学学术传统中分辨汉代和汉代以前的文本（Elman 2006，225 - 280）。这些恢复性的努力最终导致

---

① 虽然我绝不认同中国没有任何可以理解为"科学"的知识体系，但除非另有说明，本书使用的"科学"一词特指西方科学。这篇导言中描述的社会和政治危机的维度是这样的：大多数写作或研究科学的人，都是在假定科学在本体论上属于西方知识体系的前提下运作的。

② 见 Furth，"Intellectual Change，" 16；Pusey 1983，2 - 7；and Schwarz，42 - 60。

③ 江南制造总局始建于 1865 年，福州船政局始建于 1866 年，同时期中国还建设了许多技工学校。福建船政学堂成立于 1866 年，天津电报总局成立于 1880 年。在 1871—1905 年间，江南制造总局出版了 178 部关于自然科学、军事科学、工程与制造、医学和农业的著作（Kwok，5）。

了洋务运动，主张欧洲技术和科学方法起源于中国。在 1860—1895 年间，这一盛行的思想潮流表现得最为强烈。① 这一论点在安抚中国败于欧洲列强之手时起到了重要作用，也正如一些人所争辩的那样，解释了为什么采用所谓的“洋务”是可以接受的。这一说法处于思想和政治矛盾的中心——为了作为一个民族而生存，中国必须放弃定义它自身的认识论体系；或者换言之，为了击退西方侵略者，中国将不得不采纳西方世界观中极大的一部分。赞成引进西方技术的论述经常诉诸这一观念，尽管目前尚不清楚这是出于真正的信念，还是出于政治上的权宜之计。这一思想来源于对一系列欧洲殖民侵略后惨败的回应，用胡志德（Theodore Huters）的话来说，“国内外知识体系的关系，一直是决定现代中国思想走向最持久的问题之一”（Huters 2005，23）。

汪晖在《“赛先生”在中国的命运》（1995）一文中认为，工具主义倾向关注功能和进步，对追求知识本身的理想主义兴趣不大，这定义了中国帝制晚期的科学研究方法。几个世纪以来，中国的科学家们，尤其是数学家和天文学家，一直在接触西方的科学、技术和神学。同时，他们也在不断地重新评估自己的传统，试图揭开传入宋代学者之手前的汉学“真谛”。时至康雍乾盛世，当时的人们对中国数学再次萌生兴趣，同时重新审视了朱熹理学的普遍原理。19 世纪末，中国语境中的“科学”开启了术语和意识形态的转型。起初，“science”一词的翻译和理解借鉴了对《大学》②词汇和哲学取向的理学阐释。“格致”“格物”

① 更多有关 19 世纪末、20 世纪初中国科学技术发展和洋务运动的内容，请参见 Qiu Ruohong，11－43，71－76。

②《大学》是儒家传统经典《四书》之一，最早在北宋时期被整理和校注。

“穷理之学”和“格物致知”等概念都强调个人经验和认知的重要性。格致是个体修身和认知的内在过程，从对知识的主观理解出发，进而获得把握普遍秩序的能力（Wang Hui, 2-14; Qiu Ruohong, 63-67; Meng, 13-17）。最初，中国人在理解欧洲科学时，试图用理学术语来框定西方科学。与之平行的趋势则是文献学转向，人们对宋代考据研究进行重新评估，试图从宋代及之后出现的训诂传统中恢复古代中国的考据传统（Elman 1984）。这种翻译方式的余韵保留至今：中国的“物理”一词即为“格物穷理”的缩略，意为“研究事物，探究原理”，出自《大学》的同一章节（Kioka and Suzuki, 35-51）。

19 世纪的大西洋贸易网络，比起金融和资本积累方面，在扩大欧洲有限土地和能源供应方面所起的作用更加重要。17—19 世纪的欧洲，实际上包括欧洲、美洲和非洲殖民地（Pomeranz, 23-24, 264-297）。欧洲科学技术的发展与欧洲帝国的扩张密不可分。范发迪（Fa-ti Fan）指出，在中国沿海殖民地租借区，各种利益集团、审美原则、园艺实践、自然历史、民间知识和汉学之间的协商互动，帮助推动了 19 世纪下半叶起英国自然史作为“科学帝国主义”的发展，并提出这是一种“科学和帝国主义计划之间的共生关系，甚至是必要关系”（Fan, 4; 另见 Secord, 37）。自 16 世纪起，欧洲的地理探索和科学知识的扩充往往相互依赖。科学机构在传播“全球范围内前所未有的能源、人力和资本”方面发挥了重要作用（Brockway, 6）。与经济作物相关的植物学知识，帮助殖民地企业家建立了新的种植园，为其成功提供必要的原材料和知识，从而有助于帝国的扩张。橡胶和金鸡纳（用于制造奎宁）是两个关键产品，从一个殖民地移植到另一个殖民地，在欧洲向南亚、东南亚、中东和非洲地区的渗透中发挥了关键作用。这两种产品都是必要的战争原材料。[①] 在热带殖民地，以物质和知识为导向的资本遇到相对丰富的劳动力，对企业家来说成本很低，于是导致了各种形式的奴役和剥削。

全球商业网络利用对本土知识的广泛获取，以及对当地的观测，从而建立对天文学和万有引力等不同领域的普遍认知，试图对自然世界进行分类，也促进了达尔文进化论的建立。达尔文关于自然选择的研究正是由全球性合作者网络促成的，起先通过邮政系统、轮船和印刷技术，后来通过电报(Secord, 32 - 37)。商船不仅运载货物；他们还运送致力于知识生产的人，在许多情况下，这些船上的商人本身也参与了知识的生产和传播(Delbourgo and Dew, 7)。换言之，对世界科学认知的扩展、大西洋和亚洲贸易网络的扩大，以及帝国的扩张，是同步发生、相辅相成的，这些过程往往发生在同一艘远洋船上，或者在同一个殖民地前哨。这些发展是殖民地管理者和当地合作者共谋的结果。认识到这些思想和物质交流的互惠性质，才有机会超越冲击-反馈和以中国为中心的中国思想史研究方法，从全球关系的角度理解历史(Fa-ti Fan, 5)。

殖民现代性

中国科幻小说在地理和文化上的语境化处理，或许最适合以白露

① 在鸦片战争中，英国取得胜利后一个有趣且很少被讨论的影响，那就是此前英国植物学家只限于在广东省的仓库活动，现在有了新的途径种植和收获茶叶。通过与印度植物学家合作，他们在印度和锡兰发现了 50 多万英亩适合种植茶叶的土地，这意味着到 19 世纪 50 年代初，中国对茶叶的垄断已经被另一种方式打破，即在英国殖民地的土壤上种植茶叶(Brockway, 448 - 449, 454 - 455)。

(Tani Barlow)所谓"殖民现代性"的角度观之。这个重要的批评框架可以用来探究20世纪初欧洲殖民主义扩张所带来的思想文化趋势和物质文化的跨国交流。这种启发性的观点阐明了地方发展与全球交流之间的关系,承认殖民主义对这些交流的普遍影响。白露提出:

> "殖民现代性"可以被理解为一个思辨框架,用于研究无限普遍的话语权力,它们在关键点上越来越多地与资本主义的全球化冲动联系在一起。因为这关乎一种提出历史问题的方式,有关于我们的共同存在是如何形成的,所以殖民现代性也可以表明历史背景不是一个确定的、基本的或离散的单位——比如民族国家、发展阶段或文明——而是一个复杂的关系场或线程的物质连接,在时空中成倍增加,可以从特定地点进行观测调查。(Barlow,6)

对殖民现代性的批判揭示了殖民地背景建立后出现的经济和知识关系的不平衡地带,以及这些交流所产生的文化混杂现象。

在全球政治领域中给中国的地位贴上标签绝非易事,尤其是在承认上海等港口城市文化独特性的方式上,这些城市发现自己已然处于殖民现代性的先遣位置。虽然与全球贸易有关的沿海城市被纳入了欧洲殖民计划,但中国内地的大部分地区仍在中国本土的统治之下。孟悦指出,在伊曼纽尔·沃勒斯坦(Immanuel Wallerstein)的"世界体系"(1989)中,人们可能会将上海视为一个边缘城市,为欧洲中心提供劳动力和资源。孟悦认为迈克尔·哈特(Michael Hardt)和安东尼奥·奈格里(Antonio Negri)(2000)会将上海标记为全球"资本帝国"中的"节点"。作为对比,孟悦认为安德烈·冈德·弗兰克(Andre Gunder Frank,1998)、滨下武志(Hamashita Takeshi)和川胜平太

(Kawakatsu Heita，1991)或濮德培(Peter Perdue，2005)对亚洲导向的世界经济的不同观点，可能会强调上海在许多方面是全球中心城市的地位，特别是在欧洲和日本崛起之前、帝制晚期的中国与中亚和东南亚的关系方面，最后得出结论，“上海介于半殖民地和世界主义之间”(Meng，viii－xi)。

殖民现代性是中国、日本、欧洲和美国之间的复杂关系网络，它对清末中国沿海城市特有的思想文化趋势和物质文化跨国作出了一系列兼收并蓄且往往相互矛盾的反应。刘禾(Lydia Liu)和汪晖都非常关注这一问题：在将个人主义、科学、文学和现代性等概念译入汉语词汇的过程中，体现出了这种不平衡性。① 殖民现代性是一种全球性的现象，其特点是帝国扩张、殖民存在及其伴随的经济学和社会学话语的跨国交流，这些导致各地爆发出形形色色不同的反应，但它们往往具有相似的核心特征。② 这些反应反过来又受到不断变化的社会历史条件、不同程度的财富和教育水平、相互冲突和偶尔对立的意识形态和哲学方法的制约，在许多情况下也产生了创造性的误解、误读和艺术创作。

帝国、科学和推动帝国扩张的虚构想象密不可分地交织在一起。亚洲和美洲为科学研究提供了物质资源和网络，在现代欧洲的形成过

① 见 Wang Hui，21－82；Lydia Liu，83－112。

② 例如，见 Weinbaum et al.（2008）关于“摩登女孩”形象所产生的对女性性作为新兴政治参与者和消费者阶层的多重期望，这一形象出现在中国、日本、德国、法国、南非和印度等地。

程中发挥了至关重要的作用。① 西方世界“只有在欧洲享有获得海外资源的特权背景下，才创造出19世纪的巨大变革”(Pomeranz, 4)。欧洲不是“其他一切事物的塑造者”(Pomeranz, 10)；20世纪现代性的地缘政治变迁虽然不平等，但也是相互作用的过程。

西方科学技术被挪用和本土化的方式是多方面的，正如中国本土文化和生活被改造、重新想象和重新创造的方式一样。费侠莉(Charlotte Furth)补充认为，这次相遇所带来的转变绝非单方面的：“然而，使用[中国人‘对西方的反应’]这一说法的危险之处在于，它倾向于表明这一过程中‘西方’思想对本土思想的取代是线性的；中国人在思想上扮演了被动的角色。”(Furth 2002, 15)

欧洲军事霸权的挑战无疑刺激了19世纪末、20世纪初的中国思想界，但其反应远比二元对立的问题要复杂得多。换言之，殖民现代性促成了一整套语言、象征和文化实践，它们可用于形成对自我和社会的看法。这些通常包括东方主义话语的内化或重复，也包括有意识和无意识下进行的挪用、抵抗、颠覆和过滤策略，它们各自取得了不同程度的成功。同样，由此产生的短期和长期结果已被证明比简单的替

① 与此前理解不同，韦伯和马克思等经济史学家和理论家所指出的西方优势中，真正具有决定性作用的并不多。实际上，西方在物质或智力上比东方优越的可能性微乎其微(假如当真存在的话)。大规模生产是欧洲世界军事优势的一个关键因素。但欧洲在遭遇世界其他地区前拥有的一系列优势都是有限的，这表现在地理和历史两个方面。英国殖民帝国计划的主要优势是工业资本主义，但这直到19世纪才出现。在许多方面，工业化仅限于大英帝国，而在英国工业化之前，根据彭慕兰(Kenneth Pomeranz)的假设，“几乎没有证据表明西欧经济具有决定性优势”。在许多方面，18世纪晚期的欧洲工匠远远落后于中国(和印度)的同业者，他们只会仿制染织工艺和瓷器制造。中国医生在治疗疾病方面往往比欧洲同行更有效，而且亚洲城市的卫生状况也远远领先于欧洲(Pomeranz, 16, 45 - 46)。

代或综合要复杂得多。由此可以想象，现代性的共同表达和个体的表达一样多，甚或更多。作为一种社会偶然现象，殖民现代性的本土表达往往是围绕着共同经验或理解而构建的；然而，它们既不是本质化的，也不是普遍性的。我们从中国、韩国、日本和越南共同经历的现代化、城市化以及对西方化的反应中所看到的平行和交叉现象，决不能掩盖这些国家在遭遇这些力量时的巨大历史差异和个体差异。

殖民现代性是帝国扩张背景下边缘与边缘相遇的混合产物。哈特和奈格里将帝国定义为在边缘地区行使的虚拟控制力，它干预了"系统的崩溃"(38－39)。我认为，正是在这些边缘地区，帝国以持续性殖民秩序的形式而存在，其影响力最为直接。对于中国来说，帝国形式也已经呈现出哈特和内格里所认为的当代科技帝国注定要具有的扩散性特征，即通过国际条约来执行权力。鸦片战争和甲午战争的军事失败，从历史上来说是相对短暂的，但其持续性后果——香港和其他条约口岸的"租约"和台湾被占领——被认为是战争的长期影响，产生了知识和技术的混杂交流，尤其是在20世纪之交的上海。孟悦认为，上海是一个介于"重叠领土"和"重叠时间"之间的空间，其崛起在许多方面得益于大清帝国在国内和国际上的失败(Meng, vii－xxix)。

西方科学传入中国，与欧洲和日本帝国的崛起密不可分。在甲午战争前耶稣会士与明清宫廷的交往中，中国首次涉足科普出版、新材料商品的生产和分销、科学技术的图像呈现和科学机构的创建，在这个过程中，帝国是一个无处不在、令人烦恼的存在。科学、文明、技术、帝国、西方等术语，以及公民参与、政治参与、进化和社会达尔文主义等概念，通常被理解为"舶来品"，各种相互关联的概念重叠交错。这些关联概念围绕着民族危亡的话语核心，以及彼此之间相辅相成的民族救亡的词汇。西方科学和科学小说一样，应被理解为一个有助于生产东方主义话语并由东方主义话语产生的知识体系。借用邵勤的话，我考察了“在西方，科学主要是由工业发展、商业利润、军事征服和知识好奇心所驱动，而在世界的其他地方，西方科学则被帝国主义‘合法化’。它成为衡量个体在现代世界秩序中实力和成功的标准”（Qin Shao，694）。

自然科学和社会科学反过来又是一系列制度形成的产物，这些制度是帝国计划的重要组成部分，也有助于巩固东方主义的本体论主张。如萨义德所述，现代科学是从殖民主义物质现实中产生的意识形态武器库中的一把利刃。①

① 我发现，对“东方主义”最清晰的定义是“地域政治意识向美学、经济学、社会学、历史学和语文学文本中的一种分配；它不仅是对基本的地域划分（世界由东方和西方两大不平等的部分组成），而且是对整个‘利益’体系的一种*精心谋划*——它通过学术发现、语言重构、心理分析、自然描述或社会描述将这些利益体系创造出来，并且使其得以维持下去；它本*身就是*，而不是表达了对一个与自己显然不同的（或新异的、替代性的）世界进行理解——在某些情况下是控制、操纵，甚至吞并——的*愿望*或*意图*；最首要的，它是一种话语，这一话语与粗俗的政治权力绝没有直接的对应关系，而是在与不同形式的权力进行不均衡交换的过程中被创造出来，并且存在于这一交换过程中，其发展与演变在某种程度上也受制于其与政治权力（比如殖民机构或帝国政府机构）、学术权力（比如比较语言学、比较解剖学或任何形式的现代政治学这类起支配作用的学科）、文化权力（比如处于正统和经典地位的趣味、文本和价值）、道德权力（比如‘我们’做什么和‘他们’不能做什么或不能像‘我们’一样理解这类观念）之间的交换。实际上，我的意思是说，东方主义本身就是——而不只是表达了——现代政治/学术文化一个至关重要的组成部分，因此，与其说它与东方有关，还不如说与‘我们’的世界有关”（Said 1979，12 - 13）。（译者注：本段译文参考 1999 年三联书店出版的《东方主义》。）

章节概览

第一章《文类麻烦》,首先在学术上追溯了科幻文类在中国和西方出现的年代,考察了一些关键的争论和最新发展的科幻小说研究方法。文类是一种规范性的启发式工具,通常在试图定义的文学形式出现很久之后才被构建起来,并且很少形成清晰的描述性范畴。为此,我发现安德鲁·米尔纳(Andrew Milner)在《定位科幻》(*Locating Science Fiction*)(2012)章节标题中提出的许多问题,对于理解清末中国科幻小说的出现特别有帮助。简言之,米尔纳认为科幻小说是一种选择性传统(selective tradition),通过共同的比喻和主题而不是形式特征来定义整个文化产物领域,我认为这种观点有助于理解早期中国科幻小说的构成元素。① 正如米尔纳在书中的论述,对于"科幻小说在哪里"这个问题,在我把目光转向世界体系理论以及伊曼纽尔·沃勒斯坦和弗朗哥·莫莱蒂(Franco Moretti)的著作时得到了回答;同时,我也发现白露、孟悦、迪佩什·查卡拉巴提(Dipesh Chakrabarty)以及其他一些以动态全球政治经济为导向的中国近代史研究者们,为具体说明*中国*科幻小说的起源方面提供了丰富的信息。另外,米尔纳对"什么时候出现了科幻小说"这一问题的回答——在19世纪,"工业革命决定性地、定义性地将科学重新定义为一种极度具有实践性的活动,在日常生活中而不是海德格尔式的意义上与新技术的产生密不可分"(Milner 2012, 139)——以及约翰·里德(John Rieder)对工业现代

① 见 Milner 2012, 148。

性、殖民主义和早期科幻小说之间关系的分析，同样适用于讨论这一文类在中国的出现，尽管人们看待科学技术的态度明显不同。最后，我也关注到米尔纳的《科幻小说的功能》，因为它考察了科幻小说在"政治上或道德上的有效性"，以及它在中国案例中的"社会实用性"(Milner 2012, 18)。在勾勒一种文类的界限时所确定的特征、功能和形式，会受到不断变化的意识形态和审美趋势的影响。只有探索文类之间的交点以及产生它们的物质和社会环境，才有可能从国别和跨国的角度来探讨经典是如何形成的。

谢里尔·温特(Sheryl Vint)和马克·博尔德(Mark Bould)在合著的论文《科幻小说并不存在》中也指出，科幻小说从来都不是单一的、轮廓清晰的作品集合，而是各种文化力量作用的结果，科幻小说的定义一直有待商榷。然而，他们尖锐地指出，如果"不同时承认科幻对女性和原住民群体的抹杀，以及对殖民过程中付出的人类代价的压抑"，就不可能完全理解科幻(Vint and Bould, 48)。伊斯塔范·西瑟瑞-罗内(Istvan Csicsery-Ronay)(2003)、帕特里夏·克斯拉克(Patricia Kerslake)(2007)和约翰·里德(2008)最近的研究阐明了科幻小说与帝国话语之间的关系，鉴于中国早期科幻小说是在殖民现代性的背景下出现的，这些著作在用于研究早期中国科幻小说的案例时尤其具有指导意义。尽管读者和评论家确信，当他们看到一部作品时便能确定它是不是科幻，但这一文类仍然是具体定义模棱两可的文类之一。科幻小说包含了广泛的文学形式；尽管技术作为剧情展开和解决的核心手法很常见，但我认为它们不是必要和充分条件。正是出于这个原因，我主张对这一文类进行功能性定义，将科幻小说解读为与帝国意识形态和话语密切相关的文类。基于本研究，我建议用同样的视角来审视中国科幻小说。这样一来,本研究将对殖民现代性的批判作出贡献,为前景广阔的科幻研究的探索途径添砖加瓦,并试图从他者的角度来理解东方主义话语。

第二章《鲁迅、科学、小说》讨论了鲁迅关于科学和科幻的散文写作,以及他对儒勒·凡尔纳小说的翻译,我想表明二者可以作为重要出发点来理解知识分子处理科学知识的方法和书面语言,以及科幻小说在清末广泛流行的各种实验文类中所发挥的作用。我认为,鲁迅的早期作品可以部分地从“知识产业”(knowledge industry)的角度来理解,即一种撰写百科全书式西方思想史的尝试。随后,知识产业的历史发展表明,鲁迅是中国文化时代精神的代表人物。我赞同此前文学史学家的观点,同样认为鲁迅是20世纪最重要的中国作家之一,甚至是最重要的那一位,他的作品代表了中国现代文学的许多关键转变和文学主题。然而,这种对鲁迅的理解必须从两个主要方面展开。首先,我想表明鲁迅对中国民族性的批判,以及这一批判中许多最生动的隐喻在其他清末著名作家的作品中已经普遍出现。这并不是要贬低鲁迅的地位;相反,只有理解了他是如何使用早已在大众媒介上广泛传播的一系列比喻,我们才能将鲁迅视为汇集并表达了大众想象中已然突出存在的一系列关注点。因此,鲁迅作为一代人代表的地位得到了加强,而不是削弱。其次,我想说明鲁迅在1918年《狂人日记》出版之前的作品同样重要,并且值得更多关注,特别是他早期关于科学和进化的论文。这些作品有助于我们揭示与白话文学的出现相关的阵痛,也有助于我们更清楚地理解科学与20世纪中国思想形态之间的关系。

第三章《吴趼人与清末科幻》,对吴趼人的《新石头记》进行了深入细致的解读。虽然这部作品不是中国作家创作的第一部科幻小说，但它既是对清末社会图景最全面的呈现之一，也是对中国乌托邦最完整的展望之一。此外，由于它是最受到广泛阅读和分析的清末文本之一，重读《新石头记》使我能够在熟悉作品的背景下分析清末科幻小说的主题内容。我认为小说的前半部分（发生在世纪之交的上海）和后半部分均以陌生感（estrangement）为特征，这种陌生感被认为是科幻小说的重要组成部分。该小说的一个突出主题是普遍存在的危机感和无法想象的持久解决中国半殖民地困境的方法。另一个主题则是与中国自己的过去及其神话传统的对抗，于是我考察了当遭遇的异己者竟是自身的传统时的含义。与鲁迅著作有关的比喻，无论是在《呐喊》（1922）发表之前和之后，还是在《新石头记》中，都是我分析 20 世纪以来中国科幻作品时所采用的批判和理论基础。这种危机感、与过去的对抗和鲁迅笔下许多最令人痛心的中国社会形象的预示，都是《新石头记》中的特征，这些特征也经常出现在 20 世纪初的中国科幻小说中。

第四章《科幻为国》探讨了荒江钓叟《月球殖民地小说》中有关殖民入侵的主题，以及早期中国科幻小说与现代中国文学经典之间的关系。早期中国科幻小说中与乌托邦主义、民族主义和西方主义相关的焦虑，预示了中国经典文学中的许多比喻，以及鲁迅对病态国民身体和吃人社会的隐喻。这部早期作品中最突出的比喻依旧贴合现代文学经典，这表明尽管科幻小说的流行普及时起时落，但其主题考量和意象仍然是现代中国文学的核心。

在第五章《为科学让路》中，我通过考察徐念慈的《新法螺先生谭》（1904），展示了清末知识分子如何设想获得科学知识，以及他的作品中出现的颠覆西方认识论的限制。作为一部翻译小说的译文续作,这部作品是刘禾(Lydia Liu)《跨语际实践》核心的语言协商(linguistic negotiations)的研究案例。故事将清末具有争议性的知识领域描绘成一个双重意识的案例,叙述者分别通过身体和灵魂探索了不同版本的进化和科学知识。在主题和语言上,该小说提供了许多对抗西方认识论的潜在观点,试图将科学知识纳入道家宇宙观的知识范畴。尤为突出的是,在《新法螺先生谭》中,叙述者与西方科学的对抗和他对资本主义财富积累原则的顺手拈来形成了鲜明对比,因为他完善"脑电"技术的成功最终导致了全球经济崩溃和他本人的死亡。

第六章《老舍〈猫城记〉》探索了清末科幻小说作者所关注的问题如何在民国时期科幻小说写作中继续发挥作用。在第一次世界大战和抗日战争的背景下,老舍以火星地貌讽寓(allegory)中国社会,重申了前几章探讨的诸多主题,但更具紧迫感和徒劳感。老舍用人们熟悉的身体疾病和失败治疗的比喻,传达了长达几十年的危机感。正如清末的同类作品一样,老舍的叙事是对中国传统的讽寓式再现,并试图与西方认识论达成一致。小说中的讽寓性图景通过(坠毁的)宇宙飞船这一装置来实现,使叙述者能够在陌生的远方眺望中国。与吴趼人相似,这个故事用一种具有揭示性和深刻批判性的民族志笔法刻画了中国传统,将几乎所有的文化机构描述为彻底的失败。与此同时,这个故事也将试图适应新思想和新技术的尝试视为同样痛彻心扉的失败。

第七章《科幻的方向/科幻的衰落》与前几章中对小说作品的分析有所不同,其目的在于论证如果要对中国科幻小说进行合理的时代划分和理论化研究,必须考虑科幻文类与先前存在的文学形式之间的关系。对于研究中国科幻小说的学者来说，一个令人烦恼的问题是，科幻文类经历了多次高潮和低谷，而许多低谷往往发生在乌托邦式的革命性政治变革时期。以往的研究试图揭示科幻小说与古典奇幻文学之间的关系，但在很大程度上忽略了文学形式的问题。在考察清末《点石斋画报》中对科学的描绘时，我认为无论是真实还是虚构的科学描述，都借鉴了笔记和志怪传统这两个古典文类。我考察了五四和新文化运动时期左翼知识分子重新评估科学普及的目标、手段和内容的方式。在这一时期的科普出版物以及同时代对这类文章的批判研究中，重点从自然科学转向社会科学，从专门知识的生产和出版转向传播更容易理解的日常生活中的科学知识。20世纪二三十年代的作家就像他们清末的前辈一样，对于复兴传统的形式和文学风格感到无比矛盾。在社会科学领域，大众教育的左翼倡导者们支持重新利用小品文，认为可以采用一种以前只作为精英阶层私人评论的体裁来达到大众教育的目的。这一时期非虚构类科普作品的乌托邦式关注点，与老舍的《猫城记》形成了鲜明对比。

第一章　文类麻烦：定义科幻小说

本章总结了科幻小说研究领域的最新趋势，并对其与中国早期科幻小说的密切关系提出了一些初步看法，我将在第二章至第六章的文本细读和历史记述中展开更彻底的阐述。我不想强行将20世纪之交的中国科幻小说纳入普适化的理论框架，也不想提出东方主义论调的论点来假设“中国特色科幻小说”的例外性。更确切地说，本章内容是为了证明中国文化研究和科幻研究领域之间可以互相提供很多新思路。尽管依据这些理论基础来解读中国科幻小说往往在很大程度上会产生偏离，但我发现这些学科领域之间的趋同和分歧是有用的出发点，既有助于理解中国科幻小说在本土的出现，也有助于理解作为全球性现象的科幻小说体裁本身。

用詹姆斯·冈恩(James Gunn)的话来说，“科幻领域中最重要，也最具争议性的问题是其定义”(Gunn and Candelaria, 5)，这一观点反映在最近对该文类的一系列研究中(Vint and Bould; Milner 2012;

Latham 2014; Gunn, Barr, and Candelaria; Luckhurst)。达科·苏恩文的《科幻小说变形记:科幻小说的诗学和文学类型史》(1979)仍然是当下最为重复使用和广泛接受的文类定义之一。苏恩文对科幻文类及其构成要素进行了线性历史的追溯,他将科幻小说定义为"一种文学类型,它的必要的和充分的条件就是陌生化与认知的出场以及二者之间的相互作用,而它的主要形式策略是一种拟换作者的经验环境的富有想象力的框架结构"(Suvin, 7)。这一定义之所以成为科幻研究的奠基,在一定程度上是因为它们是《科幻研究》杂志的概念框架,即苏恩文在1973年参与创办的研究期刊(Luckhurst, 7)。安德鲁·米尔纳指出,苏恩文的研究是"特定于该文类的核心批评方法,几乎所有其他作品都必须在此基础上进行自我定义",而且苏恩文的著作在卡尔·弗里德曼(Carl Freedman)(2000)和詹明信(2005)对该文类的理论探讨中均发挥了重要作用(Milner 2012, 1-2)。约翰·里德的科幻文类研究史著作《定义还是不定义科幻小说:文类理论、科幻和历史》(Rieder 2010, 192)中也指出了这一点。

许多关于科幻小说的中文研究都沿用了苏恩文的定义,偶尔也会将古代乌托邦或技术寓言小说作为这一文类的本土前身(Lin Jianqun; Rao Zhonghua; Wu Yan; Wang Jianyun and Chen Jieshi)。实际上,如果让上海一家书店的店员指出科幻小说书架,由于当地历史和社会条件的偶然性,她可能会发现自己进入了熟悉但并不完全相同的区域。在中国,科幻小说作品常常被放在儿童文学区域,这也反映在那些浏览书架的读者的年龄上。将其归类为儿童文学,暗示了它们的边缘化地位——恐怖、幻想和侦探小说往往就在附近,而科幻小说很少登上"文学"板块的书架。中国科幻小说的营销方式类似于西方科幻小说，常常强调新奇性：除了纪念版本，不太可能找到清代科幻小说的再版。① 中国书店的科幻书架也很可能以翻译作品为主。这既反映了该类型小说的异国情调，也表明了市场力量将各种形式的当代类型小说从书架推向了互联网。上述关于影响中国科幻小说研究的关键趋势和市场力量的概括显然不令人感到陌生，当我们指着一部作品说"这是中国科幻小说"时——不恰当地引用达蒙·奈特（Damon Knight）②——更重要的是要认识到什么才是利害攸关的问题。③

文化场域

最近，对于文类理论的重新表述已经转向将科幻小说理解为一个历史和文化上的偶然范畴：一种"选择性传统"（Milner 2012，202），其特征是各种批判性主张和批评模式所产生的变化性和争议性的构想。这些研究以各种方式摆脱了试图定义固定研究对象的做法，转而将科幻小说框架设定为一个可变的范畴，承认广泛存在的不同媒介和生产与消费实践（Vint and Bould；Gunn，Barr，and Candelaria；Milner 2012；Rieder 2010）。这些定义特别借鉴了里克·奥尔特曼（Rick Altman）的"电影类型的语义/句法研究方法"（1984，1999）和雷蒙·威廉斯（Raymond Williams）对文化生产的社会学分析（1979，1980），

---

① 以 2010 年上海世博会为例，当时重印了多部出版于 1910 年前后的小说，这些小说将中国描绘为世博会主办国。《世博梦幻三部曲》收录了吴趼人、梁启超和陆士谔（《新中国》，1910）的小说；在《新中国盛世预言》中，除了陆士谔和梁启超的两篇，另收录蔡元培的短篇小说《新年梦》（1904）。

② 译者注：1922—2002，美国科幻小说作家和评论家。

③ 奈特的原话近乎油腔滑调式的观察，"当我们谈起科幻小说的时候，我们指向什么，什么就是科幻小说"（Knight，xiii）。

将科幻理解为特定历史和社会条件下产生的一系列生产和消费力量。亨利·詹金斯（Henry Jenkins）的《融合文化》（*Convergence Culture*）（2006）一书论证了叙事内容传播如何“跨越多种媒介平台”，马克·斯坦伯格（Marc Steinberg）则将这一概念发展为“媒介融合”，同样有助于理解叙事主题如何作为全球生产和传播网络的产物发挥作用。将一般文学——或者特定的科幻小说——视作围绕主题核心的社会嵌入式媒介、模式和实践的集合体具有两个好处。首先，这样可以在文本细读和远距离阅读（distant reading）之间取得平衡，使评论家能够根据当时的文化环境来看待特定文本。第二，它允许评论家阐明出现在各种媒介中的叙事惯例之间的联系。

维罗妮卡·霍林格（Veronica Hollinger）将对科幻小说的新理解历史化为一种“模式”，而不是一种文学类型，她指出“模式不是一种类别，而是一种方法，一种完成某件事的方法。在[威廉·吉布森的案例]中，是指一种思考和谈论当下现实的方式，使科幻与其他关于晚期资本主义全球技术文化的话语相结合”（Hollinger 2014，140）。安德鲁·米尔纳借用雷蒙德·威廉斯的“感觉结构”（a structure of feeling）概念和对文化机器的分析，提出科幻应被理解为（a）一种受社会模式之间关系制约的形式，以及（b）实现这些关系的具体物质实践（Milner 2012）。类似地，约翰·里德认为对科幻的理解可以参考维特根斯坦的“家族相似性”（family resemblance）概念和德勒兹、瓜塔里的根茎系综（rhizomatic assemblage）概念，将一般的文类——特别是科幻文类——描述为一个逐渐被表达的、无法简化为单一历史前身或形式类型的星云一般的文本系综（Rieder 2010）。这一准则及其他论述将科幻小说理解为媒介、文类、形式或模式的融合，强调其文化生产对象和模式的传播性及多样性。这些作品涵盖文学创作、粉丝俱乐部和其他观众参与实践、电影、广播、音乐、诗歌、角色扮演游戏、报纸连环画、漫画书和玩具。这些文化装置渗透到社会的各方面，包括空间计划和军事防御层面的政治文化、新兴宗教习俗（如山达基教）①，以及博物馆和世界博览会中显而易见的展示实践（Luckhurst，10；Telotte，162－182；Milner 2012，7）。在扩大科幻范畴下媒介实践的同时，对科幻的分析框架也延伸到了国家边界之外，从而确保认识到文化产业内部全球交流的加强。

米尔纳认为，利用皮埃尔·布迪厄（Pierre Bourdieu）的文学和文化生产场域的概念，科幻小说可以被视觉化为媒介景观中比喻修辞的分布（Bourdieu 1993）。布迪厄将文学创作描绘成一个连续体，在横轴上绘制盈利能力与艺术许可，纵轴上表现文化地位的高低，对角线则用来衡量政治保守主义的程度。米尔纳建议，各种媒介形式的科幻可以用此场域的方法来研究。米尔纳将科幻放置在总体文化场域的范围内，接着指出或多或少的同构地图可以更具体地说明科幻叙事和亚文类（如赛博朋克小说、艺术电影和科幻批评）通过各种媒介的不同表达之间的关系（2011，394－396；2012，42－47）。

中国现代文学批评家们（见论文集，Hockx 1999）已表明布迪厄的文化场域能够有效地用于理解中国现代文学创作，其中贺麦晓（Michel Hockx）提出中国文化生产场域的坐标图可以包括第三条轴线，即作品的政治资本。贺麦晓还指出，鉴于不同的文化景观和历史轨迹，中国特有的“物质和符号生产体系”之间相互关系的坐标图必然

① 译者注：Scientology，又名科学神教。

需要进行某些重构(17－19)。同样，叶纹(Paola Iovene)的《未来往事》(*Tales of Futures Past*，2014)一书将现代中国文学理解为文本、社会实践、编辑策略和阅读经验的系综(13－14)。总之，最近对文类理论的重构引领了一种将科幻视为选择性传统的研究方法，即一种阅读和阐释的模式。与此同时，中国现代文化研究学者也将这些对文化生产和文学类别的观察用来理解他们各自的研究领域。本书不试图完全照搬上述观察结果来构建一个"中国特色科幻文化场域"，但应当指出的是，清末文学在许多方面的显著特点是小说(相对于诗歌)的地位越来越重要，而且在古典语言还是现代白话文更适用于这种写作模式的问题上存在争论。借用一个科学(或科幻)的隐喻，我们可以在目前的三维图像——描绘象征、政治和经济资本——中添加第四个维度，以便我们看到文化场域内各个元素如何随着时间的推移发生变化。

在中日甲午战争之后，小说几乎立刻就被视为寻求改革的关键战场(Huters 1988, 262)。对于一些清末知识分子来说，白话小说是一种新的形式，它融合了多种新思想和叙事技巧，可以接触到更广泛的受众群体，让读者意识到中国所面临危机的严重性(Huters 2005, 100－120)。[①] 科幻就是当时众多的文学类型之一，人们认为它可以通过新小说的文学形式来帮助推动持久的社会变革。这在一定程度上是由于作者们试图在作品中讨论当时的各类问题。小说中的人物游历在国内外，他们遇到自然的、超自然的和技术上异常的现象，大谈特谈政治思想(更像宣言而不是小说)，会见东西方传统的伟大哲学家，

① 更多有关商务印书馆和白话文发展的内容，请参见 Huters 2008; Chen Jianhua; and Judge。

而上述活动往往发生在梦中。小说月刊上经常刊登关于文明史或西方世界崛起的长篇论文，其中许多文章都是未标明来源的对西方和日本作品的松散翻译（loose translations）。清末小说中出现的一般意义上和认识论上的多元性，反映了中国新兴城市和半殖民地中心的社会文化混杂性，以及清末知识分子通过写作提出的众多问题和解决方案。

外来物质文化和思想文化的动荡扩大了中国社会基础的裂缝，新思想便由此涌入中国。上海等文化混杂空间催生了一种新的世界观，试图调和截然不同的追求知识和执政的方式。文学也不例外。清末知识分子界的“危机与乌托邦希望的氛围”（Huters 2005，132）预示着新的文学形式和文学类别的引入。从人们对“新小说”的热情可见，20世纪初中国在政治纷争的思想氛围中达成了罕见的共识。或许，着重关注小说最显而易见的理由是，它的形式可以满足两个迫切要求：一是写作的受众群体扩大，二是能够有效地向这一更大的读者群全面展现中国所面临的危机（Huters 2005，24－25；1988，261）。这种文学目的性的观念将被五四文人所接受，并持续对当代产生影响。

从地理的角度看，米尔纳还考虑了世界体系理论在理解科幻小说发展中的适用性，将弗朗哥・莫莱蒂在《世界文学猜想》（“Conjectures on World Literature”）和《欧洲小说地图册》（*Atlas of the European Novel*）中提出的中心、边缘和半边缘概念应用于科幻小说的发展。米尔纳认为，“对小说总体而言是正确的结论，对科幻小说也是如此。科幻小说起始于英国和法国，是19世纪世界文学体系的中心（雪莱、布尔维尔・利顿，以及不用多说的凡尔纳和威尔斯），并持续到整个20世纪和21世纪”（Milner 2012，165）。米尔纳描述了相对于欧洲的半边缘国家(semi-periphery),认为美国和日本在20世纪从半边缘转变为科幻中心国家。米尔纳选择性传统的全球边缘(global periphery)包括那些主要将中心国家作品翻译成目标语言的国家,他认为这些国家对全球传统没有贡献。这一框架平行于华语语系研究(sinophone studies)的出现,其作为一种分析模式将华语文化的生产理解为许多地方和全球帝国之间模棱两可的中心—边缘关系的产物(Shih 2007; Shih, Bernards, and Tsai 2013)。

上述方法有助于论证科幻小说比任何一个柏拉图式原型都要复杂得多,后者被规整地约束在国家文学传统的边界之内。这一切反映了文学类型研究向历史方法的转变,将文学场域理解为全球经济和政治权力关系的产物。约翰·里德观察到,"科幻小说的身份占据着历史的、多变的文类场域中被差别化表达的位置",而且科幻小说符合"文类经济效应"(economy of genres)的说法。换言之,科幻是文本的逐渐累积,它们利用而不属于某一文类(Rieder 2010, 197-199)。有鉴于此,比起寻求普遍化定义,更应该明确提出的是科幻在特定历史时刻和地理位置中的定义,以及它服务于什么样的批判性、社会性或政治性目的。

米尔纳将帝国主义视为科幻小说的构成要素之一,但他最终得出的结论是,技术创新所带来的社会变革以及启蒙思想和浪漫主义的辩证对立是科幻小说作为一种全球性文类最突出的主题。然而,就清末中国而言,我认为东方主义和帝国主义才是最突出的主题。因此,在我们深入探讨当时中国半殖民地性质如何影响早期中国科幻小说的出现和主题内容、中国科幻小说出现时所特有的各种媒介和叙事模式,以及具体的文本分析之前,有必要解释科幻小说与帝国主义的关系。

帝国主义与科幻小说

导言中概述的历史条件同样适用于19世纪和20世纪的文学场域。H. 莱特·哈葛德(H. Rider Haggard)[①]等作家的作品中对冒险的虚构描述，为本国读者带来了帝国扩张的想象视野，激发了新一代年轻帝国臣民加入这一事业的行列中(Katz, 1-3, 108-112)。冒险和科幻小说等传奇题材是这种自我强化的扩张动力的核心，它们是帝国影响力的催化剂，又反过来助长了帝国影响力的不断扩大。梦想着获得征服所带来的物质和知识回报，这为许多文类的作家提供了充足的素材。反之，这种想象也为继续探索和征服铺平道路，激发人们的欲望。20世纪的想象视野深受欧洲和亚洲之间交流的影响。这些交流作为早期欧洲科幻小说的原始素材，反过来又有助于拓宽中国和日本等东亚国家的文学和知识视野。

爱德华·萨义德在《文化与帝国主义》一书中引用威廉·布莱克的原话，并指出"帝国遵循艺术，而不是英国人所认为的艺术遵循帝国"(Said 1993, 13)。[②] 帝国依赖于将维持其使命的知识合理化，正如它依赖于实施武力征服行为所需的军事力量一样。以启蒙、解放和仁

---

① 译者注：1856—1925，英国小说家，以爱情和冒险故事为题材。林纾最常翻译其小说。

② 林纾在《贼史》(1908，即《雾都孤儿》)的序言中，从一个稍有不同的角度回答了这一问题。他把英国的优势归结于狄更斯揭示社会弊病的能力，从而推动英国作出改正："则非得迭更司描画其状态，人又乌知其中之尚有贼窟耶？顾英之能强，能改革而从善也……所恨无迭更司其人，能举社会中积弊，著为小说，用告当事，或庶几也。"(转引自 Huters 1988, 253)

慈的家长式作风之名发动战争和持续殖民占领的说辞，与实际的征服行为本身一样重要。事实上，这种合理化无论多么站不住脚，都有赖于用道德良善和人道主义援助的幌子掩盖军事征服的事实。或者，正如麦克尔·哈特和安东尼奥·奈格里所说，"帝国的形成并不是基于武力本身，而是基于将武力美化为服务于权利与和平的能力"（Hardt and Negri，15）。

萨义德对东方主义批判的最新研究表明，科幻小说是众多为帝国铺平道路的文类之一，它为帝国的大众想象创造了条件。科幻和冒险小说中关于实现愿望的叙事为大众提供了启蒙读本，描述了有野心、有抱负的年轻人如何贡献和参与分享征服的战利品。在 H. 莱特·哈葛德和丹尼尔·笛福（Daniel Defoe）等作家的作品中，帝国扩张的想象视野被带到冒险和科幻小说等传奇文类读者的脑海中，激励着新一代年轻的帝国臣民投身其中。这些行动家的形象——探险家、工程师、士兵和水手——旨在成为新一代帝国行动者的榜样（Richards，1－6；Mathison，173－174）。在明治日本，科幻小说和冒险小说的翻译成为建立想象视野的工具，这些作品重视探索和征服的使命，为年轻人参与此后日本自身的扩张行动奠定了基础。

催生科幻小说出现的全球关系，反映出 19 世纪末中国从亚洲贸易和朝贡体系中心的帝国转变为欧洲帝国边缘的半殖民地社会。伊斯塔范·西瑟瑞-罗内认为，三个因素对于科幻小说的出现来说至关重要："推动真正帝国主义出现的技术扩张、国内读者所在社会从历史的民族转变为霸权国家时对文学文化介入的需求，以及已经实现的技术—科学帝国的传奇范本。"（Csicsery Ronay 2003，231）

这三个因素重申了萨义德对长篇小说的明确看法，即认为这种文学形式在功能上与理解不断扩大的全球贸易和统治网络有关，特别是在科幻小说文学类型的背景下工业生产的刺激和推动。西瑟瑞-罗内表明了科幻小说与帝国主义之间的正相关关系，承认英国、法国、德国、苏联、日本和美国是科幻小说的主要生产者和消费者，认为科幻小说是由“从帝国主义向帝国转型”的愿望所驱动(232)。科幻小说的地缘政治想象，与导向包罗万象的世界秩序的历史目的论想象密切相关。① 由于帝国是科幻小说想象的政治视野，东方主义也对其话语内容产生了重大影响。约翰·里德的《殖民主义和科幻小说的诞生》(*Colonialism and the Emergence of Science Fiction*，2008)在这一批评的基础上增添了对历史条件的解释，将东方主义与科幻小说联系在一起。殖民扩张和同时在全球范围内建立的欧洲资本主义是这一文类兴起的驱动力。东方主义话语力图将殖民计划常常产生的不平等性定义为先在差异的自然结果；一些科幻作品强化了这些观念，而另一些则试图颠覆它们。

> 构建世界资本主义经济的两个方面，与殖民主义和科幻小说的出现之间的关系尤为紧密。首先是伴随着世界经济重组所带来的地方身份的重新调整……主流意识形态所承认的文明与野蛮、现代性与过去之间的关系，至少可以部分理解为一种错误认识，即资本主义社会关系对殖民地人口和领土的传统文化所造成

---

① 这个论点可以被看作是对苏恩文另一核心论点的回答，即“学术界最能接受的对科幻的称谓是乌托邦思想文学”(Suvin, 13)。乌托邦主义就像想象中的技术或奇幻的场景一样，是科幻小说叙事的一个共同特征，但乌托邦主义也可以被解释为一种霸权欲望的表达。乌托邦对内坚持一种支配性的总体社会秩序，对外则严格排斥不认同这种社会秩序的社群成员。托马斯·莫尔笔下乌托邦的讽刺性本质提醒我们反乌托邦和乌托邦实际上是一体两面。

> 的腐蚀作用。这样的阐释将非西方世界理解为西方社会发展的早期阶段,为自然化、工业化经济中心与殖民地外围之间的关系起到了辩护作用,并将其影响说成是不可阻挡、不可避免的历史进程之结果。但是,对其他文化的科学研究——德里达称之为对欧洲作为文化参照点地位的去中心化——与同样的经济进程紧密相关。因此,我要指出的是,对经济和政治不平等影响的意识形态错误认识,强烈地存在并贯穿于早期科幻小说的进步和现代性思想中,而且早期科幻小说常常反对这种种族中心主义。(Rieder 2008, 26)

在许多情况下,殖民主义不仅承认技术、经济或社会发展方面的不平等;它也积极地创造了这些不平等,并从中受益。[①] 这些不平等的现象的显露反过来又导致了正反两种话语的确立,即对欧洲文化体系中心地位质疑的话语和使之顺理成章的话语。

此外,里德强调在创造"拥抱世界的资本主义经济"时出现了这样一种读者群体,他们感兴趣的是"[获得]殖民地战利品的间接乐趣,这一点通过维多利亚时代英国旅行纪事和冒险故事的流行得到验证……早期科幻小说的读者——中产阶级、受过教育、有闲暇时间——似乎非常适合将现代大众文化核心的消费主义付诸行动"(2008, 27 - 28)。工业革命的物质转型预示着大规模生产和大规模消费的新时代,并且为科幻小说创造了读者群体。罗杰・卢克赫斯特

① 正如彼得・费廷(Peter Fitting)在分析社会达尔文主义在科幻叙事中的作用时所指出的,"'有机类比'和'进化方案'是意识形态选择的结果,而不是对人类社会行为的科学理解"(Fitting,184)。

(Roger Luckhurst)列举了一组与里德所得结论相似的条件:至少受过小学教育的读者人数不断增加;需要形式创新的全新连载模式取代了此前的流行文学形式,如低俗怪谈小说和廉价小说;越来越多的人接受过技术教育和培训,他们更有可能“对抗传统的文化权威场所”;以及机械生产在日常生活中日益重要的地位所带来的文化变革的即时可见性(Luckhurst, 16 - 17)。工业经济要求一部分劳动力具备一定程度的科学技术知识。这些人会成为科幻小说的忠实读者,因为科幻小说非常重视技术创新。工业革命也见证了粗放型劳动向密集型劳动的转变,这样工人的生产率更高并获得了有限的工作时间,从而可以通过阅读来填补一部分的闲暇时间。消费者经济的目的在于利用可支配收入将个人的自由时间资本化,其诞生呈现出市场力量的汇聚,这样一来既生产出了读者群体,他们消费的文学类型也不断扩大。

最后,里德认为19世纪50—60年代的经济繁荣,以及同一世纪后半叶的经济衰退,标志着资本主义作为全球经济体系的确立,以及工业化国家之间对土地、劳动力和资本的竞争加剧,这导致了“催生出第一次现代军备竞赛的帝国竞争”(Rieder 2008, 28)。“现代性的三个大规模”交会于科幻——大规模生产、大规模消费和大规模毁灭。如果说大规模生产和大规模消费创造了科幻小说的读者群,那么大规模毁灭和帝国主义则是位于其叙事核心的焦虑。同样,在伊斯塔范·西瑟瑞-罗内描述的科幻小说与其他文类的关系史中,他认为“科幻小说冒险形式的特征性转变,反映了欧洲帝国主义计划崩溃后的跨国全球科技合理化制度的话语。科幻叙事因此成为科技帝国乌托邦式建设的主要介入机制,同时也成了抵抗的力量”(Csicsery-Ronay 2003, 8)。

爱德华·萨义德在《文化与帝国主义》一书中表明,即便是批判帝国力量过度和滥用的叙事，也无法想象一个没有帝国扩张和统治的世界。入侵，治外法权，对原住民种族的虚构（和实际）奴役，为大都会的利益榨取当地资源，这些悲剧不断上演。社会达尔文主义和本土居民缺乏自治能力的话语，也与不可能实现自治这一假设齐头并进。萨义德在解读康拉德的《黑暗之心》时写道，“作为那个时代的产物，康拉德不能给予土著人民自由，尽管他严厉地批判奴役他们的帝国主义”（Said 1993, 30）。事实证明，帝国想象是一个如此令人难以抗拒的概念，尽管许多作者越来越意识到帝国的恶行，但他们仍无法想象帝国的缺失。

作为帝国话语普遍化冲动的另一个方面，萨义德的“普遍化历史主义”（universalizing historicism）——一个东方主义的概念，认为历史具有“连贯统一性”，空间差异等同于时间差异——被用来解释人们普遍具有的印象，即不同的地点在普遍时间线上占据着不同的点，而欧洲是历史无情前进的先锋。这种史学思维模式还将东方社会冻结在时间中，用文化取代历史（Said 1986, 211, 230－234; Dirlik, 96－98）。用经验上可观测的真理和数学上的预测性为论据，时间宣称自己是进化的标尺，欧洲则是演化进步的地理先驱。黑格尔式的亚洲专制主义论述，将中国和东方视为空间和时间上的落后者。中国科幻小说作者需要思考的一个关键的问题是，在西方文明所定义的普遍历史轨迹的背景下，是否可能识别文化对等、主张文化优势或达成文化妥协。

里德所说的“世界资本主义经济”与所谓的“现代性的三个大规模”——大规模消费、大规模生产和大规模毁灭——具有一致性。正是这些物质条件造就了白露所说的殖民现代性，并导致清末社会和文人界出现的复调反应。顺理成章的不平等现象，大规模生产消费推动的新兴休闲娱乐文化，争夺殖民地所有权的军备竞赛所带来的大规模毁灭的威胁，这些都对中国科幻的发展及其主题关注至关重要，就像它们对欧洲科幻发展的影响一样。许多翻译的科幻小说和西方科学内容源于20世纪初上海的大众出版社和日本的出版企业。① 这些出版物反映了当时蓬勃发展的出版业，通常与其他更为公认的文类和话语并驾齐驱。作为跨语际实践的一个实例，社会达尔文主义脱离了托马斯·赫胥黎（Thomas Huxley）对其含义的批判性解读（考虑到中国的半殖民地困境，这也许并不奇怪），演变成一套道德和社会价值体系，并被理解为通往新兴全球权力关系的路线图。

帕特里夏·克斯拉克指出，萨义德对殖民地认识论批判中描述的他者的功能与科幻小说中想象外星人的他者的功能之间具有相似之处。科幻小说的主旨是未知世界的异国情调和扩张主义驱力，一方面为了小说本身，但另一方面也有利于在与他者的对立中定义自我："当后殖民理论挑战他者的沉默和边缘化，而科幻所采取的立场是，这种边缘化是自我认同的关键因素。"（Kerslake，10－11）科幻小说中的自我认同伴随着对异族他者的胜利和压制，这是在肯定人类优越性。克斯拉克表明，科幻小说从"边缘化是自我认同的关键因素"的文类演变为一种"合法的文化话语"，带来了"对当代社会严肃的社会性阐述"（11，14－15）。为此，克斯拉克认为萨义德的著作为科幻研究提供了学术合法性，从而可以用熟悉的批判性词汇来探讨地外他者之间的关

① 更多有关这些出版物使命和内容的信息，请参见 Lee 2002，142－155。

系，她提出“考虑到学术界仍然不太情愿讨论科幻，因而有必要外推某些当代理论，并将‘东方’一词替换为‘外星’，这样才能使所讨论的原则在一个本身已被边缘化的文类中起作用”(14－15)。

克斯拉克指出，在经典科幻小说中，对外星敌人的沉默常常被用来颠覆欧洲文明/人道主义作为普遍主体的合法性。里德、克斯拉克和米尔纳都认为，科幻小说确实具有颠覆种族中心主义的潜力。克斯拉克借用被禁止的“政治情色”或越来越有意义(或讽刺)的文学实验，描述了种族中心主义和颠覆种族中心主义的双重性(Kerslake，29)。米尔纳认为，萨义德对儒勒·凡尔纳相对简短的分析(Said 1993，187)，佳亚特里·斯皮瓦克(Gayatri Spivak)对玛丽·雪莱《弗兰肯斯坦》中殖民意识功能更详细的解构(Spivak 1988，1999)，以及里德和西瑟瑞-罗内对科幻小说和帝国的分析，都夸大了东方主义在这一文类中作为主题中心的地位。米尔纳认为，“这一文类既是意识形态的——贬义意味上——同时也是批判性的”(Milner 2012，159)。这种方法通过科幻文类的矛盾性来理解科幻——发现了科幻小说中颠覆东方主义话语的潜力，尽管它事实上借用了同样的语言，并且根植在其文化环境之中。米尔纳警告不要将东方主义视为科幻的唯一必要和充分条件，他接着表示：“如果没有资本主义生产关系，没有父权制的性别关系，或没有系统性的异性恋主义，所有小说形式和科幻小说都是不可想象的。这就是为什么随处可见马克思主义、女权主义和酷儿式的解读方式，不仅是针对《弗兰肯斯坦》，对普遍的科幻小说而言更是如此。”(Milner 2012，160)既然承认我们不应该将工业现代性或东方主义视为该文类在全球范围内的唯一识别特征，但我认为如果不了解清末作家在何种程度上使用这些术语来描述他们的困境，就无法充分理解中国科幻小说的出现。用吴岩的话说,“殖民主义不是科幻唯一的问题,但它是最重要的问题”。①

殖民现代性、上海在世界经济中的半边缘地位,以及20世纪之交中国科幻小说的边缘角色,意味着中国科幻小说发展中的矛盾不同于米尔纳和克斯拉克重点分析的美国和欧洲科幻小说。在对待科学和科幻小说的态度上,中国知识分子面临着截然不同的矛盾:即使科幻小说在意识形态上与东方主义的接近可以在话语层面上被颠覆,但这种叙事转向又要如何推翻东方主义所创造的政治现实呢?我想说明的是,在中国科幻小说的案例中,必须压制的他者除了外来入侵者之外,往往也是中国自己的本土传统。就在中国科幻小说作者试图强调陷入困境的古代帝国的力量的同时,他们也努力将中国古代的其他方面纳入科学解释的阐释框架。恢复古风的冲动也需要面临抉择:哪种版本的古典将被追寻或重新阐释,而哪种版本将继续沉默下去。这种反应也导致了中国传统背景下的科学解释与科学背景下的中国传统解释之间的竞争关系,这一结果部分来源于面对外来入侵时精神分裂般的反应,其中传统/现代和本土/外来的二元对立似乎同样不可行。在中国科幻小说中,他者仿佛是一只九头蛇,它的头代表了传统和现代版本之间的竞争。时间是本研究从殖民统治的另一面考察叙事和帝国问题的一个重要方面,旨在探讨中国作家试图回答的问题,也就是他们自己是否能够推翻欧洲帝国和西方科学所产生的认识论现实。中国作家意识到,试图用帝国主义文类推翻这些论述的过程本身就存在着内在矛盾和隐患。正如许多对帝国进行批判的西方科幻小说作

① 来源于私人交流,2011年3月31日。

品一样，可以说，即便是那些对帝国所追求的世界体系持强烈批判态度的作者们，也无法想象帝国的缺失。与此同时，中国科幻小说表现出一种相互竞争、相互矛盾的冲动，往往无意识地想要将中国自己的帝国扩张到清末版图之外。世纪之交的中国知识分子写作时常常着墨于陷入困境的国家和外来帝国之间的错误二元对立。

里德对科幻小说功能和起源的定义，对研究 20 世纪之交上海知识分子和文学领域有着重要的意义。上海是一个在文明与野蛮、传统与现代之间人为划分界线的地点，也是一个殖民资本主义的有害影响使征服者与被征服者之间差异自然化的地点。在这座城市里，欧洲的去中心化并不是世界观演变的副作用，而是中国自身救国使命中的一项要务。里德认为，对全球财富和权力差异原因和影响的歪曲和误解在早期科幻中显而易见，同时科幻也有可能反对这种种族中心主义，这也是本研究关注的核心问题。财富和权力的全球差异、导致差异的社会关系，以及解释它们的科学理论的准确性，上述均是早期中国科幻聚焦的主要问题。文明与野蛮之间的界限，以及这条界限究竟是由强权还是真理来划定，这是许多清末科幻小说中的主题。此外，关于中国科学话语和科幻小说，一个明确的争论点不是种族中心主义是否成立的问题，而是哪个种族/文化体系应该处于中心地位，以及如何达到中心地位的问题。

科幻反抗帝国

为了评估科幻小说在中国语境下的特殊性，本研究以鲁迅和吴趼人等清末作家为例，构建科幻传统的地方诗学。这两位作者展示了克斯拉克和里德的殖民主义和帝国主义理论在中国科幻小说中的独特体现。在分析鲁迅和吴趼人的作品时，对这些话语的本土化理解将反过来成为本书其余部分的理论跳板。鲁迅跨越医学和文学界，作为中国现代文学之父，在经典文学史中占据不可撼动的地位，因而他是我们理解20世纪初中国对科学的态度，以及理解科幻的形式和功能的理论关键。吴趼人的跨文类小说《新石头记》包含了科幻小说的许多特征，是清末科幻小说本土表达的第二个例子，也是我打算探索整个现代时期焦虑矩阵的第二个例子。在他们的科幻小说作品中，两位作者都呈现出乌托邦式的"惊异感"(sense of wonder)，也就是苏恩文定义下这一文类的标志。这种惊异感表现为对科学进步的关注，以及对技术的超越性可能的深信不疑。这一乌托邦式的惊异被一种深刻的矛盾情绪所调和，我通过鲁迅标志性的铁屋子隐喻来理解这一点——虽然二人都创作了旨在唤醒中国愚昧民众的小说，但他们的作品蒙上了一层怀疑的阴影。二人都十分关注中国吸收西方认识论以及将这些知识领域与中国哲学和政治传统相结合的过程。在许多情况下，这种吸收是彻头彻尾的实际对抗，折射出殖民主义和帝国主义的影响。

对于中国科幻小说作家来说，他们在写作中面临且公开探讨的问题是，既然清楚地理解这一文学类型充满东方主义和科学主义色彩，是否有可能运用它来反抗它的使用者呢？虽然科幻小说被用来揭露、抵抗和颠覆东方主义，但这些努力被证明往往是徒劳的。在其他情况下，这些叙事重复了帝国统治的话语，刻画了自己找寻到的虚构他者。同样，这些叙事的特点是本土传统与现代性的辩证关系，这意味着对抗并不存在于中国与另一种文明之间，而是在中国与自己的过去之间。

此外，在中国科幻小说中，中国的文化图腾成为其历史整体的代表。对中国东方主义式描摹的重新挪用将中国冻结在历史中，充满关于本土传统力量及其与西方认识论关系的不确定性。在《月球殖民地小说》《新法螺先生谭》《新纪元》(1906)和《新中国》(1910)等作品中，社会和道德沦丧焦虑的核心包括时间性、现代世界秩序重组和中国的去中心化，以及命名年份的权力关系与东西方之间的关系。换言之，我们能将时钟设置为格林尼治标准时间以外的时间吗？我们能将日历设置为格里历以外的年历吗？无论答案是肯定还是否定，二者又分别意味着什么？

在中国的案例中，我想表明这样的话语令人担忧，因为清末和民国早期的知识分子既试图颠覆中国与日本、欧洲之间的力量平衡，也试图表达他们自己对超国家霸权(supranational hegemony)的渴望。在大多数情况下，中国科幻关注帝国侵略者和统一的中国国家主体之间的对抗。尽管这是一种错误的对等——清朝满族统治者和民国政府都可以被理解为帝国体制——但主流观点是欧洲帝国和中华民族之间的对立。这些叙事揭示了面对帝国的万花筒式反应，很少像其话语的辩证颠倒那样简单。

这种生存危机与弗朗茨·法农(Frantz Fanon)和 W. E. B. 杜波依斯(W. E. B. Du Bois)所描述的双重意识有许多相似特征，①使得作家和知识分子从被压迫者和压迫者两方角度审视自己，既渴望外来帝国扩张的结束，同时寻求恢复和振兴中国自己的帝国使命。然而，这

---

① 见 Du Bois, *The Souls of Black Folk* (1965)，及 Fanon, *The Wretched of the Earth* (1968) 和 *Black Skin, White Masks* (1967)。

种反应比简单的主奴二元对立更具多面性。一系列错误的二分法总和——帝国-民族、自我-他者、现代性-传统、科学-人文主义等——产生了万花筒式的反应,彼此之间充满矛盾。一次辩证对抗裂变成多次,却始终没有清晰的综合体出现。康拉德想象力的失败使他无法设想一个没有帝国存在的世界;对于清末科幻作家来说,想象力的失败意味着无法设想一个没有欧洲帝国存在的世界。叙事找不到替代方案,这实际上是在宣扬现状至高无上的地位。

20 世纪初,中国在物质条件上与欧洲相似,里德认为正是在这种物质条件的基础上产生了科幻小说的读者群。中国在这方面是独一无二的,因为它是殖民和帝国入侵的对象,而不是受益者。伴随科学而来的焦虑也呈现出“中国特色”——不仅是对科学破坏性潜力的焦虑,也是对科学内在舶来性的焦虑——因此,这也使中国有别于克斯拉克和里德分析中的欧洲语境。最后我想说的是,中国在与他者的对抗中表现出了本土的特殊性——中国作为东方主义话语中的他者之一出现,并不意味着欧洲对自我和他者的表述发生了简单的翻转。我的分析将表明,中国科幻小说在描绘中国陷入与外国列强或外星入侵者的对峙时,也在处理和审视本土传统。也就是说,中国科幻小说所面对的另类他者,就是中国本身。

第二章　鲁迅、科学、小说：科幻小说与文学经典

鲁迅在《呐喊》自序中提到，1905 年在仙台的一节课上，老师展示了一幅画片，地点是在日据满洲，照片上是一位即将被处决的中国人，而围观人群表情麻木。这一体验使他倍感愤怒，于是在这一刻他放弃了继续从事医学研究，转向文学的“精神治疗”。对于中国文学和电影学者来说，这一创伤时刻为他们寻找一个代表中国现代文学开端的时间节点提供了成熟的素材。[①] 鲁迅的父亲死于肺结核，这一悲剧促使他决定去日本学医，却在那里接触到他所认为的中国的精神疾病。这个年轻人下定决心，认为用文字拯救中国比药物的疗效更好。跨越 20 世纪，如今他已经是这个时代的象征，是中国现代文学的守护神。鲁迅想带回国的一部分是科学宇宙，而他把小说看作是普及科学的恰当

---

① 在《发展的童话》中，安德鲁·琼斯对铁屋子的一系列讽寓性解读做了极好的总结(36－37)。另见 Tang Tao，82－94；Chow，4－11；Hsia，30－31。序言本身见 *LXQJ*，1：437－443；序言英译本见 Lu Xun 2006 (trans. Julia Lovell)，15－20。

工具。在写成开创性的《呐喊》自序前许多年，青年鲁迅的翻译和写作代表了他从科学转向文学的关键时期。为了理解 20 世纪初中国对科学的态度，审视清末科幻小说的形式与功能，以及理解科幻文类与文学经典的关系，鲁迅这位历史人物具有重要的指导意义。

中国科幻小说中的许多主题是整个中国现代文学的核心。鲁迅笔下最突出的主题彰显了通俗文学中普遍存在的药理学隐喻，尤其是其对病态社会和"形象化危机"(crisis of figuration)的观点(Huters 2005, 254 - 279)，最有力地表现在他的短篇小说《狂人日记》和《药》(1919, LXQJ, 1:463 - 472)中。在鲁迅使用这些隐喻之前，"东亚病夫"已经是许多清末作品中的一个突出比喻，包括在科幻小说中。① 鲁迅作品中所体现的焦虑和主题，在 1917—1919 年文学革命之前就已显露，并在他被尊崇为中国现代文学之父后变得更加普遍。

鲁迅创作的关于科学和科幻的杂文，以及他翻译的儒勒·凡尔纳(1903)小说，是理解清末科学知识方法的重要出发点，也是理解科幻在清末多文类小说中逐渐发挥出新作用的重要切入点。② 在鲁迅早期的科学杂文和科幻翻译中，我们都可以看到他特有的矛盾性，这将成为中国早期科幻小说普遍的决定性特征。

鲁迅引领了科幻小说翻译先声，他在翻译的凡尔纳《月界旅行·辨言》中提出，中国科幻小说虽然"乃如麟角"，但有可能教育大众学习枯燥乏味的科学知识，还鼓励更多人通力合作翻译科幻小说(Wu and

---

① 例如，《孽海花》作者之一的曾朴(1872—1935)，创作笔名是"东亚病夫"。

② 鲁迅译本与其他译本的一个重要区别是，他显然是自己完成了这部作品。大部分其他科幻作品的翻译都由团队完成，一般包括两到三人(Ren Dongsheng and Yuan Feng, 74 - 75)。

Murphy, xiii)。同年，包天笑[①]在《铁世界》——即凡尔纳《蓓根的五亿法郎》译本——序言中写道，"科学小说者，文明世界之先导也"，又补充"世有不喜科学书，而未有不喜科学小说者，则其输入文明思想，最为敏捷"。[②] 海天独啸子(生卒年不详)也以类似的笔调写过，"我国今日输入西欧之学潮，新书新籍翻译印刷者汗牛充栋。苟欲其事半功倍、全国普及乎？请自科学小说始"。[③] 鲁迅和同时代的作家们在科幻小说中看到了通过大众文化传播经验知识的可能性。为此，梁启超和徐念慈着手翻译科幻小说，而康有为[④]在《大同书》(1901)中呈现的儒家乌托邦则显然受到爱德华·贝拉米(Edward Bellamy)小说《回顾》(*Looking Backward*)的影响(Chen and Xia 1997, 47 - 48)，表明科幻小说和乌托邦想象在中国现代文学形成过程中的核心作用。这一文学目的观将为五四文人所接受，并持续产生反响，直到当代。他们的诉求之一就是普及科学知识。

科学的语言和小说的语言

"科学"一词属于由相关术语和混用术语构成的具有问题性的一

---

① 包天笑(1876—1973)，江苏人；他也用笑和天笑等笔名写作。19 岁时举秀才。为 10 多家期刊担任编辑和作者。1906 年，他在《上海时报》工作，担任副刊《余兴》的编辑。1931 年，担任文明书局《小说画报》、大东书局《星期》和文华印刷公司《女学生》的编辑工作(*Zhongguo jinxiandai renming da cidian*, 111; *Zhongguo jindai wenxue cidian*, 113)。

② 转引自 Takeda 1988, 46；更多关于徐念慈和科幻目的的论述，见 Ma, 56。

③ 转引自 Wang Shanping, 54；另见 Chen Pingyuan and Xia Xiaohong 1997, 1:58 - 63。更多关于科幻小说从日语翻译到汉语的历史，见 Takeda and Hayashi 2001, 45 - 72。

④ 康有为(1858—1927)，著名的政治理论家和改革家。郑伟良(Wei Leong Tay)的文章《康有为：儒家的马丁·路德及其儒家现代性和民族观》是一部优秀的知识分子传记。

套词汇,与刘禾所谓的清末“跨语际实践”有关。这一术语与现代性的概念相类似,现代性牢牢植根于韦伯主义/马克思主义模式中,将欧洲制度和经济体系的发展视为目的论式的历史标准,几乎没有讨论其他选择的余地。而“科学”一词很少与其“知识”的简单本义联系在一起,而是与欧洲启蒙运动的科学方法和有限的知识生产领域联系在一起。同样,“文明”一词也移植自日语,其含义常常与现代性和西化概念混为一谈。这一点在鲁迅的早期散文《文化偏至论》(1907)中得到了有力的体现,他在文中发问:“抑成事旧章,咸弃捐不顾,独指西方文化而为言[文明]乎?”(*LXQJ*, 1:47)汪晖指出,对科学的理解因为与中国古典术语的联系而变得更加模棱两可。术语的混乱产生了一种特殊的、高度矛盾的知识形式,它沿用古典汉语词汇来暗示熟悉性,但又通常被理解为完全非中国的。①

文明的概念和萨义德“普遍化历史主义”的霸权主义叙事一样,也与单一历史轨迹想象和对文化价值的普遍化评价有关。西方被认为处于进化时间的前沿:文明的地理家园。从逻辑上讲,如果进化和现代性的先锋在西方,如果科学是西方的财产,如果文明是西方文化和科学成就在普遍进化尺度上的顶峰,那么科学必须是文明成就不可或缺的组成部分。胡志德和安敏成(Marston Anderson)认为,在清末文学领域,“现代主义”和“现实主义”之间的联系是密不可分的(Anderson, 27-37; Huters 1993, 147-173)。现代化意味着摆脱与现代性对立的历史的、静态的本土传统,以及写作中采用现实主义的

① 这段话中的许多内容以及其他对鲁迅早期散文的翻译和分析,很多参考了寇致铭(Jon von Kowallis)未出版的鲁迅早期翻译作品以及与他个人的通信联系,对此我万分感激。

叙事表现模式。物质现代化和采用现实主义叙事模式来促进现代化进程，二者被认为是取代失败帝制最可行的替代方案，也或多或少是西化的近义词。因此，科学也与文明、现代主义和现实主义的概念关系密切。①

清末时期，科学的定义开始转向对物质世界的客观认识。尽管"科学"一词首次使用的确切年代因康有为不准确的记录而有所模糊，但很明显直到20世纪初——极可能是在1911年，伴随着清朝的覆灭，这个词才完全确定为"science"的翻译用词（Wang Hui，15）。② 起初，"科学"并非中文术语，而是来源于日本：日本明治维新的产物，也是另一跨语际实践的例子。正是在这一时期，"科学"一词及其与分类知识的联系开始被广泛使用。科学虽然与"观察和事实实验"的概念关系更为密切（Wang Hui，18），但它仍然与实证主义和更笼统的宇宙秩序联系在一起。1898年，严复翻译《天演论》时还在使用"格致"一词，到1902年翻译亚当·斯密的《国富论》时便已开始使用"科学"（Qiu Ruohong，65）。

严复③等西方知识领域的支持者将社会学视为"科学的科学"，能够揭示自然和社会秩序之间的内在关系（Schwarz，187）。"科学是实

① 读者如果对20世纪以前中国丰富的科学、数学和技术成果感兴趣，可以参考李约瑟编撰的《中国科学技术史》。洋务思想能够一直延续到19世纪末，部分原因便是由于这些成就影响非凡、意义重大。然而，中国在甲午战争中的失败，一定程度上掩盖了本土科学传统的观点，巩固了科学是纯粹西方产物的看法。

② 这个词最早出现在1897年康有为出版的日本图书索引《日本书目志》中（Qiu Ruohong，63）。

③ 和许多同时代的人一样，严复（1854—1921）早年曾参加过科举考试，后来因为一场家庭变故而改弦易辙。1866年，他的父亲去世一年后，严复开始在福州船政局学习，在那里接触到西方科学。严复最为人熟知的成就是翻译了赫胥黎的《天演论》、亚当·斯密的《原富》（即《国富论》）、约翰·斯图尔特·密尔的《论自由》和赫伯特·斯宾塞的《群学肄言》（即《社会学研究》）。见 Schwarz 1964。

证主义精神的表达和结果，是普遍法则的体现，也是名为‘天演’的主要驱动力。天演作为普遍法则，不仅揭示了变化世界的图景和前景，而且还决定了人们的行动准则和价值方向。”(Wang Hui, 27－28)

随着对科学的理解不断加深，以及科学在知识体系中重要性的不断提升，中国背景下的科学逐渐脱离了理学框架。虽然现代科学词汇最终与理学词汇互相区别开来，但科学的伦理和道德深意持续在学术辩论和小说处理中受到重视。科学，特别是社会学，被视为国家建设所需的理解和重新调配社会秩序的工具。严复有关社会学重要性的观点继续强调自然秩序和人类秩序的和谐，这一概念长期以来一直是中国哲学思想的核心特征。

尽管东西方认识论之间的关系一直存在矛盾，但甲午战争之后，人们对科学技术的态度确实发生了关键性转变。史华慈指出，在翻译托马斯·赫胥黎有关社会达尔文主义的著作时，严复误解了原文本的批判立场，也许是考虑到中国的半殖民地困境，并不意外地将对社会达尔文主义的批判重新解读为一种道德和社会价值体系(Schwarz, 45－48)。适者生存的法则是否适用于社会和国家，这一问题像达摩克利斯之剑一样笼罩着清末思想界。严复对赫胥黎《演化论与伦理学》的翻译，将达尔文思想进行了一番彻底的重新诠释之后带到中国。译者独到地理解了赫胥黎对进化论社会含义的批判，这显然受到全球殖民统治的条件下社会达尔文主义现实的影响。本来应当是批判社会达尔文主义的观点，在东亚却被简单理解为历史的、经验的事实。同时，这一与达尔文演化理论主体部分相背离的分支，却被认定为达尔文理论最主要的方面。这一点反映在严复、梁启超和康有为等清末知识分子的著作中，对他们来说，进化的概念通常表现为社会达尔文主义和种族灭绝。梁启超在《新民丛报》上的一篇文章体现出一种普遍的认识,“赤裸裸的侵略,曾经被认为是野蛮的,现在却被美化为欧美科学所支持的文明法则”(Secord,48)。许多中国知识分子与 H. G. 威尔斯一样担忧,虽然进化时间意味着线性运动,但时间的向前发展可以发生逆转,而人类干预则在特定社会的行进方向上起到关键作用(Pusey 1983, 57 - 64; Murthy, 79 - 80)。①

翻译儒勒·凡尔纳

假如追溯儒勒·凡尔纳(Jules Verne)的《从地球到月球》(*De la terre à la lune*)进入中国的复杂轨迹,将会为中国文学研究学者们提供一个有趣的案例来讨论刘禾的“跨语际实践”,因为该文本在翻译过程中被创造性地重新解读。同时,这一翻译行为也展示了法国科幻小说文本如何被纳入中国文学领域。这部小说最初由法文原著翻译为英文,(极有可能)通过一个美国的翻译版本传到日本,然后由井上勤(1850—1928)将其翻译成日文,名为《月世界旅行》(*Getsukai ryokō*),后来又被鲁迅译成中文版本的《月界旅行》(1903)。② 目前尚不清楚井上勤参照的是哪一个英文版本,但他的翻译很可能基于一个不太忠实

① 另见 Pusey 1998, 2 - 7; Schwarz, 42 - 60。

② 井上勤翻译的凡尔纳小说《月世界旅行》出版于 1881 年。井上勤是将凡尔纳带到日本读者面前的众多明治时期的翻译家之一,他还翻译了凡尔纳的《亜非利加内地三十五日間空中旅行》(即《气球上的五星期》)和《马丁·帕兹》。在 19 世纪的最后 20 年中,他翻译了爱德华·鲍沃尔-李顿(Edward Bulwer-Lytton)的《開巻驚奇 竜動鬼談》(《怪奇故事》,*Strange Stories*)、赫伯特·斯宾塞的《女權真論》(《女权新论》,*New Thesis on Women*)、托马斯·莫尔的《良政府談》(即《乌托邦》)和《一千零一夜》《鲁宾逊漂流记》《威尼斯商人》。

于原文的译本。鲁迅翻译中一个明显的错误是，他误认为儒勒·凡尔纳是美国人，①显然是照搬了井上勤翻译中的错误。很难说两位译者是否意识到小说的讽刺性。凡尔纳本人对科学的效用和未来前景抱有严肃的怀疑态度(Smyth, 118-119)，但明治时期日本作家和清末中国作家却以类似的方式写作，往往带有一种享受和冒险的心态。

鲁迅将《从地球到月球》努力呈现给中国读者，比起使用“翻译”一词，“转译(reinterpretation)”是一个更合适的术语，鲁迅本人也承认了这一点。在对凡尔纳的作品进行重新编排时，鲁迅所做的具体选择体现出外国小说被译成中文时所发生的转变，以及译者试图使其作品更容易被当地读者接受所采用的方法。1903 年，鲁迅翻译凡尔纳的《地底旅行》(1864)时，在写给杨霁云的信中写道：“虽说译，其实乃改作。”(*LXQJ*, 12:93)②鲁迅再次将井上勤的译本翻译成中文，井上勤版本相对忠实于原文的形式，而鲁迅则将其从二十八章缩减为十四章。他还删去了大量内容，特别是专门描述新发明及其背后科学依据的部分。然而，最明显的改变是他采用了传统的章回体小说形式。③

---

① 译者注：英文原文中此处写为“英国人”，是作者的误解。鲁迅原文：“培伦者，名查理士，美国硕儒也。学术既覃，理想复富。”

② 刘会认为，“当时的翻译与创作往往是合一的”(83)。

③ 章回体小说形式的特点包括：在章节结尾处插入叙事性评论，提醒读者最近发生的事情，并恳请他们继续阅读；频繁插入诗句来解释关键事件和情绪状态；每章附带诗句作为结尾。这些诗用传统的四言、五言和七言格律写成，不超过四行。顾明栋将章回小说称为“早期叙事形式——神话、传说、文学轶事、民间故事、个人传记、叙事短篇小说等——努力发展而成的完美的叙事形式”(Gu, 62)。刘会列举了科幻翻译家将原文汉化的三种主要方式：(1) 采用传统的叙事模式，包括章回体(如上所述)，和使用传统短语来暗示故事的口头叙述者；(2) 使用全知全能的第三人称叙事视角，如鲁迅译本中的叙述者由第一人称的皮埃尔·阿罗纳克斯转变为全知全能的叙述者；(3) 名称和习俗的汉化，如饮食习惯(84-85)。

鲁迅自己对译文的介绍进一步说明了清末翻译科学和科幻小说的奇思妙想，以及将科幻小说引入中国文化场域在实际操作上的困难。“初拟译以俗语，稍逸读者之思索，然纯用俗语，复嫌冗繁，因参用文言，以省篇页。”（《月界旅行·辨言》）①

甲午战败带给中国的文化危机促使对科举考试制度不满的改革者们呼吁进行语言改革，但实际上直到 20 多年后白话文语体才被规范化。在与古典语言及许多不同语体长期斗争之后（Huters 1988；Kaske 2008），1917 年胡适发起了文学革命（Hu Shi，5 - 16）。② 鲁迅和许多同时代的人仍然习惯使用古典文体，特别是古文文体，③这与将其理解为“有悖常理的蒙昧主义”的后五四叙述相反，事实上，“1900 年后，桐城学派最重要的散文作品是对西方作品的古文体翻译”（Huters 1988，249，252）。尽管许多清末作家将白话文置于高度象征性、政治性和经济性资本的地位，但他们试图取代的文化场域仍在继续影响着他们的写作。

鲁迅和同时代的人明白，各种历史发展都是演化过程的产物，写作也不例外。例如，尽管刘师培（1884—1919）认为文学表达发展的

① 译者注：原文引用《科学史教篇》，与原作者沟通后引文更正为“月界旅行·辨言”。

② 文章的英文译本和胡适的简明传记，请参见 DeBary and Lufrano，356 - 360。

③ 古文是一个多义词，指代跨越近两千年文学史中的多种不同写作风格，它们的主要共同点是代表一种丢失的语域，为了追回前人圣贤的文风而再度兴起。这个词最初用来描述那些据说为秦朝焚书坑儒时幸存下来的书籍。在隋朝时期，它指的是周、秦和汉时的文本。在唐代，古文成为一种新的散文体裁，模仿古时的文学风格。理论上说，这里是指汉代和汉代以前的散文。韩愈和柳宗元是这一文体最重要的两位推崇者，他们希望这种文体能够取代当时官场上占主导地位的骈文。文风的改革伴随着儒家经典准则的复兴。后来，这个词用来指代非骈体、直截了当的散文，一般具有单一主题和道德目的（Nienhauser，494 - 500）。

下一阶段是采用口语体,但他仍然认为保持古典语体是民族精神存续的关键(Huters 1988, 260)。胡志德将鲁迅在《摩罗诗力说》中的风格描述为"模仿章太炎精巧的仿古风格,尽管其世界主义论点直接呼应十年后的五四运动"(Huters 1988, 271)。在语言和内容上,鲁迅的早期作品充满了清末矛盾的思想氛围。安德鲁·琼斯(Andrew Jones)观察到,铁屋子隐喻的辛辣之处在于其多义性,"以叙事形式"呈现出"伦理、哲学和政治问题,将往往相互矛盾的观点、欲望和焦虑,在有限的文本空间中具体化"(Jones 2011, 34)。在鲁迅早期有关科学和文学的论述中,类似的许多矛盾都已初露端倪。

鲁迅的早期散文代表了清末文学的潮流,即倾向于使用古典语法和词汇,同时融合科学现代性的词汇,从而形成语言学上的拼装(bricolage)。科学翻译的跨语际实践创造出一种混合话语,采纳了新兴生物和物理科学的分类学词汇,同时使用理学古文阐释的修辞和语法类型。章回体小说的语库中也包含了古典诗歌形式。在鲁迅的改作《月界旅行》中,第五回便以诗句结尾,运用庄子哲学作为凡尔纳翻译的框架:"啾啾蟪蛄,宁知春秋! 惟大哲士,乃逍遥游。"(Lu Xun, *Yuejie lüxing*, 66)①庄子的世界观强调宇宙之不可道和人类知识的局限性,在此被用作一个启发式框架,表明更广泛的中国认识论视角具有容纳科学命题的潜力。鲁迅的翻译和科学写作,时而将凡尔纳的作品以明清小说的形式置于文化场域内,时而又将儒家论题和道家哲

① 这是《庄子》开篇一段。见 *Zhuangzi*, 1:1;Zhuangzi 1968 (trans. Watson), 30。华兹生对正文的导论概述了庄子其人及其哲学的精妙。另一关于庄子及其与道家哲学关系的概述,见 DeBary and Bloom, 1:77-111。

学的政治和象征资本作为启发式工具。

约翰·沃恩·门罗(John Warne Monroe)借用斯蒂芬·普罗特罗(Stephen Prothero)关于宗教实践克里奥化(creolization)的著作，提出可以从语言克里奥化的角度来理解19世纪法国试图创造"上帝的科学"的努力。在这些宗教体系中，"深层结构的'语法'可以从具体实践、教义和制度安排的'词汇'中分离出来"(Monroe, 7-8)。中国背景下的类似实践体现了对殖民现代性的复述，试图在话语和哲学层面上将西方科学中国化。尽管鲁迅对洋务运动所启发的观点保持深刻的批判态度，即外国科学技术具有固有中国性的观点，但他赞同新的外来知识体系必须借助中文词汇来理解。尽管这样的中国化模式往往是权宜之计，偶尔具有思想上的必要性，但它们无法完全消除根深蒂固的文化衰落感。这在一定程度上导致采用文化挪用的方法，强调有选择地、有意识地接纳欧洲文化的物质、思想和精神方面。

鲁迅在其早期散文中反复强调，无论接受物质文化多么必要，都必须伴随着对自然的科学理解。鲁迅对他所认为的中国文化中过于物质主义和工具主义的倾向进行了深刻的批判，汪晖在《"赛先生"在中国的命运》一书中也指出了这种倾向。

> 然防火灯作矣，汽机出矣，矿术兴矣。而社会之耳目，乃独震惊有此点，日颂当前之结果，于学者独恝然而置之。倒果为因，莫甚于此。欲以求进，殆无异鼓鞭于马勒欤，夫安得如所期？(鲁迅《科学史教篇》)

对于鲁迅和同时代的人来说，科学的探索精神、反抗文化压迫和文学艺术解放力量的使命，与科学和技术的物质成果一样重要。为此,鲁迅的许多早期文章都表现出尼采式的转向,①强调理想主义和个人主义的重要性,同时对民主和多数派统治深表怀疑。鲁迅的科学史、进化史和文化史写作,除了盛赞某一思想之外,也对其创始者大加赞赏。从这方面来说,他的早期写作与同时代的作品之间有显著区别,后者对中国技术革新所开出的小说处方往往侧重于建立机构主体和知识生产体系。②

鲁迅在他翻译的凡尔纳《月界旅行·辨言》中开宗明义地指出,人类已经宣称对自然拥有统治权,而世界因为交通的快捷正在逐渐缩小。人类过去对大自然充满敬畏,以为海洋和山脉是无法穿越的。

> 既而驱铁使汽,车舰风驰,人治日张,天行自逊,五州同室,交贻文明,以成今日之世界。然造化不仁,限制是乐,山水之险,虽失其力,复有吸力空气,束缚群生,使难越雷池一步,以与诸星球人类相交际。沈沦黑狱,耳窒目朦,夔以相欺,日颂至德,斯固造物所乐,而人类所羞者矣。……尔后殖民星球,旅行月界,虽贩夫稚子,必然夷然视之,习不为诧。(*LXQJ*, 10: 163)③

这段话的矛盾性预示了鲁迅开创性的"铁屋子"比喻,在他的笔下,中国人被囚禁在无法逃脱的监牢里而不自知。虽然鲁迅认为科幻小说是传播现代知识、改革迷信和原始思想的必要工具,但他对进步

---

① 鲁迅的《文化偏至论》是关于尼采的哲学思想传记(*LXQJ*, 1: 50 – 55; Kowallis, forthcoming)。

② 慕唯仁指出,自 1865 年起,中国知识分子和官员看到了国家建设危机的解决办法,即发展现代官僚制度和技术(Murthy, 51)。

③ 另见 Lu Xun 2009, *Lu Xun zhu yi bian nian quanji*, 27 – 28。鲁迅《月界旅行·辨言》和《科学史教篇》的所有英文由我自己翻译,但我参考了《鲁迅与自然科学》中这些文章的白话译本和安德鲁·琼斯在《发展的童话》中对关键段落的翻译。

的呼吁却因他眼中落后的中国人民而被削弱，他称之为“冥冥黄族”(Jones 2011，48)。[1]

鲁迅的“进化史诗”

鲁迅翻译完这部儒勒·凡尔纳的小说之后，紧接着在 1907—1908 年期间出版了论述文化史和思想史的 5 篇文章，他创作这些文章的目的在于点明欧洲的优势，并批评他所认为的中国的文化弱点。第一篇文章是一部“进化史诗”，[2]题为《人之历史》(1907)。“进化史诗”是一种写作风格，以熟悉的物体或有机体为对象，解释进化原理如何促进其发展。这一形式“成为 19 世纪后半叶[英国和美国]最重要的叙事形式之一。其科学合法性来源于自然世界渐进、合法和进步发展的进化论的概念。这种形式往往穿越广袤的时间长河，跨越一系列科学领域，甚或展现了英雄的英勇事迹，从而获得史诗般的地位”(Lightman，220)。这些作品是宣扬进化论工程学的一种尝试，旨在传递其所描述的杰出人物的英雄精神。

第二篇文章《科学史教篇》(1907)，使用同样的进化术语追溯了整个科学探索实验的历史(*LXQJ*，1:8－24，25－43)。之后，他另撰写三篇关于文学和文化的论文，分别为《文化偏至论》(1907；

---

① 关于鲁迅深刻的悲观主义意识和语言危机的更多信息，请参见 Huters 2005，252－274。

② 安德鲁·琼斯借鉴了艾伦·劳赫(Alan Rauch)对“知识产业”(2001)的分析，将这类文本称为“知识文本”，包括百科全书和手册，以及其他介绍图书馆、博物馆、植物园和动物园等机构的综合性作品，它们根据一套清晰的组织原则来展示索引目录(Jones 2011，42－43)。

LXQJ，45－65）、《摩罗诗力说》（1907；*LXQJ*，1：65－120）和《破恶声论》（1908；*LXQJ*，8：25－40）。[1] 这5篇文章都萦绕着乌托邦式过去的幽灵，这种理学式的进化观被视为无法逆转的社会衰落过程（Huters 1988，270；Metzger，258－260）。《人之历史》的副标题为"德国黑格尔氏种族发生学之一元研究诠解"，文章既介绍了从单细胞生物进化到人类的过程，又追溯了进化研究的历史，从希腊哲学家泰勒斯起，到总结查尔斯·达尔文（Charles Darwin）和恩斯特·海克尔（Ernst Haeckel）的研究止。鲁迅的论文将海克尔的著作视为进化理论的权威之声，同时也总结了林奈的《自然系统》（*Systema Naturae*）和双名命名法（binomial nomenclature）、居维叶关于化石记录的著作、拉马克的物种划分理论，以及达尔文的适应和选择理论。大部分正文致力于解释海克尔的生物遗传定律，该理论认为人类胚胎重复了从单细胞有机体到鱼类，最终到灵长类和智人的进化发展的关键阶段（"复演说"[ontogeny recapitulates phylogeny]）。[2]

鲁迅的《科学史教篇》一文与《月界旅行·辨言》一样，开篇就以乌托邦式的笔调描述了人类对自然的掌控，他认为科学知识将人类带入了一个能够轻易跨越物理空间、减少饥荒、教育的社会效益无处不在的

① 我对这三篇文章的分析要归功于寇致铭的注释译本。我承认在特别引用任何一篇文章时，如果没有他的严谨的学术研究，我将一直在黑暗中摸索着理解这些文章。

② 海克尔对种族不平等性的坚信，致使他相信"最低等的种族很难与猿人区分开来"。由此及其他原因，拉里·阿恩哈特（Larry Arnhart）认为，海克尔是"催生希特勒和民族社会主义知识传统的真正奠基人"（Arnhart，117）。不过，引人注目的是，鲁迅在进化史诗中介绍海克尔思想史时略去了部分内容：神创论的人类多元起源说。海克尔支持的观点是，人类种族差异可以解释为起源于不同的物种。鲁迅在译文中对海克尔进化图的翻译虽然区分了灵长类动物和智人，但没有达到海克尔的科学种族主义思想的程度。达尔文不接受这一观点，而鲁迅在论述进化论和进化思想史时则完全省略了这一问题。

时代。他接着将科学知识的历史追溯到古希腊，赞扬毕达哥拉斯、柏拉图、亚里士多德等人的探索精神。与其语言中明显的古典主义相呼应，鲁迅的文章中暗含另一种普遍认识，即希腊哲学代表了科学发展进程中人类堕落前（prelapsarian）的阶段。他将中世纪刻画为这些古希腊科学家前辈们知识和精神沦丧的时代，并将哥白尼发起的科学革命描述为“复古”（《科学史教篇》）。鲁迅坚持诉诸儒家古典模式及其伴随的史学模式，自相矛盾地将其作为理解西方历史的进化术语框架。

伯纳德·莱特曼（Bernard Lightman）将《科学史教篇》和《人之历史》中对进化史的全面论述比作一幅文学的全景图，认为这种形式“与 19 世纪视觉文化的重要发展相呼应，特别是在展示进化历程或当进化作为一本插图丰富的图书中的指导性主题时”（Lightman，222）。这 5 篇文章都用进化术语描述了欧洲科学、文学和文化的发展，与中国不可避免的衰落形成对比。这样的进化图景与进化插图的视觉编排和博物馆的空间布局相吻合，从古到今，循序渐进。这些文章的形式可与 19 世纪末展现进化过程的视觉文化和实体机构相比较，它们的使命也是如此类似。①

① 快速的城市化带来了社会生活的新格局，于是伴随着社会礼节的一些转变，其中许多变革都需要受到有意识的干预。在博物馆、展览馆和百货公司中发展起来的行为管理技术后来被应用到游乐园中，其设计宗旨就是将游乐场重新配置为一个规范管理区域。托尼·贝内特指出，早期博物馆的“特点也是禁止与大众集会场所——游园会、酒馆和旅店等——相关的行为准则。不准说脏话，不准随地吐痰，不准打架斗殴，不准吃喝[等]”（Bennett，27）。空间和视觉关系被有意设计成具有道德影响力，迫使观众自我规范。博物馆建设是乌托邦式建筑作为“道德科学”的一部分；贝内特将博物馆建筑的实际布局比作环形监狱：一个明确可见的空间，它塑造了对象的行为，因为他们随时有可能受到监控。博物馆有助于规范参观者行为的方式之一是，在开放空间展示物品，在那里，人的行为会受到其他参观者的注视（和指责）。除了陈列物品外，无论对博物馆工作人员还是对其他参观者来说，博物馆的结构也能使参观者群体透明化（Bennett，48，68）。

《文化偏至论》重复了这一模式，对西欧社会和哲学史进行了全景式的介绍。同样，《摩罗诗力说》也使用进化论的词汇介绍欧洲文学。这两篇文章都表现出强烈的社会达尔文主义倾向。鲁迅在《摩罗诗力说》中写道："人事亦然，衣食家室邦国之争，形现既昭，已不可以讳掩；而二土室处，亦有吸呼，于是生颢气之争，强肺者致胜。"(*LXQJ*，1：68；Kowallis)值得注意的是，这一段表达了两个普遍存在于20世纪初的主题：一是社会达尔文主义作为进化过程决定性特征的观点，二是社会作为令人窒息的房间的比喻。安德鲁·琼斯认为，"社会达尔文主义"是一个时代错误的术语，海克尔或斯宾塞从未使用这个术语来阐述他们自己的理论，这一术语"指向一个从未实际存在过的连贯实体"。相反，琼斯使用"进化思维"(evolutionary thinking)一词来描述19世纪末和20世纪初关于国家进步或衰落的论述。"从根本上讲，进化思维从演化生物学出发，理解和叙述社会和文化领域。这种思维的关键在于它依赖发展性叙事，这种叙事借由自然历史来描绘人类历史，个人和国家沿着假定的连续体前进，从'野蛮'到'文明'。"(Jones 2011，29)进化思维是解释中国历史情况和发展轨迹最突出的模式之一(34)。①

在鲁迅关于进化论的叙述中，进化的失败是对社会福祉的威胁，这一点在本书后面讨论的诸多作品中有所涉及。在最极端的情况下，这表现为彻底的退化，也是H. G. 威尔斯等西方科幻作家作品中共有的特点。罗杰·卢克赫斯特(Roger Luckhurst)将威尔斯"对进化主义

---

① 浦嘉珉(James Pusey)认为，鲁迅自己关于达尔文式斗争的言论，以及对中国将被"宇宙进程淘汰"的担忧自白，都是政治上的夸大其词。虽然我们也许不应该仅仅从字面意义上理解鲁迅的言辞，但他面对文化失落而产生的危机感却是非常真实的。

的承诺”视为“乌托邦式的希望，它被退化的衰落所困扰——[它]所造就的传统伴随着英国科幻小说一直延续至今”(Luckhurst，46)。正如后续章节所示，威尔斯小说的特点在鲁迅早期的作品中同样突出，也成为中国科幻小说出现时期的一个显著特征。

鲁迅对凡尔纳的翻译，以及他早期关于科学史和西方文明史的写作，与清末文化场域内的许多主题上和形式上的关注有所重叠。鲁迅对集体性、制度性衰落的诊断很快就遇到了集体性、制度性的解决方案的回应，不论是虚构的还是实际的。在一般意义上，当时具有改革意识的个人寻求建立科学的象征性和政治性资本，更具体而言，他们追求的实际上就是达尔文主义思想。其中许多主题是新兴科幻文学场域的核心，并将在20世纪中国的经典文学场域中继续萌芽。

第三章　吴趼人与清末科幻：贾宝玉在上海

1905年，吴趼人为《红楼梦》(又名《石头记》)撰写“续作”《新石头记》。这部小说并不具备科幻小说的关键特点之一——即故事最初问世时对自身文类标签的定位；相反，它被归类于“社会小说”的文类下。① 在文学场域中，《新石头记》与许多其他叙事模式有很多相同之处。作者在序言中承认，这部作品如同许多其他续作一样是以获取商业利益为目的。在写作风格上，吴趼人采用章回体小说的形式，但也结合了旅行叙事的许多特点。尽管如此，无论是这部小说遭遇外来入侵者和九头蛇一般本土传统的主题重点，还是随后对领土和历史都超越了外来入侵的乌托邦式中国的建构，我认为都足以将这部小说定义为科幻。虽然吴趼人的《新石头记》不是中国的第一部本土科幻作品，但它对清末政治和知识危机的见解，以及对中国乌托邦的呈现如此之

① 小说前十一章刊登在1905年8月至12月的《南方报》上，单行本名为《新石头记》，含四十章小说和配套插图，1908年首次印刷(Wu Yan 2011，242)。

深刻，足以将之视作清末科幻比喻义的百科全书，其中提炼了清末科幻文化场域的诸多方面。与鲁迅关于科学的翻译和非虚构写作一样，吴趼人也在作品中表达了对中国融汇西方认识论，以及这些知识领域与中国哲学和政治传统相互协调过程的关注。在许多情况下，这种结合是一场彻底的身体对抗，反映了殖民主义和帝国主义的影响。

小说后半部构筑的科幻乌托邦，象征了当时东西方的不同文明和清末民族复兴的思想危机。将这部小说或其他任何清末小说归类为科幻，常常面临着第一章中探讨过的各种理论考量的影响，而且许多清末小说可以更贴切地被描述为跨文类写作。然而，不论是发生在20世纪初中国新兴城市空间的小说前半部分，还是发生在“文明境界”乌托邦的后半部分，都具有科幻文类许多形式上和功能上的特点。在小说后半部分，我们看到许多科幻的物品意象：飞行器、大型武器、潜水艇、未来食物和药品，以及小说前半部分困扰贾宝玉的各种问题的超验式处理方法。人们也许无法反驳小说的前半部分为非科幻，因为它牢牢地扎根于其写作时代的社会和技术环境中。对于21世纪的读者来说，宝玉对20世纪初的科学技术和外国势力的反应似乎显得十分老派和过时。然而，小说的上半部分与下半部分一样，都以达科·苏恩文所说的科幻小说标志之一的陌生感为特征。从火柴盒、报纸，到商业保险和船长的管理规则，宝玉对他遭遇的许多事物充满了惊奇、怀疑和焦虑。小说上半部分弥漫的讶异感夹杂着焦虑感，在小说后半部分则让位于那些中国本土新技术和社会形态的奇观及对它们的全盘接受。即使在后半部分的科幻乌托邦中，我也发现了一种试图想象和叙述清末中国认识论危机解决方案的普遍徒劳感。这种徒劳感一方面很大程度上有别于与乌托邦叙事相关的文类和文本，另一方面在中国经典文学语境中又为人熟知。本章将分析面对外来他者的主题（在整个科幻文类和《新石头记》中都有出现），同时提出一系列问题，探讨清末背景下帝国统治本土化的方式和试图使用与帝国计划有关的文类作为颠覆该话语手段的相关困境。

如《新石头记》中所示，吴趼人的政治倾向比鲁迅保守得多，但二人之间存在明显的相似之处，比如作品中论及的主题性问题。在某种程度上，二人均未能得出可行的解决方案，甚至在叙事形式上也不能。在吴趼人的小说中，我们看到鲁迅铁屋子的另一前身。鲁迅笔下的叙述者公然哀叹他们无法重塑周围的世界，甚至无法减轻其痛苦的程度；在吴趼人的小说中，解决方法是有效的，但仍然不可窥探，且仅对某些特定阶层的人开放。贾宝玉从清末混乱且险象环生的环境中消失，又神秘地出现在另一个复兴了儒家文化和精神实质的另类版本的中国。这个乌托邦的所在，只有通过压抑小说前半部分的创伤情景才能想象。鲁迅笔下的知识分子叙述者们只在语言上为自己的无能感到痛苦，而吴趼人的叙述则编造出一个乌托邦式的幻想乡。在这里，外来入侵、社会不平等和政治不稳定的种种压力均已消失；尽管如此，它仍然无法描摹问题解决的具体时刻。《呐喊》自序中的鲁迅和《新石头记》中的贾宝玉都站在铁屋子外，遥遥观望中国遭厄，却无法提供诊疗的方法。

尽管带有些许徒劳感，吴趼人还是在小说中对一些当代社会趋势和欲望进行了预言或虚构化处理，参与了正在建设或将要建设的一些科学机构基础的想象。吴趼人的小说以惊人的视角全面描绘了清末政府的失败，以及具有儒家特色的乌托邦理念的全面构想。这部中国最早的科幻小说之一，使我们具象地看到清末知识分子所面临的焦虑。《新石头记》将《红楼梦》中的主要人物贾宝玉带到20世纪初的中国。宝玉先是发现自己在上海郊外的一座小庙中醒来，然后他进入上海，再沿着长江来到北京，最后神秘地抵达乌托邦的“文明境界”。在这一旅途中，他讶异而叹服于外国技术的无处不在。他很快意识到外来技术被广泛应用，无论是作为精英世界主义的标志，还是出于更加实际的原因，都几乎不易察觉地被用作日常便利工具。

初读小说，令人感到费解的是吴趼人为何选择贾宝玉作为《新石头记》的主角。在前一世，宝玉令父亲失望，因为比起学习儒家经典，他对诗歌创作和保持浪漫的爱好更感兴趣。宝玉得名于女娲补天时遗弃的一块残石，他只求领会尘世存在的虚无，而不是修正普遍秩序。① 因此，很难想象他在《新石头记》中扮演的角色竟会致力于实践知识和民族考量，仿佛与过去的自我毫无共同之处。宝玉在小说中的位置，恰恰在于他的错置。他落入上海的文化大杂烩中，还没有机会适应喧嚣的多样性。因此，他不会将自己遇到的任何新媒介或技术视为理所当然。当我们看到贾宝玉在清末中国重生，他所经历的许多焦虑情绪在整个中国沿海地区早已稀松平常。宝玉无从归属的另一个原因是，他坚持不懈地尝试接受中西文明之间的差异。宝玉的局外人身份使得他能够扮演民族学观察者的角色。面对半殖民地时期的上海，他所受的文化冲击使他能够用外国的眼光来看待中国。通过薛蟠

---

① 神话中，女娲偶尔作为人类创造者被提及，汉代时她被崇拜为生育女神，出现在一些早期哲学和神话传统中。女娲帮助人们驯服自然力量（特别是通过农业）和恢复秩序，因而她作为文明力量和文化创造者的地位与她作为创造者的地位一样重要（Lewis，110－133）。

和吴伯惠①这两个文化内部人士的协助,宝玉才能更快速地理解新的社会环境,从而开展他的民族学研究。在这项伪民族学研究中,宝玉意识到了由内部腐朽和外来入侵的多重因素决定的危机。宝玉就像 19 年后的鲁迅一样,是一位受过良好教育的观察者,站在铁屋外面,由于他的视角保持一定距离,因此才能理解眼下的危机。

薛蟠是富绅家的儿子,不学无术,胸无点墨,是宝玉的表兄,②同样转生来到清末的上海。对于薛蟠和同时期许多现实中的人来说,尽管有殖民地的存在,但也正因如此,蓬勃发展的工业港口上海成为一个充满机遇的地方。对于居住在内陆地区的绝大多数人来说,外来事物在中国港口地区的存在并没有改变他们日常生存的挣扎和担忧。那些受过良好教育的精英们,认为自己与中国的命运息息相关,他们也有能力参与有关局势的公开辩论。"批评 19 世纪初期进口商品的梁章钜观察到:'……见异思迁,一人非之不敌众人慕之,其始达官贵人尚之,浸假而至于仆隶舆儓,浸假而至于倡优婢嫔。'"(Dikötter 2006, 9)冯客(Frank Dikötter)否认了梁章钜的论点,即接纳物品和行为的主要方式是通过它们在社会较高阶层中被接受为奢侈品,并最终顺着社会阶层逐级流动。相反,冯客认为物品越是日常,便越快获得进口和模仿,它"外来"的标志也会被抹去(Dikötter 2006, 9)。③ 冯客认为,20 世纪初期,经常将"外来"与"帝国主义"挂钩的往往是中国的政治精英们。出于对日常实用性更加务实的关注,精英文化圈之外的人并没有记录下自己面对外来商品时的个人反应,但是我们可

① 吴伯惠的名字取谐音"无不会"。

② 薛蟠在《石头记》中第一次露面的情节涉及他的谋杀案件,之后他贿赂法官要求撤诉。

③ 译者注:原文误标为第 31 页,应为引用书目第 9 页。

以假设,精英和普通民众(出于必要)常常必须将使用外来物品和反对帝国主义入侵的言论区分开来。如果分别从三个维度想象文化场域,考虑其经济、政治以及文化地位,将帮助我们理解贾宝玉和薛蟠与上海的关系。薛蟠虽然家境富裕,但文化上却很贫瘠,只参与能看到直接个人利益的政治行为——这是一个没有受过教育的、放荡的金钱杀手。另一方面,小说将宝玉重新想象成具有象征和经济资本的个体,他拥有抵抗殖民的政治意愿。

比起宝玉,薛蟠对于购买外国商品更感兴趣,尤其是威士忌和雪茄这些象征着舒适和财富的消费品,或者手表和留声机之类的玩物。借用李欧梵的一句话,吴趼人刻画薛蟠的教化笔调,表现出"人物在东西方之间的晦暗地带游走,混杂着贪婪的商人、渴望地位的新贵、为了娱乐和休闲而移居城市的乡村地主家的纨绔子弟"(Lee, 151)。对于中国的新兴消费阶层来说,西方科学技术所提供的物质对象的目的和好处都非常明确。日常生活的物质必需品和舒适性,可能与对国家意识形态的效忠或社会正义感相冲突。薛蟠与宝玉之间的鸿沟,以及薛蟠自身反复无常的行为,夸大地反映出新商品的外来属性在清末中国所遭遇的精神分裂程度与洋务思想并无不同。

虽然宝玉的同伴兼信息提供者薛蟠在适应新境况时遇到的困难较少,但宝玉本人却是大受打击。清末中国出现如此多的外来物件,以至于对薛蟠和其他大多数公民来说,"外国"这个标签开始失去其标志实际差异的意义。冯客观察到,当这些外国技术仍然明显地表现出外来特征时,它们便成为消费者现代性的标志,"新商品迅速成为日常生活的一部分,从电风扇、宫殿中的照相设备,到橡胶雨鞋和农舍里的搪瓷盆”。① 宝玉转世来到上海，这是一个以消费为导向的城市社会，人们的身份与在市场上购买的商品密切相关。宝玉和薛蟠之间迅速产生鸿沟，原因正是由于后者不加批判地接受奢侈品，以此来彰显他的社会地位。假如简单地刻画一种对外来事物完全排斥的形象，便过分简化了新物质商品引入中国的复杂性，也忽略了“外国”如何迅速地（也许仍然令人担忧地）融入“日常”，尤其是在产品实惠且实用的情况下。外来商品的存在，以及这些商品享有的声誉，二者之间常常充满矛盾。

在宝玉转世来到上海大约半个世纪之前，日常生活中的许多用品，无论是本地生产还是进口商品，都与“洋”有关，而“洋”往往意味着品质保障。宝玉遭遇了半殖民地时代盛行的外国商品、行为实践和思想，虚构地再现了许多清末文人在个人作品中的记载：

> 陈作霖（1837—1920）记录了道光年间对外来产品的需求：“凡物之极贵重者，皆谓之洋。重楼曰洋楼，彩轿曰洋轿，挂灯名洋灯，火锅名洋锅。细而至于酱油之佳者，亦呼洋秋油；颜料之鲜明者，亦呼洋红、洋绿。大江南北，莫不以洋为尚。”（Dikötter 2006，27）

这样的评论略去了经济民族主义往往与个人消费主义之间的冲突。爱国情怀、对制造商的怨气和个人的社会正义感，并不总是与这

① 这种情况不仅限于中国，也是世界范围内殖民现代性的征候。冯客指出：“亚洲、非洲和南美洲的主要群体认为，必须将现代性带回本国，才能把自己的国家推进‘文明’国家的世界，加入走向更美好未来的大军。‘外国’代表‘现代’，因为欧洲被视为新世界进步的源泉。”“精巧”或“奇巧”等词汇，“变得与外国商品息息相关”（Dikötter 2006，27）。

种个人的炫耀性消费行为相匹配。宝玉立刻明白了“你买什么就是什么”的道理,但是小说中他所处的位置决定了他对全球资本含义的独特认识。有意识的消费主义是意识形态和钱袋之间协商的过程,但这本身就是许多人不曾享有的物质和知识上的富足。相比之下,薛蟠更在乎如何使自己活得舒适,而不在乎收听外国留声机意味着什么。后来他加入义和团运动,在与宝玉的讨论中表现出基本上没有考虑过与经济民族主义有关的任何问题。薛蟠的态度是一种机会主义,他寻求可能获得的任何好处。单单考虑外来商品被广泛接受的事实,只会掩盖作出这些决定时的矛盾心理——假如人们真的在意商品产地。

冯客认为:“物质现代性不是外国人强加的条件,而是一系列新机遇的集合,是可以用各种富有想象力的方式灵活运用的工具箱。在文化交会的过程中,全球与本土接触后,二者都在发生改变:正是文化适应(enculturation)而非文化涵化(acculturation),标志着中国共和时代广泛的文化和物质变迁。”(Dikötter 2006,7)①购买和/或使用新产品

① 由于大规模生产所带来的新兴产品和更易获取的常见物品,也有可能如新认识论那样,加强而不是取代了关于宇宙和社会的传统观念。风水和民间信仰变得更为显著,人们的实践更为广泛,原因是与之相关的、曾经稀缺的物品充斥了当地市场。冯客指出,“仅举一例而言,共和时代镜子的大规模生产,巩固而不是取代了关于精神力量的宇宙学概念,因为人们可以将便宜的镜子放在门外,防止恶灵进入屋内”(2006, 10)。先前被宇宙-精神秩序准则合理化的等级制度,被定型在经验理性的准则之下。冯客在《现代中国的种族话语》和《中国的性、文化和现代性》中都指出,在许多方面,科学被当作一种工具,原本用儒家道德律和相关宇宙论来表述的关于种族独特性和性别差异的本土话语,也被科学工具变得“现代化”“西方化”和“符合逻辑”。此前用阴阳来表述的性别差异概念,被重新描述为数量和质量上的差异,但定义这些差异的基本范畴在两种话语中仍然保持不变(Dikötter 1995, 14-61)。

的决定,绝不只是单纯考虑其产地是外国还是本国。① 经济民族主义表明,在许多情况下,反对的对象并不是商品本身,而是商品的来源,但爱国情怀也可能无法忽略进口商品的实用性。甲午战争爆发后,郑观应(1894—1922)等改革者主张以“模仿”或“仿造”来替代进口产业。郑观应在《盛世危言》中指出,进口替代是对抗欧洲列强发动商战的关键。物质文化和思想文化的展示方式也成为人们关注的重点。

铁屋之外的思考

故事中发生了两次前往不可能之境的传送:其一是宝玉在清末中国复苏,其二是他来到文明境界。的确,尽管宝玉所处的新环境在文化和语言上都是“中国的”,但它们显然与中国本身的物理空间有所区别。小说中没有暗示中国的地理相关性,也没有任何迹象表明宝玉来到另一时间点。宝玉在文明境界的导游——老少年②——也清楚上海的情况,但没有提及在那里的亲身经历。宝玉和同伴一起乘坐飞艇和潜水艇穿越地球,那时外来入侵的威胁几乎已经消失。文明境界是对儒家古风乌托邦社会的回归;同时,它也代表着技术上的飞跃,超越

① 举一个当代美国的例子。人们购买一台电脑,它的芯片在台湾生产,机身在深圳工厂组装。这家跨国企业的总部设在日本,购买电脑的全球连锁企业在华盛顿投入的破坏环境和劳动法的资金比在当地工人医疗保健方面投入的资金还要多。如果消费者意识到这里的资本问题,他或她可能会对此感到非常愤怒,但价格和必要性是帮助消费者放弃经济民族主义考虑的强大力量。

② 字面意为“年老的少年”。

了当时其他任何文明的水平。①

宝玉苦苦寻求解决中国半殖民地苦难的方法，但常常陷入危险之中，多次险些遇难。他首次遭遇人身危险是在卷入义和团运动时：他几乎被暴徒踩踏，之后因为批评一个官员的儿子又差点被勒死。贾宝玉摆脱了文化和政治动荡的局面，安德鲁·琼斯形容为“奇怪地使人想起鲁迅的[铁屋]寓言”(Jones 2011, 55)。最终，宝玉遭到客栈老板的抢劫，他识破了阴谋，并持枪埋伏在暗处，才免受盗窃和可能造成的人身伤害。离开客栈后，宝玉和仆人焙茗——同样神秘地重生，初始形态为宝玉醒来寺庙中的一块木雕——遭到强盗拦路袭击，焙茗被箭射中，再次幻化成木雕。强盗以为他是一尊菩萨，宝玉便借机假扮魂灵将他们驱走。这场危机生动地体现了胡志德所谓“无法构建角色可以舒适居住的叙事世界”的模式，他还补充道，“实际上，清末所有被认可为具有批判性的作品似乎都属于这个类别”(Huters 2005,152)。也许我们更应该用危机四伏来定义宝玉在《新石头记》中所处的世界。

尽管宝玉质疑外来技术、人群和社会结构的压倒性存在，但却是中国自身的道德危机和他的同胞对其生命安全构成了直接威胁。在义和团运动期间，他被围困在一群暴民中，是一位外国士兵和宝玉自己的英语知识拯救了他。宝玉的危难也是国家的危难：一场超定的危机(overdetermined crisis)，与其说是外来入侵者的威胁，不如说是内部道德秩序恶化的结果。中国的内部危机层层叠加，用弗拉基米尔·尼日尼(Vladimir Nizhny)的话说，就是导致了叙事的爆发

① 文明境界符合西瑟瑞-罗内所定义的“未来历史”模式——吴趼人的叙述清楚地表明，这个地方有自己的历史目的论。虽然它在时间和空间上与真实的中国有所重叠，但那里的物质和思想水平是独立发展模式的结果(Csicsery Ronay 2008, 76－110)。

(narrative bursts)。面对陷入混乱的社会,这个故事本身变得难以为继——唯一的结局似乎只可能是宝玉亡于劫匪或千年狂人之手。然而,他却突然发现自己走在通往文明境界的道路上,这个乌托邦空间既是中国又不是中国。就像许多的乌托邦构想一样,那个世界已经成形,其创造过程——没落的清朝社会如何抵达这样一种状态的途径——只能留给读者自行想象。

吴趼人将小说叙事转移到想象领域,避免了谈及儒家道德准则及其深刻影响的政治和法律制度的失败,以及小说上半部分的社会衰落,这些将如何与小说下半部分提出的儒学复兴发生和解,读者们不得而知。文明境界显然已经完全摆脱半殖民地和现代性的创伤,也摆脱了陷入失败困境的清政府及其社会结构。只有特权的知识分子才有机会站在铁屋外,①而中国大多数人似乎只能在铁屋内窒息而死。

① 安德鲁·琼斯也详细描述了吴趼人与铁屋隐喻的关系,他认为这个主题来源于爱德华·贝拉米(Edward Bellamy)1888 年小说《回顾》(*Looking Backward*, 2011, 31 - 51)的翻译。碧荷馆主人(1871—1919)的小说《新纪元》(1908)则讲述了中国和欧洲之间关于是否采用格里历而打响的一场战争,其中提到一个稍微不同的说法——"铁房子",由一位名叫麦克的法国科学家发明。这个装置能够使被关在里面的人同时冻死和窒息。这座铁房子坐落在中国军队沿苏伊士运河上岸的地方,再次预示了鲁迅的标志性隐喻。在倒数第二次战役中,中国元帅黄之盛——字面意为"黄种人之兴盛"——的侄子金景澂及其中队的士兵追赶一队敌军上岸,最终来到铁房子前。进入铁房子后,他们发现自己被困住,开始感到越来越冷,呼吸也变得急促,因为天花板上的管道正将空气从房间里抽出。于是他们想出一种方法,用军服堵住管道,不久就被铁房子外的同伴解救。与鲁迅的讽寓相反,这座铁房子显然是外国列强的产物,而被困其中的士兵深知自己的困境,不但积极拯救危难处境,同时屋外的统一社会体也在努力展开营救。一旦有意识地寻求解决方案,便可以从铁房子中逃走。因此,铁房子象征着西方世界无法遏制中国,而不是象征中国内部的心理病症,这个为人熟悉的比喻在此发生了乐观的转向。

在图3.1中,我们看到乌托邦与清末反乌托邦之间的区分,它们在视觉上呈现为两个领域之间树立的牌坊。边界上立有象征性的围栏,确保只有配得上乌托邦恩惠的人才能进入。贾宝玉进入文明境界时,首先经由测验质镜"验性质"。此镜显然类似于现代核磁共振成像,帮助乌托邦境界的居民决定谁可以进入他们的世界。性质不良者被拒之门外,性质较野蛮者接受"改良",性质文明者允许立即入境。这是一个已被改良的社会图景,一部分通过医生,一部分通过文化复兴,而改良步骤之一便是驱除中国的负面因素。这个乌托邦被设定在一定的历史背景下,通过坚持消除"未开化"的元素,完全回避了小说上半部分导致叙事崩溃的社会危机。通过性质考验后,宝玉询问老少年有关进入乌托邦的过程。老少年解释说:"倘是性质文明的,便招留在此;若验得性质带点野蛮,便要送他到改良性质所去,等医生把他性质改良了,再行招待。内中也有野蛮透顶,不能改良的,便仍送他到境外去。"(吴趼人《新石头记》,280)对此,宝玉质疑,为何世界其他地方没有这样的道德改良过程,对此老少年答道:"谈何容易!此时世人性质,多半是野蛮透顶,不能改良的,虽有善法,亦无如之何,只有待其自死。"(282)乌托邦依赖于其与世界其他地方的隔绝,文明境界的完美决不代表整个中国得到拯救。宝玉被质镜诊断出肠胃不净,但"性质晶莹"。小说前半部分所描绘的不断衰落的民族国家与文明境界之间的鸿沟,通过中医灵药与现代技术几乎无所不能的结合而实现。

上述内容与鲁迅作品中一个突出的隐喻极为相似:以病态的身体比喻需要精神救赎的病态社会。吴趼人的小说并没有像《药》或《狂人

图 3.1　贾宝玉在文明境界牌坊处遇见老少年。回目题诗为：
“贾宝玉初入文明境，老少年演说再造天。”

Wu Jianren, *Xin shitou ji*. In *Zhongguo jidai xiaoshuo daxi*, ed. Wang Jiquan et al.（Nanchang：Jiangxi renmin chubanshe，1988），frontispiece.

日记》那样大声疾呼治愈社会,而是直接呈现出治愈后的社会图景。① 在这个中国的分身世界中,半殖民统治和认识论危机的创伤都已被抹除。但是我们必须牢记,虽然"文明境界"属于中华民族,但它与中华民族国家相互独立,"文明境界"中的居民也能够意识到中国的困境。

想象中的乌托邦终究无法实现,所以小说最后以虚幻的梦境结尾,还有许多迹象表明中国的民族危机尚未解决。贾宝玉发现自己已经逃脱铁屋子,但它的墙壁仍然屹立不倒。诚然,宝玉后来得知薛蟠曾三度尝试进入文明境界,却越来越难以为文明境界所容。老少年颠倒了孟子对理想统治者美德的描述,形容薛蟠的道德缺陷"睟(粹)然见于面,盎于背"(《新石头记》,286)。② 如果薛蟠的命运是在暗指其他同胞,那么似乎绝大多数中国公民很难得到救赎。

文明境界是两种意义上的乌托邦。它是现代主义式超越的所在:这里的天气和季节均受人为控制;武器装备精良却没有必要,因为国内外所有威胁早已销声匿迹;律法和宗教让位于对孔子教义的尊崇和坚持,这个国家温和的君主立宪制也变得过时;人们已经忘记"贼""盗"和"奸"这些字眼,以及它们所描述的行为;③空中和海上行驶技术

① 齐泽克在《意识形态的崇高客体》中,把"症状(symptom)"定义为一种身体或心理上的疾病,最终成为一个人主体性的决定性特征。这是中国现代文学中最流行的比喻之一(见 Žižek, 1 - 94)。更多关于中国现代文学中的生理和心理创伤的论述见 David Der - wei Wang 2004; Ban Wang 2004; Braester 2003; and Berry 2008。

② 上下文中的段落见 Mencius, 148; Mengzi, 905 - 906。

③ 西瑟瑞-罗内用大量篇幅(整整一章)来讨论他所说的"虚构新造词(fictive neology)":科幻小说中陌生化的词汇,意在提示另类世界中整体的历史、社会结构和技术。在吴趼人和许多其他清末科幻作品中,对乌托邦和未来的语言最强烈的关注在于描绘一种语言失去了哪些特征,而不是描绘它如何发生转变或发展(Csicsery Ronay 2008, 13 - 46)。吴趼人的《新石头记》使用了典型的古典语法和措辞,尤其在小说后半部分贾宝玉进入"文明境界"的技术乌托邦后。

臻于完善;技术还使得人类视野能够清晰地穿越距离、金属、黑暗和水;通过合理化和技术化的饮食和医疗系统,消除了对饥荒和疾病等寻常的担忧;①现实世界中失传的儒家经典和最新研究并排陈列在庞大的国家图书馆中。简而言之,一切顽疾——社会、政治、经济或其他——都已得到解决。

从字面意义上看,文明境界的乌托邦也意味着"乌有乡"。根据宝玉的导游老少年的介绍,这个民族国家的领土在地理上展示了该国的现代主义理性,似乎与清帝国领土完美重叠。但吴趼人明确表示,宝玉已不在中国。这部小说没有回答究竟如何实现文明境界的成就这一问题。宝玉是这些成就的见证者,但没能见证文明境界建立的过程,或是小说最后梦境中的中国(Huters 2005,170)。与具有乌托邦元素的科幻小说一样,尽管已经呈现出一个实现了超越(transcendence)的社会,但读者却无法了解这种超越的实现过程。② 我们唯有停止怀疑贯穿小说前半部分的道德和社会危机,这样才能依然对乌托邦的存在抱有信心。

---

① 弗兰克·麦康奈尔(Frank McConnell)认为,食物匮乏是科幻小说的一个显著特征。当小说中提到食物时,它往往是药丸或其他类似的不好吃的混合食品——只是为了摄取营养,而不是享受美食的乐趣。对此,加里·韦斯特法尔补充,科幻小说中的食物最类似于医院里的食物。"也就是说,如果今天我们生活在一个'病态社会'中,那么解决办法就是建立一个医院社会。其结果便是,典型的未来文明就像医院那样,把食物当作一种医疗手段:它是健康的、营养丰富的,也是难吃的。"(Westfahl 1996,213-223)另见 ibid.,200-212。

② 王德威和宋明炜指出,梁启超的《新中国未来记》(1902)中也出现了类似的断裂,这是一部乌托邦式的中国政治改革未来史。虽然小说描绘了一个"辉煌的理想化未来"(Song Mingwei,89),但这部未完成的小说却忽略了如何实现乌托邦的方式(Wang,304)。

回到未来:现代性和陌生化

在《新石头记》的上半部分,故事透过贾宝玉的视角探讨了与欧洲帝国(而非外星存在)之间的冲突,面对欧洲的军事和技术力量,贾宝玉突然开始对中国半殖民地局势感到焦虑。宝玉和他的同志们没有遇到非人类他者,而是遭遇了异样的认识论和令人眼花缭乱的新技术、食品、饮料和文化规范,这些都以殖民现代性的形式呈现在他眼前。屡战屡败暴露出中国面对外国入侵的软弱无能,也清楚地表明了不论有无殖民侵略,中国都面临着内部的危机。小说的后半部分陷入乌托邦式的幻想,演绎了对他者的沉默和征服,重申了本土文化价值,而这也是帕特里夏·克斯拉克所认为的科幻小说的核心。小说后半部分对外来他者的沉默是如此彻底,以至于问题几乎完全消失,只是偶尔出现在宝玉和导游老少年的谈话中。

尽管小说后半部分充斥着科幻小说中常见的虚构物体——飞船、潜水艇、长生不老药,以及统治人类和自然的武器——但小说的前半部分同样充斥着苏恩文式的惊异感,尽管表现出更强烈的排斥技术的倾向。从宝玉在上海郊外醒来的那一刻起,他就对周围看到的真实事物惊叹不已。从火柴到报纸、外国食品,再到河船领航系统和保险制度,正是这些日常物品最让他感到惊异。这些物品还表现出清晰的文化冲突感和展示意图。宝玉在乘船去上海的途中了解到外国的食物和饮食方式。大多数外国食品名称经过音译后给人一种陌生的感觉,更强调了这些食品的外来性。宝玉探访江南造船厂之行标志着他对外来知识产生了浓厚的兴趣,但这也是出于经济民族主义的目的。在巡视造船厂时(图 3.2),宝

图 3.2　贾宝玉造访位于上海的江南造船厂。回目题诗为：
“论文野旁及园林，考工艺遍游局厂。”

Wu Jianren, *Xin shitou ji*. In *Zhongguo jidai xiaoshuo daxi*, ed. Wang Jiquan et al. (Nanchang: Jiangxi renmin chubanshe, 1988), frontispiece.

玉明确表示，最终目标是对造船厂所翻译的知识的本土化生产，以及本土的发明和制造。

当宝玉得到机会品尝洋酒时，他用类似的语调对消费的外国商品表示怀疑，甚至不屑一顾。吴趼人采取的策略符合达科·苏恩文对科幻的结构主义定义，即科幻依赖异于作者经验环境的想象框架。最使宝玉感到陌生的新异（novum）之处正是半殖民地时代中国的日常氛围，但几乎没有迹象表明文明境界的一切有什么陌生之处。小说后半部分的社会技术成就被标榜为拥有某种固有的中国性，因而不具威胁，而小说前半部分遇到的每一样东西都会引起宝玉的怀疑和谴责。

宝玉进入文明境界后完全打消了疑虑。在那里，食品已被纳入技术化和合理化的系统中。中央加工厂从未加工的食物中提取营养物质，还原成清澈的液体，然后根据个人的健康需求对其进行个性化处理，最终通过管道系统输送给预定的接收者。特别是在20世纪以消费为导向的全球文化中，食品（以及语言）是民族特色本质论的基石之一。西方食品、饮料、餐具及消费所需的身体技术均被视为一种威胁。另外，在文明境界中，科学将传统加工为一种透明、无味和冰冷的效率工具，这样一来威胁便不复可见。宝玉对此转变并不感到惊愕，这显然是由于其固有的"中国性"。"总而言之，这些发生在文明境界的事件代表'中学为体，西学为用'最终愿望的实现，这句口号如此深刻地萦绕在清末知识分子的生活中。"（Huters 2005，167）如果技术成就是中国发明家和工匠的产物，并被用于肯定本土的主导地位时，其适用性便不再是争论的焦点。

宝玉对于留声机之类的物体完全不屑一顾（图3.3）——这些物件很有趣，但肯定没有真正的价值。西方的存在几乎完全是物质性的——

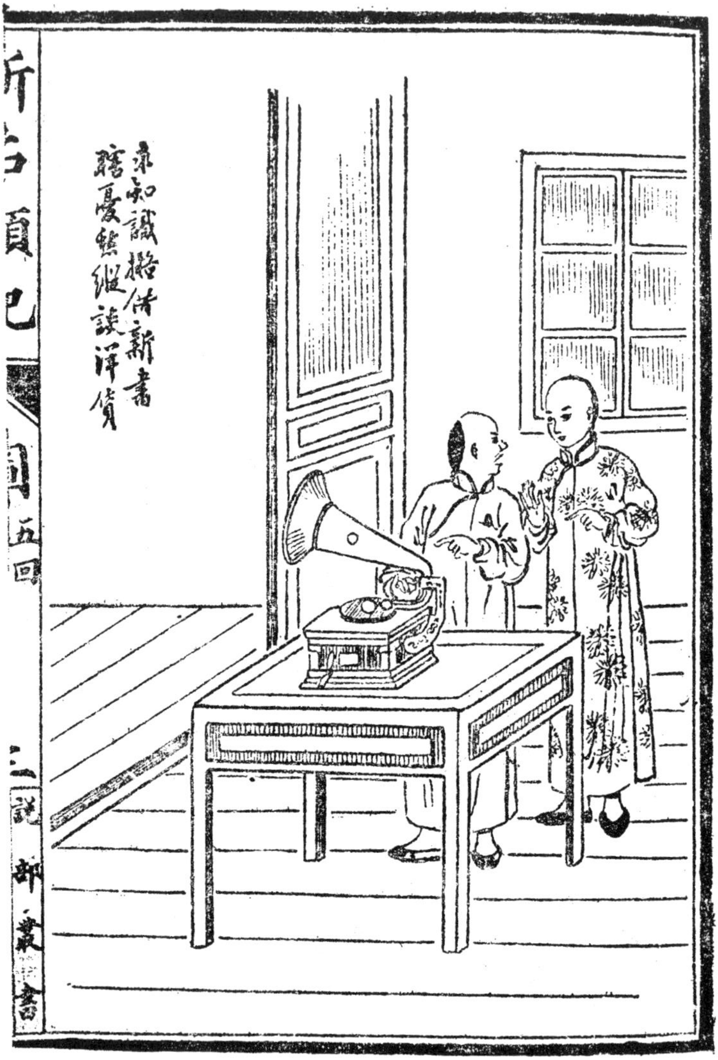

图 3.3　贾宝玉质疑留声机的用途。回目题诗为：
“求知识拟借新书，瞎忧愁纵谈洋货。”

Wu Jianren, *Xin shitou ji*. In *Zhongguo jidai xiaoshuo daxi*, ed. Wang Jiquan et al. (Nanchang: Jiangxi renmin chubanshe, 1988), frontispiece.

他接触到的主要是外国物品,而不是外国人。在小说前半部分,宝玉与外国人的实际接触仅限于得到义和团运动期间入侵北京的欧洲部队士兵的引导。得益于新学的外语和士兵对北京的了解,宝玉才免受暴民的侵害。小说前半部分的异域存在,比起个人层面,更多的是物质上和经济上的,而这些在文明境界中几乎销声匿迹。宝玉和他的同伴不再需要面对外部世界的挑战。

不管是外星人、机器人还是外国侵略者,都没有导致叙事崩溃,也就是宝玉被神秘地转移到文明境界。况且在文明境界中,机器人、外星人或外国侵略者都处在帝国力量的控制之下。宝玉和文明境界努力应对的他者,恰恰是中国自己的文化遗产。小说详细描述了角色们共同努力确定应当复兴哪些方面的文化遗产,并如何寻找使之在新时代发挥作用的方法。一方面,宝玉见证了儒家传统的复兴。另一方面,他和同伴与神话中的巨兽战斗,正因为后者与作为地理和文化中心的中国之间存在的巨大差异和距离,中国才能被称为中国。《山海经》和《庄子》中未驯服的蛮荒生物和地域在动物学和地理学上隐喻了中原地区和儒家世界秩序社会空间之外的生物和空间差异。

文明境界博物院

在文明境界,宝玉和同伴不断与中国神话历史产生激烈对抗。鹏鸟是宝玉和同伴们在小说后半部分的众多发现之一,他们选择将其猎杀并带回博物院保存。连续几天,他们乘坐飞行器追逐巨大的鹏鸟,用电机枪向它扫射。最终,这只象征不断变化和不可知自然世界的巨鸟被无休止的子弹流击落,徒然坠向地面。他们着陆后才发现,竟然一路追猎鹏鸟来到了非洲,他们用一堆电缆将大鸟拴在飞行器上,然后成功发动引擎返回文明世界。回到文明境界后,巨鸟被动物标本学家制成标本,在巨大的博物院中展出,该博物院保存了中国现实历史和想象历史的全部知识珍宝。宝玉因其英勇行径受到褒奖,而庄子关于"化"和人类知识不完全性的生动隐喻连同这只巨鸟一道消亡了。于是,神话历史成为人工制品,被收入帝国博物院展览,也是通过收编未知事物来人为施加秩序。① 借用宇文所安(Stephen Owen)评价在五四运动旗帜下中国文学史的重塑时所用的术语,宝玉和朋友们试图"封存"(embalm)神话和历史,使其为"中国文化所有,而不是作为其媒介"(Owen, 167 – 190)。换句话说,鹏不再作为表现人类认知边界的宏大叙事的一部分,而是被吸纳到民族国家主张获得自然世界的系统性知识的主导叙事中;本是用来隐喻宇宙的崇高和不可道的性质,这里却被用于表达主权权力的象征和文化教育的工具。中国文化作为物质基础的意象好似被掠走的瓷器,这并不是毫无根据的焦虑。

这种焦虑以奇怪的方式展现出来,尤其是通过书中的插图。安德鲁·琼斯将这本书中的分类学尝试与儒勒·凡尔纳《海底两万里》中尼莫船长的工作进行比较,他指出小说后半部分近一半叙述专门聚焦空中和海上探险,涉及猎杀、捕捉和标本收集(Jones 2011, 47 – 58)。在1908年小说重印版的后半部分,大部分插图中的贾宝玉身背步枪,瞄准中国神话中的异兽。图3.4展示了他们猎捕鹏的章节。

① 这是对英德帕尔·格雷瓦尔(Inderpal Grewal)的改写,他的原文如此:"大英博物馆是一项帝国主义工程,因为它体现了对秩序的热爱,以及通过这种秩序驯化未知事物的企图。"(Grewal, 44 – 57)

图 3.4　贾宝玉在升降机中举枪瞄准鹏。回目题诗为：
“闲挑灯主宾谈政体，驾猎车人类战飞禽。”

Wu Jianren, *Xin shitou ji*. In *Zhongguo jidai xiaoshuo daxi*, ed. Wang Jiquan et al.（Nanchang：Jiangxi renmin chubanshe，1988），frontispiece.

米尔纳将科幻定义为同时具有意识形态性和批判性的论述。小说后半部分表现出摇摆不定的姿态，一方面意识形态和自我东方主义化的使命重复了殖民主义的暴力，另一方面也批判地揭露了欧洲世界秩序。宝玉的游猎也可以用经济资本概念来解释，这是一种批判性较弱，更以市场为导向的形式：它通过描绘奇珍异兽，为读者提供飞行的刺激、狩猎的危险和崇高的惊异感。贾宝玉猎杀鹏鸟，与其说是对抗帝国主义，倒不如说戏剧化地表现了儒家对道家反文化的文化涵化。宝玉和老少年将鹏收入博物院珍藏，如此一来，便将道家宇宙观纳入中国特色的帝国主义之下——以儒家道德和社会规范为掩护，重复了宝玉深度质疑的欧洲征服行径和知识产业。

另一种解读方式也与帝国扩张的概念有关，将其视为面对文化丧失的焦虑。如果道教宇宙观下不可驯服的奇珍异兽能够被儒家传统收编，那么它们也很容易完全被另一种传统吸纳。也就是说，如果鹏能够进入博物馆展览，那么迫切的问题在于它将进入哪个博物馆。文化作为所有物而非不断演变的寓言的所指，可以为任何有能力攫取它的人所有。在文明境界域外，《新石头记》笔墨未及之处，假如宝玉和老少年不去猎捕鹏，也会有其他人这么做。换句话说，这一情节可以例证两种相互竞争的焦虑：对于道家宇宙观中无法被驯服的宇宙的焦虑，以及文化丧失的焦虑。儒家对道教神话的涵化至少部分源于某种类似的压力，即便鹏没有被收入文明境界博物院，最终也很可能落入大英博物馆之手，这标志着另一种传统完全的知识权威。正如本尼迪克特·安德森(Benedict Anderson)所言，博物馆与地图和人口普查之类的殖民机构一样，是另一项帮助发展“殖民国家想象其统治的方式——统治人口的特质、领土的地理环境及其祖先的合法性”

(Anderson 2006，164)。正是使臣民能够清晰地看见帝国的这些机构，弥合了帝国的意识形态和物质层面之间的鸿沟。因此，宝玉在文明境界的游猎，既可以理解为儒家和道家认识论之间的内部竞争，也可以理解为对殖民统治的抗争，这种抗争是由西方将东方作为一种知识领域的主张所激发的。博物馆的建筑设计通过空间组织来描绘历史和演化的轨迹，而观者对博物馆的考察则充当文明的力量，将观看主体纳入博物馆本身的分类体系中。这部小说的主旋律是追捕和搜集中国神话历史中的异兽，这一过程始于宝玉和老少年的环球旅行，他们上天入海，甚至潜入状似鲸鱼的海底猎艇。在海底航行中，宝玉从一群人鱼手中解救了两名船友。① 完成救援后，他们讨论起在这一地区遇到的海底奇观，船友告诉宝玉，他没有必要收集这些奇珍异宝，因为它们已被编入博物院中。不过，他也的确有机会捕杀或收集许多其他生物和矿物，也确认了《山海经》中提到的许多地点真实存在。在图 3.5 中，我们看到宝玉以熟悉的姿势站立，肩扛步枪，站在老少年海底猎艇的甲板上，正在瞄准一只“海马”。随后，宝玉与《山海经》中的儵鱼展开激烈交锋，这一险情并未呈现在图像中，但在本章富有诗意的导言中已经预示了这一点。

① 我们看到的一些迹象表明，中国早期神话中的另一部作品将进一步被论证为历史事实。人鱼在《山海经》中有明确的文字记载：“又东北二百里，曰龙侯之山，无草木，多金玉。决决之水出焉，而东流注于河。其中多人鱼，其状如鱼，四足，其音如婴儿，食之无痴疾。”(《山海经·北次三经》)

图 3.5　贾宝玉和同伴在海中冒险时,射击《山海经》中的神话生物。
回目题诗为:“遇荒岛鸣枪击海马,沉水底发电战鳅鱼。”

Wu Jianren, *Xin shitou ji*. In *Zhongguo jidai xiaoshuo daxi*, ed. Wang Jiquan et al. (Nanchang: Jiangxi renmin chubanshe, 1988), frontispiece.

之后，宝玉和老少年遇到了一种奇特生物，也就是鯈鱼。老少年引用《山海经》中的段落，帮助同伴们了解他们面前的生物。① 这条鱼的存在不仅证明《山海经》中的描述属实；我们还发现，作品中描述的地点也是真实存在的。一番搜寻之后，他们将鱼带回海底猎艇，老少年便开始抨击诋毁中国神话传统的人：

> 老少年道："我最恨的一班自命通达时务的人，动不动说什么五洲万国。说的天文地理无所不知，却没有一点是亲身经历的。不过从两部译本书上看了下来，却偏要把自己祖国古籍记载，一概抹煞，只说是荒诞不经之谈。我今日猎得鯈鱼，正好和《山海经》伸冤，堵堵那通达时务的嘴。"宝玉道："只是《山海经》说的什么，带山彭水、芘湖，此地是什么地方呢？"方指南道："此刻已到了南太平洋半天了。"老少年道："何必问他是什么地方，难道那鱼不会迁徙的么？而且古今地名不同的也多呢！"(337)

中国的神话历史以鹏和人鱼的形式出现，似乎比外来入侵的威胁更大。小说后半部分中殖民他者的迹象消失得无影无踪，取而代之的是威胁宝玉和同伴生命的神话异兽。从字面意义上来说，这些异兽被猎杀后受到生物学归类，之后陈列在博物院中，算是比喻义上的噤声。鹏是崇高的具身，不可言传的变形；它是永远无法被完全理解的宇宙的隐喻，既因为宇宙比人类的思维能力广阔得多，也因为它在不断变化。《山海经》是文明无法企及之处的蛮荒编年史。通过对倒置他者

① 老少年引用《山海经》中的一段话来证明他的分类学专长："彭水出焉，而西流注于芘湖之水，其中多鯈鱼，其状如鸡而赤毛，三尾、六足、四目，其音如鹊，食之可以已忧。"(《山海经·北山经》)

的描述，国内领土的秩序得以被重申。这两本书都描述了“中国”范畴以外的知识领域。可是在博物院中，一旦附上250字标签的简单介绍，这些生物便失去了其隐喻的力量。

同时，这些情节也可以被解读为帝国与科学的共谋使命。如果从帝国扩张的角度观之，这实则是与领土征服和科学观察并行的任务。我们看到宝玉和老少年参与的带有探索和实验性质的活动，恰恰与17、18世纪的欧洲海上航行相类似。这段时期，“尽管有战争和殖民对抗，但却是集体观察和核证的黄金时代……[海上和陆地探险]通常也借此机会进行水陆测绘和制图调查；编目和收集动植物；开展人种学观察；以及收集其他好奇心驱使下可能获取的各种信息。”(Landes，159-160)尽管在兰德斯的理解下这些活动可以带来财富、值得称赞，甚至有助于殖民竞争，但我认为它们实际上是对物理和知识领土宣示主权的行为。

范发迪(Fa-ti Fan)尖锐地指出了与小说同时代产生的现实世界中分类学工作所固有的利害关系：

> 在帝国主义背景下，自然史的活动——绘图、收集、排序、分类和命名等——所代表的意义，远远超过客观的科学研究。这也反映出以特定文化术语定义的认知领域的积极对外扩张。新种类鸟类或植物的“发现”——对其分门别类，置于伦敦林奈学会或其他通用分类法则之下，用严谨的科学拉丁语进行描述，通过西方绘画传统和技术进行视觉呈现，将活体样本制作为抽象科学概念和专业术语的物质具身，再以严格定义的图表绘制它的全球分布——这些行为赋予了一种定义自然、事实和知识的特定方式以特权。在19世纪，科学探险的核心理念和活动包括收集、测量、

> 制图和旅行，其终极目标是写作一本包罗万象、准确无误的全球自然史，而其源头一部分是由于欧洲扩张所造成的地理和自然观念，再加上所谓“客观”的欧洲科学家有权进行环球旅行并观察世界其他大陆的假设。(Fa-ti Fan, 89)

我认为，中国世界的动植物受到欧洲帝国的归类和攫取，由此产生的焦虑增强了宝玉和老少年的好奇心，这也可以视为一种扩张的欲望。令人不安的是，这些尝试向中国内部的转向挑战了克斯拉克和里德尔关于科幻和殖民话语的假设。宝玉为什么要收集他和老少年已经确定为属于中国的东西，而不是收集那些有待获取或属于西方世界的财产呢？

克斯拉克将与外来者对抗的危机认定为一种意图使之沉默的形式，这同样适用于似乎使文化内部人士沉默的科幻小说。就《新石头记》而言，本土认识论危机和文化丧失的幽灵都是叙事中的主导焦虑。老少年让对方沉默的做法是一种迂回路线：只有借用外国学者的语言斥责那些质疑中国文学传统的中国学者，才能够使对方沉默。从这个意义上说，游猎构成了双重沉默：使神话传统和质疑这些文本真实性的本土学者处在博物院的本体论控制之下；同时使道家传统沉默，并确立《山海经》在地理和分类学上的准确性。

除去沉默他者的使命，文明境界中的博物院也是一个全新的空间，为展出的人造物赋予了全新的意义。这些物品不再是象征无形君主力量的私有权的符号，而是作为社会群体的共同遗产公开展示。吴趼人虚构的博物院代表着从精英收藏到君主权力公开展示的转变。这种转变标志着“商品分类结构简化了从私人收藏到公共收藏、从商品到博物馆文物、从私人收藏家的象征到法人团体的象征的过渡。想要表现得文明，或成为文明的一部分，就必须将这些物品挪移至公共领域”(Claypool, 580)。不仅是它们存在的事实，更是展示的方式赋予了它们文化意义，而不断变化的展示环境反映出想象文物与社会领域之间关系的新方式。

这座位于文明境界的博物院通过其庞大完整的儒家经典藏品，包括那些被认为已经完全失传的作品，来表达对远古乌托邦时代的缅怀和复兴。庄子笔下的鹏被摆放在圣物架上，它不再作为宇宙崇高浩瀚的寓言标志而存在，而是成为儒家秩序体系的一部分。文明境界博物院迈出了赢得文化生存斗争的一步，也就是夺回原本占主导地位却不幸丢失的道德哲学体系的一部分。在《新石头记》描绘的图景中，自然世界被征服和控制，展现出文明境界的技术和道德优势。就像现实世界中的博物馆一样，吴趼人虚构的博物院是“一个可以摆脱混乱、建立秩序的场所”(Claypool,570)。

驯服未知——博物馆、展览和帝国

文明境界中虚构的博物院与真实世界中新兴的中国知识产业并驾齐驱，它们通常效仿维多利亚时代的博物馆，建在江南兵工厂这样的机构中，由英国新教传教士担任工作人员(Jones 2011, 42 - 43)。① 博物馆是众多新兴的社会机构之一，旨在展示科学财富和绘制进化图谱，这些机构几乎同时以媒介再现和实体建筑两种形式出现。

在欧洲，曾经象征私有世俗权力的空间[如小展厅(*studioli*)]确立

① 更多关于江南制造总局的历史，请参见 Elman 2006; David Wright 1998, 661 - 664; and Meng, 7 - 13, 23 - 26。

了文艺复兴时期贵族的权威及其掌控世界知识这一事实，从私人观赏空间转变为公开展示和道德教育的场所。用朱塞佩·奥尔米(Giuseppe Olmi)的话说，小展厅是围绕中央视点的展示柜集合，代表“重新挪用和重新组合一切现实缩影的尝试，从中心构建一个空间，贵族从而能够象征性地重新宣誓对整个自然和人类世界的统治权”(转引自 Bennett, 36)。现代欧洲民族国家兴起的一个关键的机构性任务，正是对这种建筑布局的逆转，将私人统治对象展示权力的隐秘空间转变为公共空间，其中展示的物品成为国家想象的图腾。在中国也发生了类似的变化，博物馆从皇帝的御用藏品转变为公共陈列。①

殖民地上海建立的两个博物馆具有双重作用，既宣示了知识领域的所属权，又可以向市民传播现代价值观。最初落成的是徐家汇博物院(Siccawei Museum，或 *Musée de Zikawei*)，1868 年由耶稣会士建立于法租界外围。第二个是由皇家亚洲学会会员建立的博物馆，他们与徐家汇博物院的创始人韩伯禄神父(Pierre Heude, 1836—1902)联系密切。上海博物院位于博物院路(原名为圆明园路)，建于 1874 年英国政府捐赠的建筑内，这意味着半殖民地上海最早的博物馆正是范发迪所谓“科学帝国主义”的产物。在这些博物馆中，人们可以看到率先辨别和命名动植物并将之纳入西方分类体系的追求。耶稣会士运营的徐家汇博物院试图在中国和天主教堂内重建耶稣会教义的知识合法性，而上海博物院的目的则是展示大英帝国的知识优势。标本旁附有欧洲和美国“发现者”的姓名，标志着中国动植物遗产的去地域化

① 中国的皇家收藏很可能最早建立于宋代，但在整个皇权统治时期，收藏的内容和求取的投入并不稳定。这些藏品还描述了统治者与商周先人之间的联系(Watson, 9－10)。

(Claypool，574－593)。根据皇家亚洲学会的说法，“在极有可能出现任何新物种的情况下……每位新收藏家都将为此获得应有的荣誉”(策展人报告，皇家亚洲学会杂志 9 [1875]：xiii，转引自 Claypool，592)。通过给标本确立新的拉丁语名称，自然世界被赋予了一定程度的“现代性”(Bennett，593)。如前所述，现代性的标志是一把双刃剑，它常常预示着与当地认识论不兼容的可能性和文化遗产的丧失。

1905 年，在这种焦虑之下，张謇(1853—1956)于江苏省南通市(距上海西南约 60 英里)建立了中国第一家国有博物馆——南通博物苑。“张謇对文化丧失和文化维护可能性的敏锐直觉，在了解上海的博物馆——一座由法国耶稣会士建立，另一座由英国皇家亚洲学会建立——之后有所增加，这些博物馆试图收集中国本土的自然标本，并将它们构筑成欧洲世界的一部分。”(Claypool，570)南通博物馆不论建筑样式还是标本的中英文双语标注，均效仿上海的博物馆而设计。该博物馆不仅起到传播科学的作用，也起到确认道德和宇宙意义以及政治关联的作用。

> [中国观察者们]把它放置在宏大叙事中，关乎民族、世界，也常常关乎中国事物——甚或中华民族整体——在世界中的位置。我们似乎可以发现，这些东西不仅限于艺术品和考古文物(器)；还包括各种天然标本(物)，从木屑填充的鱼鹰，到牡丹和软玉硬石。该博物馆通过呈现探索地球和从现有物质历史关系网络中提取标本和物体的能力，展示了一个国家的文明力量和财富。东西越大，越古老，越神奇，便越好。(Claypool，569)

张謇博物馆的布置“维持了这种塑造，[它]构成了对中国的连贯表达。张謇将西方科学作为博物馆教育使命的一部分,它将‘客观’事实内容注入了不属于科学范畴的物品——比如艺术和历史的人造物。它也暗示了从古至今达尔文式的演化过程,只有当下才能为适者谋求生存”(Claypool,590)。

这一组织原则与欧洲博物馆在其文明化使命中的原则不谋而合。物品的“排列方式,使人们对世界有更清晰的科学认识”。也就是说,自然法则反映在博物馆的有序陈列体系中,自然和艺术的演化发展则在博物馆的空间形态中得以再现。漫步博物馆是一种表演性的行为,意味着追溯演化历史(Bennett,2,185)。博物馆既彰显了文明的进步,又发挥了文明化力量的作用,向参观者灌输在这种环境中遵守社会礼仪的意识,展示世界的演化秩序。邵勤补充,博物馆展示国力的使命在中国治国理念领域中是一个熟悉的概念,并指出“这是从掌握古代礼乐艺术到学习现代展览视觉奇观的一小步飞跃”。张謇在清廷上据理力争,努力寻求支持,但由于国家机构僵化和财政破产而未能成功(Shao Qin, 687 - 691)。尽管如此,中国统治者和知识分子很快意识到展览文化的重要性,它是在现代国际领域内展现国家活力的一种载体。

张謇的博物馆即为一个合理有序的空间,致力于创造民族主体,但又像鲁迅的知识文本一样,以古典儒学作为框架。儒家哲学中对于自然现象的研究和认识,与现代西方认识世界的科学感觉遥相呼应。例如,南楼阳台上悬有两块木匾,上刻对联:“设为庠序学校以教,多识鸟兽草木之名。”这两句话分别来源于《孟子》“设为庠序学校以教之”和《论语》“多识于鸟兽草木之名”两段引文。上联暗指孟子批评梁惠王的章节,强调孟子对理想国家的构想(Claypool,576),①下联则引用孔子敦促学生背诵《诗经》的劝告。② 尽管博物馆本身涉及全新的知识世界和时间观念,但对联却暗示了另一种争论,也就是博物馆必须服从儒家通过命名来认识世界的传统(Shao Qin, 689),或至少儒学可以证明其在进化科学的新认识论框架中的生命力。到 20 世纪 20 年代,南通已成为"现代性和地方自治的典范,吸引了大批游客"(Qin Shao, 689),展示出文化在促进现代治国机构和主张传统认识论框架方面的重要作用。

关于《新石头记》后半部分中发生的事件,也许我们可以试图将其解读为对采纳西方科学技术的讽刺性评论。在游猎中,宝玉对老少年打趣道:"你一个(勇于猎捕鹏的)奖牌还不,打算要弄第二个么?"二人相视一笑,继续狩猎(《新石头记》,328)。后来,东方法对宝玉说了相同的话,他笑道:"猎了一个鹏还不够,还想猎第二个么?"(368)除了这些简短的评论,很少有人建议将小说后半部分内容理解为讽刺寓意。尽管很难想象吴趼人不具备讽刺地看待宝玉"文明游猎"的知识水平,但重要的是要牢记所有那个时代的人所面临的矛盾,以及提出持久解决中国半殖民地困境方案的困难程度。小说清楚地表明,只有在政治、社会和认识论发生根本性转变的情况下,中国才有可能作为一个国家继续生存下去。在这种根本性转变的背景下,中国如何能够保留

① 译者注:此为 Claypool,原文误。《孟子・滕文公上》中提及"设为庠序学校以教之"时,为滕文公请教孟子有关国家的构想。而此处的"孟子批评梁惠王的章节",应为《梁惠王上》中类似的一句"谨庠序之教,申之以孝悌之义"。

② 虽然百科全书和简明百科的分类任务有明显差异,但在古代中国,引用《诗经》是建立儒家文本权威和外交交流谈判的关键要素(Lewis, 148 - 176)。

其中国性呢?我们只能试图解释,对于这个问题并没有适当的解决方案,而缺乏可行解决方案本身则表现为叙事的不一致性。虽然这样的解释归根结底似乎并不令人满意,但它也是最有可能的一种解释。

在本章中,我讨论了与科幻有关的一些理论问题及其与《新石头记》的相关性。在探索小说中出现的常见的科幻作品形式特征时,我试图解释为何可以将其视为科幻作品,尽管作者本人可能提出反对。并且,我也指出了从这一角度探讨这部小说的重要性。其中萌生的一个重要主题是,以承认中国危机的真实性质为形式,直面国内的动荡局面。中国的内部问题是小说上半部分最紧迫的议题,下半部分的技术乌托邦也无法解决所有这些问题。叙事后半部分对中国文学传统的沉默占据了大量篇幅,既包括对怀疑中国神话传说真实性的人们的沉默,也包括对内部结论性和权威性阐释的沉默。改革的矛盾不可避免:为了生存,中国必须自我毁灭。无法用直接方式表达的问题——无法想象以一种令人满意而持久的办法来解决殖民主义入侵危机——只能以叙事崩塌的形式来表现。

对于鲁迅和吴趼人而言,铁屋以外的空间是难以名状的。这两部陈规定型的乌托邦文学作品——清末科幻探险故事和五四精神的象征——塑造了十分反乌托邦式的叙事。除了帮助我们了解清末文学和社会场域,这也能够拓展我们对科幻小说的理解。从许多方面来说,科幻是帝国想象力的产物。中国科幻小说深受中国幻想和神话传统的影响。清末时期一个显著的关注点是传统在现代中国社会中的地位,另一关注点是外国入侵的威胁;但是这些问题都无法被一劳永逸地解决。科幻的乌托邦希望似乎平衡了关于传统消亡的焦虑、对他者的恐惧和对技术意外后果的恐惧。在理论层面，批判性研究应考虑到其对作者的影响和对学术批评不断发展的领域的影响。尽管科幻小说在中国的出现略晚，它也很快受到本土影响，自我适应地折射出中国作家的忧虑。

第四章　科幻为国：《月球殖民地小说》和中国科幻的诞生

荒江钓叟(生卒年不详)的《月球殖民地小说》是第一部归类为科幻小说的中国本土作品，于 1904—1905 年间在《绣像小说》月刊上连载。本章通过对这部未完成小说的文本细读，考察了中国早期科幻小说中表现出的关于乌托邦主义、民族主义和西方主义的焦虑。① 小说的主角是一位亚洲科学家兼探险家，故事描绘了他力图争夺对东南亚他者的霸权并成功击败欧洲对手的故事，最终预言了一种同心圆式殖民统治的普遍秩序——亚洲凌驾于东南亚，欧洲凌驾于亚洲，月球凌驾于地球，外星凌驾于月球，等等。小说以殖民侵略为主题，表明虽然技术优势是对地球他者施暴的辩护理由，但总会出现其他地外群体利用自己的优越文明作为类似统治的理由。这部小说与吴趼人的《新石

① 本章另一版本发表在 2013 年 3 月刊的《科幻研究》(*Science Fiction Studies*)上，这是一期专门针对中国科幻小说的专刊。荒江钓叟原本准备写成一部完整的小说，但可惜没能完成，在第三十五章便戛然而止。这里所有段落都由我自己翻译。

头记》一样,奠定了许多中文小说中的经典隐喻,也与开创性作家鲁迅的许多隐喻不谋而合,包括"亚洲病夫"和"吃人"社会。

如前几章所述,人们并未意识到社会达尔文主义的问题是一种理论上的难题,而是将其视为对民族国家持续存在的真实威胁。所谓现代的、科学的、文明的西方和传统的、不科学的、不文明的东方之间形成二元对立,从而导致东方沦为西方征服对象的世界格局。欧洲帝国主义计划所生产的有关东方的知识,对 20 世纪初亚洲的物质史和思想史产生了深远影响。这次相遇凭空创造出亚洲这个地理概念,因而西方主义——或殖民和帝国话语的颠倒,即东方生产有关西方的知识——将难以实现。作为对爱德华·萨义德"东方主义的答案不是西方主义"(Said, 1986, 328)观点的回应,我们还观察到在许多清末小说中西方主义是不可能实现的。《月球殖民地小说》就是表现这种难题的案例之一。

在荒江钓叟的《月球殖民地小说》中,中国与欧洲、中国与自己的过去之间同时存在对抗,揭示了远比东西方二元对立更为复杂的冲突。这样的冲突明确表现在主人公关于殖民逻辑的讨论中、在他们对中国文化和文学之负面影响的公开评论中,也表现在向公历的转变和社会达尔文主义话语对深时(deep time)的认知中。东方主义的简单逆转——西方主义——并未作为反话语出现。

这部未完成的小说松散地围绕着主人公龙孟华(双关"梦见中华的龙")展开;我之所以说"松散",是因为故事的大部分时间里,龙孟华都在医馆里进行一系列疾病康复。剧情发展皆起因于玉太郎和热气球上其他逃亡者对龙孟华失踪妻儿的持续搜寻。龙孟华为了替父亲报仇,杀害了一个男子,随后逃往东南亚。途中,他们搭乘的船只在马来西亚沿海沉没,因而与妻子凤氏失散。他幸运得救,被带到松盖芙蓉部落,在那里遇到许多其他中国难民,并与一位名叫藤田玉太郎的日本人成为朋友。这队人登上玉太郎的热气球,出发前去寻找龙孟华的妻子,后来得知她被一位名叫马苏亚的英国人所搭救。

故事中,龙孟华和许多人一样因迫害和各种社会不公而被迫离开中国。他和玉太郎乘坐热气球环游世界,寻找未来的殖民地。小说大部分篇幅用来描写龙孟华的自责、自怜和忧郁,他常常处于昏睡或醉酒的状态,玉太郎则表现得科学而理性(他能够制造热气球),其行事在与外界接触时相当有帮助。谢作伟将玉太郎与龙孟华两相比较,认为玉太郎是一个更为理性和积极的陪衬人物,龙孟华则代表中国的感性和困惑(Tso-Wei Hsieh, 197 - 198)。在纽约期间,龙孟华因未携带护照而被捕入狱。尽管故事借助玉太郎的热气球展现了泛亚洲技术优势,但龙孟华充其量只是个二等世界公民。美国 1882 年颁布耻辱的《排华法案》,20 年间阻止华人移民美国。与此同时,中国驻美大使贪污腐败,龙孟华的朋友前去寻求帮助,他却在花街柳巷寻欢作乐。小说中最有力的形象都是女性:龙孟华和玉太郎的妻子都受过教育,不缠足,穿洋装。玉太郎的妻子濮玉环发明了一种发光外衣,与其他角色一起冒险时便会穿上这件外衣,还常常担任翻译工作。玉太郎的个人能力最显著地表现为他那令人惊奇而又装备精良的热气球,上面配备了一系列现代化设施,包括健身房、卧室、饭厅、医院和会议厅。在这里,玉太郎颠覆了欧洲的技术优势,甚至告诉同伴英国人正试图剽窃他的发明。

玉太郎和濮玉环的婚姻,及其与中国流亡者之间的同盟关系,略去了叙事中鲜少直接触及的更为复杂的地缘关系和中国历史的创伤。

龙孟华在纽约被拘留这一情节清晰地表明,中国和日本公民拥有被差别对待的国际人权,腐败低效的中国大使馆未能向龙孟华提供援助,这也折射出系统性失能的迹象。玉太郎制定计划,将龙孟华从监狱中解救出来,这是他不得不执行的一系列救援行动之第一步。玉太郎的英雄形象暗示了一种自相矛盾的现实,尽管日本已开始朝地区霸权的道路前进,但它也是中国距离最近的邻国,能够向中国提供科学培训和专门知识,而且支持中国工业现代化和政治改革的最强声援均来自日本流亡者。

《月球殖民地小说》结合了具有科幻特征的旅行叙事和帝国与他者相遇的元素。气球既是技术乌托邦的飞地,也是探访一系列讽寓场景的载具,带着主人公们探索文明与野蛮的边界。小说中的角色环游世界,穿梭于东南亚、伦敦、纽约、德兰士瓦(现代南非)、印度和印度洋中一系列虚构岛屿之间。最终,他们找到了龙孟华的妻子,但故事在玉太郎成功造出登月气球之前就提前结束了。按照原计划,他将以月球来客使用的气球为模型制造自己的登月载具。

约翰·里德认为,殖民扩张和全球资本主义的确立是科幻小说出现的推动力,而现代性话语将中心与边缘之间的差异自然化为不同发展阶段的结果,这一点在《月球殖民地小说》中有所体现。社会达尔文主义科幻小说将西方和现代性假定为未来,而把边缘定位在过去。这反而导致错误地认同了不对称的殖民权力结构,将其视为不可避免的历史进程的结果。早期科幻小说在确立一系列二元对立中曾起过关键作用,包括殖民地与大都会、进步与落后、文明与野蛮。里德继续表明,早期科幻也反对这种以种族为中心的错误表现和解读(Rieder 2008, 26)。就《月球殖民地小说》而言,这种话语充满矛盾性,既用玉太郎和热气球代表泛亚洲文明的优越性,又借生病的龙孟华和探险者前往的土著岛屿重申了东亚和东南亚的弱势地位。

印度洋岛屿上居住着土著种族,他们与中国的讽寓性关系有时过于直白。在这些冒险旅途中,旅行者向读者提供了里德所说的"对殖民地掠夺物的间接享受,维多利亚时代英格兰旅行日志和冒险故事的流行就证明了这一点"(2008, 27)。旅行者从捆绑妇女手足的穴居人部落拿走金桌;他们收集翡翠石,发现新物种,杀死巨蟒。由于他们从天而降,另一个岛屿的部落首领甚至将他们看作神明。

批判的凝视

许多在岛屿上发生的故事,都可以看作中国精神生活与社会生活的缩影。缠足便是一个值得关注的问题。在鱼鳞国的岛屿上,妇女的双手被缠住,以致"两根臂膊像麻秸,十指儿像一对兰花,便算是他国里的绝色美人"(荒江钓叟,94)。勒儿来复岛上的居民均是中国"腐儒"的后裔,[①]他们的学术观点局限于对宋代理学代表人物程颐(1033—1107)、程颢(1032—1085)兄弟和朱熹(1130—1200)的注释。勒儿来复居民在宋朝(960—1279)覆灭时逃离台湾,抵达岛屿后消灭了岛上的原住民。荒江钓叟将该岛描述成像铁桶一样密不透风,连

① 谢作伟把"腐儒"一词翻译成"rotten literati";这一术语引自荀子《非相》一章,曰:"故《易》曰:'括囊,无咎无誉。'腐儒之谓也。"(《荀子・非相》)

“飞鸟都飞不过”（荒江钓叟，92）。这座小岛将清末知识分子的境遇比喻成一处地理上的监狱，无法逃脱，也无法穿透。荒江钓叟用铁桶暗喻中华文明，这与鲁迅对中国国民沉睡在铁屋中的描述惊人的相似（见第二章），也与吴趼人的《新石头记》相呼应（见第三章）。可见，中国早期科幻小说的核心主题并不是边缘化的，而是与现代中国文学的许多核心主题彼此照应。

《月球殖民地小说》也与一些为人熟知的现代中国经典比喻对话，包括人类身体健康和身体政治的关联。龙孟华体虚且精神状态不稳定，他时常患病，需要各种医生治疗才能恢复知觉。和鲁迅一样，故事中的医生经常总结道，龙孟华疾病的症结在于中国文学和文明。哈老医生借助透光镜，诊断出龙孟华的心脏只发挥出百分之七十的功能，他的肝脏就像一个海绵葫芦，肺部则完全萎缩。他们关于“假西医”（贾西依）这个江湖骗子是否能帮上忙进行了一番争论，然后一同前往船上的医疗室，哈老用一系列灵药治愈了龙孟华——他甚至不需缝针，用一种特殊药液便可关闭他的胸腔。术后汇报时，哈老通知小组：

> 你这心想是自小用坏的。我听见有人说起，中国有种什么文章，叫做八股，做到八股完全之后，那心房便渐渐缩小，一种种的酸料、涩料都渗入心窝里头；那胆儿也比寻常的人小了几倍……后来结果都是一种胆战心惊的病……依我愚见，你以后再休做那八股。（荒江钓叟，66）

这部小说被认为是中国本土最早的科幻小说，其中用身体术语来表现文化与国家健康的隐喻。尽管在文学史的讨论中，这些隐喻最密切的联系渗透在鲁迅的作品之中，但它最早可追溯到汉朝董仲舒的作品。① 用身体与精神疾病的方式表达社会批评和国家救亡的前景并不是新鲜事，而写作既被视作病因，也被视作可能的治愈手段。早在 1898 年，康有为就呼吁废除八股文，并将这一做法与采用科学方法联系起来(Qiu Ruohong, 64 - 65)。该主题贯穿整部小说，试图串联身体健康与中国文人。随后，哈老的助手鱼拉伍将中国诗歌与缠足做比较，认为这也是导致龙孟华身体状况欠佳的原因(Wang Hui, 119)。早期中国科幻小说表明，鲁迅与其他五四作家其实是在运用与提炼一系列熟悉的文学手法，而非开辟新传统。

鲁迅写作中的另外两个比喻也出现在《月球殖民地小说》探险者在司常煞尔岛的旅程中。司常煞尔岛上的人们相信，统治者暴君慕华德是天神的后裔，因此他不能食用普通食物或是穿着普通服饰。相反，他吃人肉，穿人皮。老百姓则藏身于地下，这一习俗已经延续上千年。玉太郎和同伴们乘坐热气球抵达皇帝行宫，在那里他们看到：

> 成百上千的人被绑在行宫大门前。一些人的皮被剥了，另一些人的手脚已被砍断。气氛阴郁悲惨。鱼拉伍急忙将玉太郎和濮玉环拉至气球上，问道："这种野蛮地方，看他做什？"他独自走到热气球的一边开始疯狂地向下猛扔氯气炸弹。玉太郎反对说："绿气礮是万国公禁的，怎好胡乱用呢？"鱼拉伍继续投弹。过了一会他终于答道："玉先生你说绿气礮不该用么？遇着野蛮地方

① 董仲舒是一位汉代学者和国相。在董仲舒等人的帮助下，汉代建立了基于自然世界和治国方略之间关联的儒家正统。他的文章《通国身》将保持身体健康与维持国家活力相联系(DeBary and Bloom, 292 - 297)。

不用野蛮的兵器，到什么地方用呢？”（荒江钓叟，108－109）①

对岛上居民的描写，比鲁迅笔下吃人的中国文化的意象[《狂人日记》(1918)]早了约16年，而探险者们的反应接受并重复了殖民暴力的逻辑。这一叙事在时间上早于许多与鲁迅相关的比喻，表明鲁迅实则在利用一套已然存在的象征性词汇。科幻小说中类似比喻的普遍存在，表明该文类相当能够反映20世纪初大体的文学关注。

究竟是谁的殖民地？

故事中的主人公们没有反驳对他者施暴的合法化，最终反而采纳了相同的思维方式来实现自己的殖民使命。在《帝国》中，迈克尔·哈特和安东尼奥·内格里已经论证过，非欧洲他者曾经是“未开化的标志，代表人性向文明进化的各个阶段，因此被共时地设想为存在于遍布全球的各种未开化民族和文化中”（Hardt and Negri，126）。小说中，司常煞尔居民代表着未开化阶段，他们在进化尺度上已经迷失，甚至不配用现代战争的“人道”规则来对待。两种未开化和贱斥（abject）

① 本段提到的“万国”和禁止使用化学武器的规范，最有可能是指1899年海牙和平会议，它为1919年第一次世界大战后成立国际联盟奠定了基础。根据官方说法，直到第一次世界大战爆发，氯气才在战争中被首次使用；1914年，法国军队在实验中少量使用氯气；1915年4月22日，德国在伊普雷战役中发动了首次大规模毒气攻击（Trumpener，460－468）。然而，这似乎是一个语义学问题，因为1900年6月八国联军为了报复义和团，在进攻天津时曾使用过氯气。《清朝野史大观》中关于八国联军的一条记载：“六月大举攻天津，马玉昆、聂士成苦战三日，英军以绿气炮进击，不能敌，天津遂陷。绿气系化学中最毒之药品，猛烈之绿气炮，人触其气，脑髓中之神经系立死，百步内无幸生者，为文明战争时所禁用。今英人独于天津试之，殆视义和团为野蛮之举动，故亦以野蛮之手段对付之耶。”（Xiaoheng Xiangshi Zhuren，4：158－159）更多关于战争中使用违禁化学武器的历史，见Levie，1192－1202。

的不同形式在此发挥作用:对司常煞尔的统治者来说,他们的毫无人性代表他们无望的社会衰落,而被吞食者的劣等性则被刻画为生活在地下。就像 H. G. 威尔斯(H. G. Wells)在《时间机器》(1885)中描绘的同类相食的莫洛克人一样,他们的地下生活"展示出他们的社会已经跌落至何等的深渊"(Alkon, 145 - 47)。社会衰落导致了道德计算,通过消费弱者而获得的社会达尔文主义式的生物权力意志被击败,同类相食的双方都遭受来自安全有利地形的投弹手座舱的摧毁性打击。①《月球殖民地小说》通过对印度洋上遇到的各种中国的缩影的历史化处理,重复了同时代的逻辑。这些微缩的进化史诗将岛民凝固为对玉太郎和其同伴文明水平的辩证否定。在这个片段中,食人者的凶残行为和让人窒息的与外界隔绝的社会景象,预示了现代中国文学中两种最为显著的典型意象,二者都出现在鲁迅大约 20 多年之后的作品中。

司常煞尔岛屿被几千年食用人肉的传统所困,这里我们目睹了一个更加险恶的"铁屋子"隐喻版本——在这种情况下,与其说我们可能任由这些人窒息于睡梦之中;倒不如说,对他们来说最好的结局可能就是在"化学战"中被终结生命。这场精准发生在司常煞尔岛统治者及岛民身上的"正义战争",实际上是一种安乐死。救赎远非普遍,而中国科幻小说的早期形态也远非不切实际的乌托邦。

显而易见的是,虽然热气球旅行者掌握的技术优势为他们在印度洋无名岛屿上施暴提供了借口,但终将有异类种群利用他们更具有优势的文明作为类似统治的正当理由。通过玉太郎的故事线,不难看

① 译者注:作者这里的原意是对美国军事霸权的讽刺。

出,小说不准备建立人类殖民月球的叙述,而会发展为更具有优势的月球种族必将殖民地球的故事。月球人比地球人更“文明”,而更高等文明的必然结果就是月球人在地球上建立殖民地。

鱼拉伍向印度洋中失落之境的野蛮居民投放毒气,镜像地反映出殖民地的情况,而玉太郎也得出这样的结论:不可避免的结果并非殖民秩序的逆转,而是这些关系在更大尺度上的重复。月球人将殖民地球,水星人将殖民月球,如此种种。殖民对象仍旧是殖民对象,世界知识仍将由异类文明创造。

对殖民逻辑的颠覆,通过一种归谬法论证解释了在宇宙尺度上帝国主义逻辑的延伸,而非帝国主义的覆灭。殖民的辩证法以他者为绝对否定,或将他者视为欧洲人的对立面,然后通过否定来创造文明的、科学的、理性的、被解放的主体。在《月球殖民地小说》中,殖民的话语实践与殖民入侵行为不断重复,暗示了殖民身份的多重性。论点及反论点的辩证冲突被权力关系的同心圆或等级排序所代替,致使一个政体下日益“文明”的成员对“缺乏文明”者进行掠夺。冒险家们在处理地方的、跨国的与地外的个体关系时,奉社会达尔文主义为圭臬。中国本身接近这一权力架构中心,它是帝国支配等级圈层中最为弱小的代理人之一。在地理与政治上,中国从叙事中被抹去,因为弱国无法保证其公民在国内外的权利。它在小说中是一个幽灵般的空间,大多数人物都匆匆逃离了它,它也是日本和西方世界的陪衬。从人物涉足的一系列印度洋上星罗棋布的微缩中国式岛屿上,我们都能感受到中国微妙的存在。

殖民地与时间

故事对地缘政治想象的彻底重构伴随着时间概念的转变，进一步见证了东西方交会所带来的变化。任冬梅认为,《月球殖民地小说》中空间和时间认知的转变程度，体现了重大认识论转变的征候。气球上的主人公们根据西方历法计算时间，用小时和分钟衡量时刻。日常经验时间也从农业社会对四季的粗略衡量，转变成工业社会以小时和分钟为单位的精确衡量。主人公们格外关注日程安排，他们记下睡觉的时间、醒来的时间、计划抵达指定地点的时间和从另一个地方集合出发的时间。完成指定任务所需的时间——比如从一个岛飞向另一个岛——也以小时来表示。这完全是现代主义的时间和空间视角，地标之间的旅程不是以距离为单位来概念化，而是依据在两处之间移动所需的时间。这一从用距离衡量空间到用时间衡量空间的意识转变，常常被认为是现代性最显著的特征之一，这在科幻小说中产生了特别的共鸣。① 长期持续(*longue durée*)的历史时间，从"天干地支"的 60 年周期系统转变为线性时间。② 任冬梅认为，这种线性时间的转变，不仅标志着中国计算时间的方式被边缘化，更意味着它开启了想象未来的视野(Ren 2008, 192 - 200)。采用线性透视时间和格里历法不是一蹴

① 关于 20 世纪之交前后西方文化场域中时间和空间观念变化影响的综合论述，见 Kern 1983。

② 天干地支，又称干支纪元，是"中国文化中使用的两种计数体系之一，另一种为十进制计数法。这种周期制由两组基本单位组成，一组为十干，另一组为十二支，一共有六十种不同的组合方式"。这些字符出现在商代(公元前 1200 年至公元前 1045 年)的甲骨文中，用来计算最基本的时间单位——小时、日、周、月和年(E. Wilkinson, 175)。

而就的。相反，清末许多出版物以及个人纷纷开始同时使用这两种计算方法，并且在很多方面这种做法一直延续至今。大卫·赖特(David Wright)认为这种逐渐的(且非绝对的)转变伴随着一系列国内外事务危机的累积影响，最终导致知识分子们得出一个痛苦的结论，那就是"看不到任何周期性的救赎"(Kwong, 171－73)。时间三分法的概念——重叠和演变中的过去、现在和未来——是历史意识危机的产物，这种观点坚持认为当下时刻不同于其他任何时刻，因此不可能存在周期性时间。这种危机意识导致了一系列或许粗浅的尝试，按照不同的发展阶段来回顾中国历史，参与其中的翻译家和知识分子包括薛福成(1828—1894)、王韬(1828—1897)、郑观应(1842—1922)、梁启超和康有为。这些都是基于达尔文主义的概念，即通过漫长的时间进行进化(Kwong, 174－178)。"一个历法被另一个历法所取代，就其发生而言从来不是无争议的或完全彻底的。"(185)中国继续沿用两种历法，同时参考阴历与西历——既庆祝春节，也庆祝元旦。在记录西历之前所发生的历史事件时，使用格里历和使用天干地支系统一样普遍。

玉太郎热气球上的乘客与地面上的人经历着不同的历法和历史轨迹。司常煞尔岛上的民族可以追溯至日本首位天皇——神武天皇(公元前660—前585)的统治时期，而勒儿来复岛上的民族谱系则可以追溯至宋王朝覆灭时。他们被凝固在时间中，穿着宋时学究气的服饰，说着宋时的官话，保留宋时的朝廷礼仪(荒江钓叟，91)。殖民时代在很多方面促成了深时的发现。导航能力引发了探索发现的竞赛，最终将达尔文带到了加拉帕戈斯群岛，在那里，他对动植物生命的观察在进化论的发展过程中起到了至关重要的作用。达尔文式的时间想象遍布在小说各处,而印度洋诸岛则分别定格在各自的进化阶段中。达尔文时间与“适者生存”的伪达尔文主义观点是《月球殖民地小说》的中心主题。

对深时的感知和标记方法在持续转变,与日常的人类可感知时间的新视角如出一辙。钟表时间开始替代主观时间。这一认识论革命也是殖民现代性造成的。欧洲为寻找土地、劳动力和资本的探索,必然需要更多精确的导航方法。航海家们发现自己需要精确的机械方法来计时,以便于计算他们离格林尼治子午线的经度距离。反过来,资源探索和开采刺激了工业革命在英国国内和西欧的发展,而工业生产方式也需要更精确的时间测量方法,这样才能服务于机器导向的新工作日程。换句话说,如今我们认识人类可感知时间的方式,很大程度上归功于海洋探索的年代。时间成为象征中西方差异最显著的标志之一。

后世读者看到的《月球殖民地小说》,既不能说是一部完整的小说——在玉太郎的推测得到证实前故事便已结束——也算不上是一部特别“中国”的小说,因为它完全发生在中国之外,情节围绕的主要角色也摆脱了他们“中国性”的物质符号。龙孟华和他的同伴们登上了日本制造的气球,摒弃了他们民族传统的外部符号,剪掉辫子,喝起咖啡,穿上西洋服饰。

我将从三个方面总结本章对《月球殖民地小说》的讨论。首先,这部小说不遗余力地减少中国作为地理或道德中心地位的正当性。中国已然失去其作为“中央王国”的地位,而与月球人之间渐渐生成的关系表明,去中心化的不仅仅是欧洲,更是整个地球。在反复出现的关于失败的社会政治体系的片段里,中国的道德与思想中心地位已被颠覆。玉太郎的热气球作为日本技术和军事优势的象征,似乎暗示了中国也必须着手于明治维新式的民族复兴任务。然而,相比对中国文化缺陷的尖锐批判,关于解决方案的讨论倒退居其次了。这部小说与其同时代的作品持有同样的观念,那就是中国正面临前所未有的危机,对此却又缺乏对策。

第二,小说不仅不遗余力地将中国移出地缘政治中心,而且表明欧洲并非帝国势力的终极中心,而是最终将对地外他者让渡霸权。《月球殖民地小说》中,殖民关系是同心圆式的,统治等级从亚洲延伸到欧洲,再从欧洲延伸到月球,以及更遥远的地方。叙述没有挑战殖民地和宗主国大都会之间的辩证对立,而是指出基于个人视野的广度,中心与边缘之间的关系会不断转换。文本想象了一种帝国统治下的普遍宇宙等级制度,所有文明都会征服比其弱小的他者,但反过来又服从于殖民生存链上文明程度高于它们的民族的统治。东方主义在同心圆的所有等级之间不断重复,而未能被颠覆。许多科幻小说叙事以各种方式重申地球行星的不可侵犯性和普遍化人性的优越性(也就是西方文明),而《月球殖民地小说》则表明了另一种叙述轨迹,循着这条轨迹,世界性大都会最终将会转移到外太空。①

最后,《月球殖民地小说》也描绘了中国在时间上的去中心化。这一点发生在三个显著层面上,它们均重申中国世界地位的主要转变。第一,从循环时间到线性时间的转变,标志着中国宇宙意识的根本变化。同时,线性时间与深时概念和普遍演化进程之间产生联系。第二,除了表明传统中国观念中的宇宙秩序被打破,线性时间观念还暗示中国与欧洲对手可能并不处在同一进化阶段,这一忧虑在达尔文思

① 关于外星人入侵主题的深入研究,请参见 Csicsery Ronay 2003 和 Kerslake 2007。

想传入中国时已有预示(见第二章)。第三,使用钟表时间意味着龙孟华和玉太郎遵循格林尼治标准的通用时间开展日常活动。这一叙述伴随着空间认知的变化,从而使得时间成为衡量空间距离的单位。

《月球殖民地小说》设置在一个具有明显反乌托邦倾向的科幻舞台上。这部小说中的许多主题也出现在整个20世纪转型期的中国科幻叙事中,并且时至今日仍然在科幻小说的叙述中占有显著地位。在他们寻访印度洋上中国的讽寓孪生体时,旅行者对中国不同的发展阶段进行了观察,但从不认为这个国家已达到西方的成熟阶段。于是帝国主义话语发生向内转向,将探险家们的殖民注意力集中于他们在印度洋遇到的中国文化的落后方面。与此同时,叙述的注意力远离了中国周边最紧迫且不断加剧的主权威胁——日本的野心,它正企图成为亚洲帝国的中心。随着中国大陆的消失,只是以讽寓式的缩影再度出现在印度洋上,这样一来便掩盖了日本与中国之间充满矛盾的关系。尽管主人公开诚布公地思考东亚与东南亚之间、东西南北半球之间的关系,当然还有地球与宇宙之间的关系,小说却忽略了东北亚的复杂关系,以及甲午战争后日本对台湾的侵占。

20世纪中国文学中一些最重要的比喻——不同版本的"东亚病夫"说法和鲁迅的"铁屋子"——早在《月球殖民地小说》中就已出现。小说也讨论了促使中国作家提笔创作科幻作品的语言改革的必要性,既表现在其对古典中国教育、科举体制与文言文的公开批评上,又表现在小说本身所运用的白话文语域上。这些均证明,就近现代中国文学而言,科幻小说扮演着核心角色。关于科幻小说与帝国主义关系的持续讨论,对理解清末科幻小说这一文类的产生与发展尤为重要。诸如此类的分析模式,能够帮助我们更加充分地理解清末知识分子面对欧洲帝国入侵时产生的危机意识。

第五章　为科学让路：法螺先生

1904 年，徐念慈[①]在《小说林》发表岩谷小波[②]《滑稽谭法螺先生》的“续作”《新法螺先生谭》，小说开篇突出呈现了两个不同的法农式双重意识(double consciousness)的时刻。作者以笔名觉我(“觉醒的我”)的名义在序言中指出，该作品只不过是“豆棚闲话”和“东施效颦”(徐念慈 2011，1；《新法螺先生谭》，15)。用笔名来否认小说自身，至少为

① 徐念慈出生于江苏省常熟市，也以“觉我”和“东海觉我”的笔名写作。他从小掌握日语，数学和写作也很出色。1898 年前后，他参加了“新学潮流”运动，在中国教育会工作。他是一名活跃的翻译家和作家，由于精通多种不同文学风格和语域而闻名。他还因对现代主义、现实主义和黑格尔美学的兴趣而为人所知，出版了许多关于这类主题的著作，包括《余之小说观》(*Zhongguo jindai wenxue cidian*，383；*Zhongguo jinxiandai renming dacidian*，572)。

② 岩谷小波(1870—1933)参与《少年世界》杂志的创刊，这是最早的日文儿童杂志之一，以编撰和印刷日本民间故事而闻名。他最出名的成就是 1894 年重新讲述《桃太郎》的故事。尽管这些故事主要针对青少年读者，但大卫・亨利(David Henry)指出，《桃太郎》这样的故事起到了“讽寓的作用，尤其支撑了日本的帝国主义思想”(Henry，218)。

读者提供了两种文本阅读模式:这是一本纯粹的大众艺术和娱乐读物,或它其实是包含严肃信息的艺术作品。完成了叙事上的疏离,紧随其后的是情节本身一系列的双重意识时刻。叙述者新法螺先生感到心烦意乱,他认为所有世俗现象都可以用科学定律来解释,于是决定离家出走。他登上珠穆朗玛峰,在海拔36万尺的高山之巅,由于地球的引力场被邻近星球破坏,导致他的"躯壳之身"和"灵魂之身"分离。他以为自己已经死去,不禁忧伤泪下,哭泣24小时之久。但随后他意识到,自己既然能哭,这便意味着他一定还活着,于是又放声大笑24小时,自以为荒谬绝伦。恢复镇定后,他在珠穆朗玛峰顶对自己的"躯壳之身"和"灵魂之身"进行了一系列考察实验。马邵龄指出:"比躯体出窍和灵魂出窍体验更为奇幻之处在于,这里的第一人称叙述同时也是第三人称对于他'[复数]自我'的指涉,即'我'作为对于他本人来说的第三人称。"(Ma, 59)从字面意义上来说,法螺先生被不同的知识领域撕裂。对他来说,双重意识是叙事风格、表达方式和情节方面的主旋律。

叙述者跨越多个知识领域——仅举几例而言,包括中国民间信仰、基督教神学、中国古典文言小说、日本明治小说、儿童小说作为文学类别在日本的出现、梁启超的《新小说》、社会达尔文主义、《庄子》的道家反理性主义和科学理性主义等。《新法螺先生谭》是日本明治时代岩谷小波短篇小说的中文粗译的续作,而据日本翻译家武田雅哉指出,前者又是对鲁道尔夫·埃里希·拉斯伯(Rudolf Erich Raspe)的小说《闵希豪森男爵》的日语粗译(Takeda 2008, 84-85; 1988, 78-80)。① 因而《新法螺先生谭》的故事及其翻译前传带有许多殖民现代

① 武田指出,徐念慈还出版了儒勒·凡尔纳作品的译本。另见Ma, 55。

性的主题和历史印记——这是一种全球范围内流转的鲍德里亚[1]式"对翻译的翻译"的致敬，这些译本早已与"原始文本"相去甚远。虽然他的说教目的和白话写作的愿望与日本"言文一致"运动的其他作家一致，但岩谷小波是公认的现代日本儿童文学的第一位作家（最初通过翻译）。岩谷是一位希望吸引青少年读者的冒险小说家，被置于文学经典的边缘地带（Wakabayashi，228）。徐念慈的小说作为粗译日本儿童文学的科幻续作，试图弥合严肃文学与大众娱乐之间的鸿沟。故事被作者的叙事声音所否定，他也在别处申明过小说具有改变社会的力量。[2] 叙事本身更多的是与科学知识普遍性所引发的焦虑进行对话，而不是介绍真实科学发现或原理的启蒙读本；那些在小说中确实发挥叙事功能的原理，往往只是勉强与科学挂钩。尽管对于当代的外行读者来说，它们可能早已被证伪或纯属捏造，但徐念慈故事中的许多科学元素再现了当时相对时新的科技发展。

徐念慈关于殖民意识危机的讽寓，戏剧化了清末知识分子对科学、宗教和哲学之间关系的矛盾心理。如此一来，作者揭示了大量关于科学与本土知识模式之间的紧张关系。他的作品首先提到殖民企图中更具体的元素——在地球表面探索和绘制未知领土的竞赛——然后将这些企图作为幻想投射到外太空，反映了欧洲帝国时代对殖民积累的浪漫化处理，这在维多利亚时代的科幻小说中十分普遍，乔万

---

① 译者注：指让・鲍德里亚（Jean Baudrillard），法国哲学家、后现代主义理论家。

② 徐念慈似乎受到了岩谷小波和井上勤的启发，这两人则受约翰・沃尔夫冈・冯・歌德（Johann Wolfgang von Goethe）观点的影响。歌德认为："诗学和科学敏感性的更为全面的融合，将提供一种体验自然的新方式，这种方式是象征性的，同时也是科学性的。"（Goethe 2009，xi [Miller introduction]）见徐念慈《余之小说观》，载 *Xiaoshuo lin*，9：1－8，10：19－15（页码连续；每期文章都有自己的编号）。

尼·阿里吉(Giovanni Arrighi)和杜赞奇(Prasenjit Duara)将其称为积累和领土的逻辑，属于全球资本主义浪潮兴起的一部分(Arrighi 1994; Duara 2003)。主角成功地创造出一项伪科学发现，淘汰了工业技术的许多物质标志，结果却以失败告终。这表明虽然现代科学可能会受到抵制，但资本主义核心的生产、积累和破坏周期却不会。

在本章中，我将研究一系列相关问题。首先，借鉴刘禾的《跨语际实践》，我会考察《新法螺先生谭》如何反映了将"科学"和相关术语融入殖民现代性词汇的文化交流过程。在这一背景下，科学和科学机构作为社会转型的工具，被翻译成清末小说和文化。这些翻译借鉴了理学实证主义的词汇，但也使用道家语言和概念来描述、反驳或融汇西方科学。清末知识分子通过大众媒介思考道家或儒家是否可以作为科学的认识框架，或者反之是否成立；科学是否可以通过本土思维方式被语境化和解释，或者也许科学才是终极的知识领域？其次，我会探讨这个故事如何反映资本主义与现代化之间的关系，表明虽然存在潜在途径抵制或重构科学的哲学范畴，但对于全球资本的社会政治逻辑而言，却不存在类似的替代方案。最后，我认为小说未能拒绝融入全球经济，表明了这种文类根深蒂固的焦虑征候，因为它既拥有解放性潜力，又与殖民主义密切相关。清末作家对于东方主义是否可以通过其他形式实现自我否定这个问题持矛盾态度。科学、科幻小说和接触全球资本，三者被视为现代化的必要组成部分，但也由于它们与殖民计划同流合污而遭到质疑。

虚构的古体

从语言和主题上而言,这部小说可以作为刘禾《跨语际实践》中的一个案例研究来讨论。徐念慈的故事和同时代许多作品一样,是白话文和文言文并存的小说案例,并且融合了当代科学词汇与清末文人界常见的古文①语法和修辞结构,这在新文化运动之后便黯然失色了(Ma, 55)。《新法螺先生谭》在写作风格上模仿《庄子》,这一道家经典可以追溯至公元前3世纪左右。小说中,法螺先生多次直接引用《庄子》。小说发表在大众媒介上,表面上主题轻松,却与文本刻意的古风及其援引的哲学基调形成鲜明对比。相较之下,吴趼人《新石头记》中贾宝玉和老少年在文明境界中的文学语言,更为当代白话文读者所熟悉。再次借用门罗对法国心灵论(spiritualism)中克里奥化宗教实践的分析,新出现的(通常是科学的)实践、教义和制度结构的"词汇"被嫁接到相对稳定的深层结构"语法"之上(Monroe, 7 - 8)。由此,我发现徐念慈科幻小说的语言,就像鲁迅早期关于科学的非虚构散文一样,也可以用同样的术语来解释。故事的主题内容采用了类似的克里奥化策略,以道家哲学作为认识宇宙的本体论"语法",而《庄子》的结构语法则作为文本模型。徐念慈运用这些本体论和修辞模式,以及一系列现代科学术语,作为对科学的独到理解的语义"词汇"。法螺先生描述了两种推翻殖民现代性的尝试:一是在道家哲学领域为科学分类法的总体化力量"腾出空间",二是抓住全球资本的缰绳。该作品叙事

① 见 Nienhauser, 494 - 500。

最成功之处，是以语言而非叙事的方式推翻了殖民现代性的现实。

伊斯塔范·西瑟瑞-罗内简述了达科·苏恩文的新异概念，他认为科幻的文学质感产生了一种“时间破碎(chronoclasm)”的效果，“体现了当下熟悉的词语用法[新造词(neology)的‘前史’]与新造词所断言的想象的、改变了的语言未来之间的文化碰撞”。科幻小说的语言是一种未来主义和发明创造的语言，新造词将读者置于想象的未来，暗示了使未来这种语言可能出现的目的论历史。虚构的新造词想象未来的存在，但也暗示了通往产生想象技术和社会条件的过去(Csicsery-Ronay 2003，13－46)。徐念慈采取了不同的策略(尽管在清末语境中并不陌生)，他选择通过用汉代以前的修辞结构来表现科学。那么，徐念慈运用道家哲学作为他自己虚构的新造词语言意味着什么呢?

当用完全相反的语域写作科幻小说——虚构的古体而不是虚构的新造词——这说明了什么呢? 在《新石头记》中，贾宝玉为了对抗殖民威胁尝试了不少方法，包括复兴儒家传统、道家神话中不可知的宇宙和《山海经》之外不可预测的荒野，而法螺先生则直接复兴了道家语言。小说对《庄子》叙事和主题的重新利用，试图将科学置于道家诠释学的背景下，主张不可知宇宙优先于科学本体论机械时间的可预测性，这再度反映了特定的时间和历史发展视野，将乌托邦定位在过去而不是未来，进一步混淆了进化时间的新观念。这种语言发明形式将读者置于想象的过去而不是想象的未来历史。同样，用《庄子》的语言写作，读者不得不从庄子的视角看待现代世界和科学进步。

同时，这种语言再次证明了文言文这一特殊形式的权威性，表明它最适合用于书写与理解宇宙和科学世界观。鲁迅曾感叹，他翻译凡尔纳的《月界旅行》时,不借助文言文就无法达到足够的精妙程度。徐念慈也类似地提出,谈论现在的最好方式是通过复兴古代语言。《庄子》这一文本(或众多道家文本的集合),否认了人类通过理性认识道/宇宙真实本质的能力。由此而言,我们可以将《新法螺先生谭》读作反科学,或者至少是反现代和反语言改革的文本。

这种以刻意的古体抵抗语言现代主义的方式,在科幻小说中十分罕见。西瑟瑞-罗内认为,科幻小说依靠新造词来创造一种想象的未来感,表明当前社会条件的目的论结果。语言上的疏离感有助于通过创造术语来构思想象的社会框架,这些术语融合了已知的现在与它们所暗示的想象未来(Csicsery-Ronay 2003, 13 - 46)。徐念慈的时间破碎并不是一种迷失方向的感觉,其中熟悉的词汇被重新挪用,以表现从未来回望的虚构历史;相反,庄子语言的文本扰乱和颠覆了达尔文时间的线性进程。这种与达尔文进化论相悖的尝试,以及总体上颠覆科学普遍性的主张,也在文本中得到了主题上的证实。

庄子的用词、句法和偶尔的直接引用与现代翻译术语名录形成了鲜明对比。小说中的许多术语仅为音译,如"德律风"(telephone,电话)和"哀泼来斯"(Everest,珠穆朗玛峰)二例。在另一段中,叙述者造访金星表面,此处对另一种进化论进行了长篇论述,其中不乏"腔肠动物""棘皮动物"和"软体动物"等生物学术语。① 除了善于用当代科学术语来命名周遭世界,作者还表现出对时间及其测量的敏锐关注,他定期观察故事中事件的持续时间和速度。在这些方面,故事的语言与其哲学范本之间产生了距离。

① 另见 Takeda 1988, 445; 和 Luan, 47。

文本中一些最重要的词汇，既不能追溯到中国古代哲学语言，也不能追溯到翻译的科学现代性语言。徐念慈用"灵魂"一词来指代"soul"，说"余无以名之，即以宗教中普通名辞命之曰'灵魂'"（徐念慈 2011，3），这让人联想到中国大众信仰中的"魂"与"魄"。中国民间信仰和世界宗教实践对于很多问题都没有达成真正的共识，比如一个人有多少魂和魄、它们与肉身的关系、它们死后去往哪里，或者它们是否可以在身体死亡后永生（Harrel 1979）。虽然本文独到地以"余灵魂之身"指灵魂，以"余躯壳之身"指身体，但这个故事似乎证实了它们大致遵从《礼记》的内容，用"魂"表示元气和升天，而用"魄"表示肉身和入世（Brashier，127 - 130）。这两个术语——"灵魂之身"或"躯壳之身"——都不能很好地对应基督教神学或中国生死观中的词汇。总之，即使在"纯中文"的语境下，"灵魂"究竟为何意也不甚清晰。

另一种可能性是，徐念慈叙述了犹太教-基督教对身体和灵魂的神学解读。19 世纪晚期的《遐迩贯珍》和《六合丛谈》等传教士刊物，不但为读者提供了关于身心二元论的基督教神学讨论，①也有关于人体解剖学和催眠术主题的文章，以及关于跨大西洋电报电缆完工的新闻报道。有关人体的新兴科学知识与有关不朽灵魂的神学论点一同出现，进一步混淆了科学与宗教或形而上学之间的分野。徐念慈将本就

① 例如，见 1855 年《遐迩贯珍》中关于大脑在人体中功能的解释，其中涉及大脑是否等同于灵魂的讨论（6：23）。《教会新报》［1868—1875；后称《万国公报》（1876—1907）］上定期刊登有关灵魂和基督教救赎概念的论述，以及《圣经》段落的翻译，但科学文章的数量远远超过基督教内容。更多关于《教会新报》等基督教期刊中科技内容超过宗教内容的论述，见 Qiu Ruohong，26。

模棱两可的“灵魂”概念置于经验主义和科学知识的语境中,模糊了中国和基督教灵性与科学之间的区别。文中的“灵魂”是一种“身”,或者说是被赋予称重和量化可能的物理存在的身体。该文本借用道家哲学和汉族生死观,使之有别于以理学思想来构建科学的其他清末知识分子的著作,但它也倾向于在既定本体论范畴的背景下理解科学,从而使科学涉足更广阔的道德和形而上学宇宙。因此,《新法螺先生谭》试图将科学纳入道家宇宙观的范畴,以此抗衡科学对普遍知识的主张。在不可道宇宙的道家范畴下,该书还通过模糊基督教与中国民间宗教实践之间的界限,颠覆了基督教在神学上的主导地位。换句话说,本作中的《庄子》既是支持也是反对西方科学的潜在渠道。

时间,空间,资本

在小说的虚构中,法螺先生对金星情况的发现与达尔文进化论相矛盾,而他寻找证据来颠覆科学普遍性主张的使命与他在地球旅程中的所见所闻相矛盾。法螺先生的身体坠入地心,来到地底之中国,遇到一位名叫黄种祖(字面意义为“黄种人之祖”)的老人。他是一位仁善的旁观者,守护法螺先生的故乡河南省,那里人口约四万万。在地下,时间流速与地面相异:地下一秒等于地上二十一万六千秒,这让法螺先生和黄种祖得以看清达尔文主义深时的进程。他计算道:“是黄种老人之计时器,以一秒时当今之二日半,一分时当今之一百五十日,一小时当今之二十五年,二十四小时当今之六百年,宜其最寿之人,不得过四小时矣。朝菌晦朔,蝼蛄春秋。世间物我之不齐,诚有如此哉!”(14-15)这段话通过引用庄子笔下朝菌和蟪蛄的有限视角,[①]将欧洲钟表系统对时间的理性划分与道家不可道的时间观念并置。因此,法螺先生双重意识的另一表达是时间性的双重意识——两种意识彼此形成对照,一边是对理性的、工业化的时间测量的严谨关注,一边是作为解释深时奥秘的阐释学工具的道家语言。宝玉和老少年的游猎和剥制动物标本,可以说是出于对殖民计划的焦虑,殖民者通过编目和分类宣称对世界的所有权和认识,这便与法螺先生的道教复兴主义形成对比,后者表明即使面对西方科学,宇宙也是不可道的。这种不可道性的一部分原因是宇宙的崇高本质,因为天文学告诉我们,宇宙在空间上比人类想象中能够理解的范围要大得多,而深时的发现也表明宇宙在时间上超出了人类的理解能力。

在地底,时间的缓慢流动使得法螺先生和黄种祖能够亲眼见证地上几代人的社会变革。对于中国来说,上紧发条的时间机器无情地前进,只是速度不同。共时性(coevality)被表达为一种地质隐喻——在地质学家挖掘过去的地表深处,法螺先生发现了中国衰落的“真相”。社会衰落发生在地下——那里是过去和未开化的穴居社会所存在的地方,类似于荒江钓叟《月球殖民地小说》中的勒尔来福岛民和H. G.威尔斯《时间机器》中的莫洛克人。尽管地下中国的时间被放慢,但未来仍然是不可避免的灾难。这一情节,以及早些时候试图唤醒同胞的失败尝试,“醒其迷梦,拂拭睡眼,奋起直追,别构成一真文明世界”,导致叙述者表示他想将东亚一举摧毁,“而畀之将来之哥仑巴”(徐念慈1905,9)。尽管文本坚持道家阐释优于科学,但这种断言被作者笔下

① 见《庄子・内篇》。

描绘的社会衰落所削弱，因而叙述者将自己想象成社会达尔文主义情感宣泄的先驱者。在人们的认知中，社会达尔文主义逻辑是西方科学无法克服的一个方面。

于是，社会达尔文主义的种族进化观变得清晰可见，并且主动地影响黄种祖使用一系列灵丹妙药来改变地底中国居民的行为。起初，黄种祖似乎是《孟子》中倡导人性"无善、无不善"的告子的当代"科学"翻版。黄种祖告诉法螺先生，人的善恶根性是与生俱来的，两者发展的结果取决于一个人成长的环境条件。在黄种祖解释他如何在实验室中控制人类行为，他的人性观已经发生了荀子式的转变，改为赞同这位战国时代哲学家"人性本恶"的观点。① 与良好道德品质相关的物质几乎穷尽，而与懒惰、贪婪和自私相关的物质却仍然充足，且更加有效。黄种祖向法螺先生展示了一个置物架，上面陈放着各种液体、固体和气体的罐子，并告诉他：

> "此亦光明洁净，社会中明白事理，而不能有为，乏躬行之力者，故凝为定质，皆归此瓶内，然亦仅万分之五。"又指一大瓶道："此瓶中流质，合百分之六十五，名吗啡，系最毒之品，中此毒者，使人消磨志气，瘦削肌肤，促短寿命。余不意中此毒者，已若是之多也，此为崇拜金银定质，此为迷信神鬼定质，此为嚣张不靖气质，此为愚暗不明气质，此为宗旨不定流质，此为骑墙两可流质，

① 这场著名的儒家哲学"论战"，围绕着人性本善还是人性本恶的问题展开。在《孟子》中，告子反驳了他的导师，提出人性为中性的观点（《孟子·告子上》）。另一方面，荀子则认为人性本"恶"（*Xunzi jijie*，434－448；*juan*，23）。对这场辩论的英文翻译和进一步总结，请参见 DeBary and Bloom，114－118，或何艾克（Eric L. Hutton）译《荀子》（2014）和华霭仁（Irene Bloom）译《孟子》（2009）。

此黄色定质,为肺炎脑病之征,此茄花色流质,为务名邀誉之类。总之,善根性之被侵蚀,只存万分之八九耳,余又何望?”(19)

实验室中摆满各种能够操控人类行为的物质,似乎是在质疑孟子和荀子共同的儒家观念,即通过教育和道德修养来完善人性。相反,这里用化学反应来取代人的能动性。这些早期“亚洲病夫”话语的出现,与《新石头记》和《月球殖民地小说》一同预示着鲁迅小说和五四文学中该比喻的突出地位。

法螺先生意识到他自己就是黄种祖在劫难逃的后代之一,他的眼中只有真正的中国,而不是地下的复制品中国,这时他的顿悟导致了类似于宝玉进入文明境界的叙事断裂。叙事搁置了法螺先生的躯壳之身和他所发现的地球生命难逃衰败命运的现实,转而描绘他的灵魂之身如何穿越太空。他目睹一群水星医生为了恢复一位老人的青春,正在更换他的脑组织。法螺先生评论道:

诸君乎,以余之理想,此事为彼处造人术无疑。人之生存运动思想,无一不借脑藏。今得取其故者,代入新者,则齿秃者必再出,背屈者必再直,头发斑白者必再黑,是能将龙钟之老翁,而改造一雄壮之少年。惜余未尝习其术,否则,余归家后,必集合资本,创一改良脑汁之公司于上海,不独彼出卖艾罗补脑汁之公司,将立刻闭门,即我国深染恶习之老顽固,亦将代为洗髓伐毛,一新其面目也。(22)

在此,不可道宇宙与知识产业分类学宇宙之间的竞争,与第三种利益发生了冲突:资本的积累。法螺先生在结尾处的启发性评论——对同胞的顽固习俗“洗髓伐毛”——是他自己的双重意识在叙事中爆发的时刻之一。诸如此类言论表明，世上有比金钱更重要的事物，振兴中国也不仅仅是取代科学知识霸权的问题。正如宝玉在《新石头记》中所见，中国仍然需要解决自己本土的问题。

随着法螺先生穿越太阳系，资本的诱惑仍在继续。正如慕维仁（Viren Murthy）在分析谭嗣同和章太炎试图解决儒家时间模式和进化论时间模式之间差异时所指出的，身处外太空的法螺先生证明了，“平等、抽象时间和进化与全球资本主义逻辑密切相关”（Murthy，50）。他在金星表面发现大量珍贵宝石，便打趣道：“余心戚戚大动，拟欲却而箧之，携回地球，与素称富有者较短长，使彼咋舌，甘拜下风，无如赤手空拳，无可想法。”（24）

他发现这些宝石是一种活矿物，破碎之后就会过热，便开始对它们的性质进行一系列探究实验。他对宝石的探索使他获得不少发现进展，这些发现与地球和整个宇宙生命进化的许多理论相矛盾。首先，他推测造物之初热量便为物质所固有，因此相比于时间更久远者，年轻的行星和早期阶段的物质蕴含更多势能。其次，他发现已灭绝的和仍然存在的物种能够共存，反驳了阶段性的物种进化理论，这些理论断言一些物种将不复存在。最后，他推断行星的革命性运动造成了元素的聚集。这些发现实现了最初激励他登顶珠穆朗玛峰、渴望发现超越西方科学的知识的幻想。尽管法螺先生确实在夺回欧洲“所有者”手中的知识产业方面取得了进展，但他在推翻殖民现代性的另一方面却不太成功：也就是迫在眉睫的全球资本主义。

脑电

法螺先生的肉身和灵魂重聚后回到上海，①参加了一次催眠术讲习会，在那里发明了产生和传输“脑电”的技术。尽管此时催眠术、动物磁气学和其他“精神科学”在欧美已或多或少被证伪，②本身就处在科学与宗教实践之间的模糊地带，但徐念慈的小说发表后，这些实践在日本仍相对受欢迎，而且继续在中国流行开来。栾伟平指出，徐念慈的灵感来源包括谭嗣同《仁学》（1899）中“以太”的折中主义概念，③以及傅兰雅（John Fryer）翻译的亨利·伍德（Henry Wood，1834—1909）的《治心免病法》（1896）（Luan Weiping，52）。同年，《大陆报》报道了“陶先生”（可能是陶成章）在上海主持的催眠术讲习会（Luan Weiping，49）。《新法螺先生谭》出版后的几十年中，许多关于催眠术的文本从日语翻译为中文。④ 20 世纪 10 年代，中国兴起了各种致力

---

① 法螺先生回到地球之后，他的肉身和精神自我在地中海重聚，在几乎溺水之际被一位中国海军将领所救。他带领着一支庞大的新建海军军队，任务是恢复中国过去的辉煌。不过他们抵达上海后就完全从故事中消失，在剧情中来得快，去得也快。作者以一种半心半意的姿态想象军事上优越的中华民族国家，呼应了上文第四章中分析的梦境叙事以及梁启超《新中国未来记》、陆士谔《新中国》和萧然郁生《乌托邦游记》等其他小说只能以梦境叙事的语言表达中国在地缘政治上占优势的幻想。

② 更多有关 18、19 世纪法国催眠、天主教会和科学实践之间关系的内容，请参见约翰·沃恩·门罗的《信仰实验室：现代法国的催眠、唯灵论和神秘主义》（2008）。芭芭拉·戈德史密斯（Barbara Goldsmith）的《其他权力：参政权时代、唯灵论和丑闻缠身的维多利亚·伍德赫尔》（1998）对美国内战后这些做法在妇女参政运动中的作用进行了引人入胜的描述。

③ 更多关于谭嗣同以太理论和化学研究的内容，见 Qiu Ruohong，78 - 79。

④ 大约同时期，陶成章与蔡元培合作出版了有关催眠术的译本《催眠术讲义》（Takeda and Hayashi 2008，87）。另见蔡元培（1906）。

于催眠术的机构,文章便由这些机构撰写。其中许多社团发源于日本,并很快传入中国大陆。这些机构借助许多关于该主题的出版物来辅助他们的教学工作;1916—1935 年之间,总共有超过 11 家出版社发表了 40 多篇关于催眠术、读心术和通灵术的书籍(Li Xin, 13 - 17)。这些文章将催眠术作为一套理性化的身体实践,为催眠师和催眠对象提供有条理的、详细的指导说明。虽然催眠术的许多方面已经被证伪,但核心催眠法和催眠暗示仍然是当代一些心理治疗实践的重要方法。换句话说,当我们进入 21 世纪的第二个十年,现在看来一半是心理学常识、一半是彻头彻尾的幻想的内容,在 19 世纪末确是货真价实的"硬科幻"。

法螺先生建立了自己的学科,他对"脑电"技术的完善,以及对距离、时间甚至数字测量的强烈关注,将科学表现为马塞尔·莫斯(Marcel Mauss)所谓"身体技术"的类别[(1935)2006]——通过仪式化和模式化的行为,科学家控制自己的身体,进而理解和影响世界的变化。法螺先生在上海开办了一所学校,培训计划为期六天,很快他的课程就供不应求,以至于他不得不在中国各地乃至全球开办一系列学校。这些技术也类似于福特-泰勒主义对个人和社会身体的科学管理模式。① 脑电既不是特异天才的产物,也不是独特文化传统的产物。相反,脑电的掌握,源于将合理化劳动分解为叙述者/管理者监督下一系列规定的、专业的和重复的任务。法螺先生的学校遵循类似模式,一旦排除了不必要的干扰,就能以流水线般可控的高效大量输出毕

① 安东尼奥·葛兰西(Antonio Gramsci)的《美国主义和福特主义》一文简明扼要地描述了合理化生产与其在美国和西欧的政治和文化影响之间的关系(Gramsci, 275 - 299)。

业生。

通过“脑电”技术，操作者能够生产光和热，发送和接收信息，无须灯泡、电话、电报、加热设备，甚至新发明的无线设备。一场全球经济危机接踵而来；火车、轮船、电信、灯泡、采矿和林业等行业都因脑电的发明而变得多余乃至崩溃。世界三分之一的人口失业，愤怒的暴徒聚集起来，威胁到法螺先生的安全，他只好被迫躲藏起来。这一部分将科学作讽寓化处理，它既是个人纪律的实践，也是社会经济的事业。

马邵龄从现代主体性与马克思主义社会劳动观之间的关系来考察这里的叙事，认为这个故事已从对原始积累的讽寓，转向“预见未来的后工业或信息社会，因为脑电的技术知识造成了资本和劳动力的过剩”(Ma, 67)。尽管中国完全融入全球资本体系可能还要再等 85 年，届时世界经济和政治力量的平衡将几乎完全从欧美整体转移到美国一家独大，但《新法螺先生谭》却对这一时刻的必然性作出了大胆的预测。书中的法螺先生几乎摧毁了国际资本网络，这时才发现自己原来是系统的一部分，而这个系统的毁灭将意味着他自己的灭亡。

小说中存在的另一普遍比喻是探索和帝国扩张之间的关系。故事对法螺先生首次登上珠穆朗玛峰的过程一笔带过，他的北极之旅也是在机缘巧合下通过一本金星上的日记而揭晓，早先他将日记藏起来以供未来考古学家娱乐；但是，这两项探索壮举，均体现出 19 世纪绘制地图和抵达地球表面最后一片“净土”的竞赛。1849 年，印度大三角测量局首次测量了十五号峰（尼泊尔人称为萨加玛塔峰，西藏人称为珠穆朗玛峰）的高度。三年后，拉德哈纳特 · 希克达尔（Radhanath Sikhdar）计算出它是世界最高峰，该成果于 1857 年获得证实。1865 年，安德鲁 · 沃爵士（Sir Andrew Waugh）选择将这座山峰重新命名为

“埃佛勒斯峰(Mount Everest)”,以纪念在他之前任职的乔治·埃佛勒斯爵士(Sir George Everest)。确认为世界最高峰后,人们很快就作出了攀登的决定。1909年,一位美国探险者声称在因纽特人向导的帮助下抵达北极,而罗尔德·阿蒙森(Roald Amundsen)则于1911年抵达南极。这时,珠穆朗玛峰被称为“第三极”,成为地理探索中最抢手的目标之一。在现实中,S. A. 安德鲁(S. A. Andrée)尝试乘坐热气球前往北极,最后以失败告终。7年后,法螺先生早于美国探险家至少5年到达北极,早于艾德蒙·希拉里(Edmund Hillary)49年登上珠穆朗玛峰顶。抵达北极的竞赛是为货船寻找北方通道的愿望所驱动的。①尽管法螺先生声称与科学逻辑和西方霸权背道而驰,但只有将文本解读为夸张的讽刺,他的叙事才表现为对全球资本主义逻辑的抵抗或颠覆。种种矛盾导致叙事崩溃,进而阐明了抵抗之困难。其成功的事业对经济影响的强烈反响强调了科学在经济上的必要性。

一系列意识危机促使法螺先生踏上穿越地心和太阳系的旅程,然后导致一系列的失败。其中许多次失败的原因在于叙述者无法将其所见所学变现。换句话说,尽管法螺先生想要消除科学的本体论霸权,但他这样做的真正动机似乎是为了个人利益,而不是国家复兴。尽管他在金星和水星上的所见所闻和他发明的“脑电”均不符合西方科学的逻辑,但法螺先生仍在尽力确保他的发现能够在全球资本主义逻辑范围内发挥作用。他最终扰乱了地球经济体系,这是中国科幻小

① 关于珠穆朗玛峰命名的详细描述、早期对珠穆朗玛峰的测量,以及乔治·利·马洛里(George Leigh Mallory)的第一次登顶与大英帝国主义计划之间的关系,请参见Davis 2012。关于最初勘测和登顶珠穆朗玛峰的尝试,另见Krakauer 1997。关于乘坐热气球抵达北极的尝试,见A. Wilkinson 2011。

说中罕见的叙事特征——虚构地推翻了产生故事创作背景的权力关系。然而，叙述者的困境表明，这将是一种自杀式行为；他本人已经深深融入全球经济结构中，因而系统的破坏对他个人的安乐构成了不可避免的威胁。

法螺先生的一个身体穿越太空，另一个身体坠落地心，这正是拟人化了的双重意识。法螺先生穿越太阳系的灵魂，投射了科学和殖民探索的幻想，其结果是合乎逻辑的。与此同时，他的肉身潜入地表以下几英里，将目光转向自己和国家，通过这种自我发现的行为，他意识到在黄种祖的观察视角下中华民族面临的困境有多么严峻。这里再一次出现了智者的形象，他从远处观看中国的社会危机，观看末日如何逼近。这一次，智者化身为法螺先生在地底遇到的老人。与铁屋外的鲁迅不同，老者的确具有介入其中改变现状的能力，但很明显他的努力注定会失败。法螺先生的世界便是另一个无法居住的叙事空间。作品的叙事风格表明，为了实现乌托邦和真正了解宇宙，必须回到道家的无为状态，但叙述者的行为绝不是无为的具现。如在《新石头记》中所见，通过语言唤起的时间观颠覆了线性时间进程的概念，而叙述者声称他对行星和动物进化的已知科学定律领域之外的现象进行了观测。尽管这部小说确实暗示了西方科学的成功覆灭，或者至少暗示了人们有能力作出推翻以往理论的新发现，但殖民现代性的其他言说仍在继续坚持新世界秩序的首要地位，及其不可避免的逻辑。

第六章　老舍《猫城记》：一部社会科学小说？

老舍(1898—1966)的小说《猫城记》，是一部反乌托邦火星游记，①最初于1932年8月至1933年4月在《现代》杂志上连载。这部小说代表中国科幻小说经过近20年的沉寂之后迎来了短暂的复苏——这个例外验证了快速变化的文化场域中的规则。在老舍写作《猫城记》时，很大程度上白话文已经超越古典文体，成为改革小说的理想载体。在第七章中，我试图证明1910—1949年间科幻小说的明显缺失，其部分原因是该文类被提升为更日常的科普写作形式。本章表明，即使中国

① 老舍，原名舒庆春。他出生于北京一个贫穷家庭，父亲是一名士兵，在八国联军报复义和团进攻北京时被杀害。后来，他成为中国现代文学领域最伟大的领军人之一，著有《骆驼祥子》(1936)和剧作《茶馆》(1957)，这两部作品中都大量运用了北京方言。下面，我将详细介绍影响老舍《猫城记》创作的一些关键的中年经历。值得注意的是，在"文化大革命"期间，老舍被贴上反革命标签，遭到红卫兵殴打，导致他于1966年自杀。1978年，老舍和他的作品得到"平反"，但《猫城记》在很大程度上仍不被看作其重要文学遗产的一部分。

科幻小说经历短暂的繁荣之后便开始在文化版图上销声匿迹，但清末科幻小说中开创性的比喻和主题，即使面对文学革命也仍能引起共鸣。

《猫城记》继承了许多熟悉的特征和形式，继续发挥其作为东方主义和社会达尔文主义话语引领者的功能性作用。站在熟悉的局外人视角，借助科幻中常见的飞行器装置（虽然着陆时便坠毁），叙述者仔细观察了猫城的政治、家庭和社会制度。这一视角类似于玉太郎热气球上的同伴——20世纪之交中国的贾宝玉，以及在地底旁观文化片段的法螺先生。观察结果带来了对社会和制度病灶的诊断，而对于将来的预测则自开始起就十分晦暗。

正如其他清末前辈的作品，社会达尔文主义在老舍小说中表现为一种启发式的理解方法，被认为是不可避免的民族灭绝过程，并表现为叙述者在接触猫城居民时采取的无意识态度。对于叙述者和猫人来说，殖民意识都导致了他们对国家危机脱节的、精神分裂式的反应。叙述者扮演殖民老爷的角色，充当救世主，但也沉浸于对猫人实施言语和身体上的虐待。与此同时，猫人罹患一种民族性精神分裂症。他们无法以有意义的方式运用外国认识论或他们自己的历史，既排斥又崇拜外国，还将他们自己传统的物质遗产卖给出价最高的外国竞标者，作为其本土价值的标志。清末科幻小说为中国的知识救亡开辟了空间，无论是神话传统的复兴、“中国特色”的全盘采纳和优化应用西方技术，还是二者相结合，老舍谴责了所有中国对持续的外国入侵和国内腐败危机的可能反应，其范围跨越两种政治制度，前后大约90年。

1934 年前后的殖民现代性

老舍旅居英国 5 年之后返回中国，期间在新加坡停留了 6 个月时间，专注于写作和教学。他对九一八事变后中国军队的败北感到失望，想知道为什么大陆的中国人在政治上不如新加坡华侨那般活跃，因此对国家的未来深感忧虑。在个人层面上，老舍表示抑郁是他决定创作这部小说的主要动机之一（老舍《我怎样写〈猫城记〉》，544－545；Guan Jixin，167；Zhang Guixing，1997）。老舍的抑郁无疑部分归因于持续笼罩着中华民国的政治危机。作者描绘了令人窒息的中国文化形象，不仅是因为输给了外敌，其自身的文化衰败和自私自利才是陷入困境的罪魁祸首（Guan Jixin，172）。

1915 年，日本与中国签订不平等条约“二十一条”，迫使袁世凯和中华民国政府将中国东北和大部分中国经济的控制权交给不断扩张的日本。中国在第一次世界大战中支持协约国，条件是德国归还殖民特许权。然而，1919 年的《凡尔赛条约》最终导致德国在中国山东的权益转交于日本。虽然北京大学的学生抗议导致了五四运动，这一时刻在历史上被认为点燃了中国共产主义革命的燎原星火，但它的短期形势却是黯淡的。与此同时，1916—1928 年是中国军阀割据的时代，在此期间，“民国”的控制权实际上属于地方总督、军事指挥官和其他铁腕人物，而西藏和内蒙古等因为此前未完全纳入清帝国版图，则纷纷宣布独立。虽然军阀时代随着蒋介石 1926—1928 年的北伐而正式结束，但该政权在 1949 年国共内战结束前便四分五裂。1931 年发生九一八事变，日本军队在中国东北制造冲突，导致日本以“自卫”的名义占领沈阳，中国的抗议很快招致日本对上海的袭击。中国向国际联盟呼吁，国联虽对日本行为作出谴责，但国际社会并未实施干预。蒋介石等军事领导人认为抗日是徒劳的，因为日本明显拥有更优越的军事力量，于是在抵抗外部侵略之前，转而开始“清剿”内部反对派（Spence，310 - 434）。

老舍对西方文学文化的深刻了解，在很大程度上塑造了他对世界局势的看法。他在英国生活了 5 年，期间一边教授中文，一边学习西方文学和文学批评；在之后的职业生涯中，他发表了关于这些主题的大量著作（Song Yongyi，41）。他有别于鲁迅和梁启超这样的知识分子，因为他不受日本影响，而是更直接地体验到了西方文化，尽管这仍然是殖民现代性的产物——欧洲和日本帝国主义持续带来的物质和思想文化的不平等交流，伴随着国内政治的失败而加剧。在 20 世纪 30 年代以改革为导向的作家中，老舍也显得很突出，虽然他没有直接参与五四运动（Hsia，166），但他写作中曾提到自己深受五四运动的影响。他的政治教育不像许多同时代的人那样，受到激进和革命趋势的影响，因为 20 世纪 20 年代中期他仍在伦敦，而当时五四文学的左翼使命已经牢牢确立。然而，从他致力于通过文学教育实现民族复兴的角度来看，他的作品可以视为延续了梁启超《新小说》的出版事业。

老舍被认为是除鲁迅之外对中国文化最激烈的批评者之一（Guan Jixin，174），这种悲观的态度弥漫在《猫城记》中。鲁迅和老舍也被认为是最致力于“改造国民性”的两位作者，但《猫城记》读起来更像一篇关于民族性格弱点的长篇论文，而不是治疗的处方（Song Yongyi，57，158）。在回顾他的早期作品时，老舍认为这本书是失败的。1935 年，他在《宇宙风》杂志的一篇反思短文中写道，“《猫城记》就没法不爬在地上，像折了翅的鸟儿”，并接着表示他无法得出救国的良方。在这篇文章中，他还指出《猫城记》是对科幻小说和讽刺的“失败”尝试，其中的部分灵感来自 H. G. 威尔斯的《月球第一人》(老舍《我怎样写〈猫城记〉》，45)。老舍谈到自己的写作生涯、个人历史，以及未能为中国社会弊病提供文学解决方案的挫败感，也与鲁迅对文学目的失败的感慨如出一辙。游离在异国他乡的经历，使他对祖国的命运和同胞的能力产生了深刻的担忧。

鲁迅在《呐喊》自序结尾处表示，面对压倒性的失败感时，别无他法，只能继续抱有希望，“因为希望是在于将来”(*LXQJ*，1：437；Lovell，20)。与之相呼应，老舍作品中的叙述者也一直抱有希望。但即便满怀希望，他仍在扮演局外人的角色，站在远处观察危机，却没有个人能动性。在《猫城记》临近结尾处，外国入侵者席卷猫国，叙述者评论道：“自然我是来自太平快乐的中国，所以我总以为猫国还有希望；没病的人是不易了解病夫之所以那样悲观的。不过，希望是人类应有的——简直可以说是人类应有的一种义务。没有希望是自弃的表示，希望是努力的母亲。”(老舍 2008，120；*Cat Country* [trans. Lyell]，224；后续页面引文均来自这两个来源)①

在鲁迅和老舍的写作中，希望虽然并非完全缺席，但却是一种推给后代的责任，对于最需要它的人来说只是一种无法企及的奢侈品。两位作者都以悲剧目击者的角色发声，他们无力干预，并且不可避免地质疑干预是否具有任何内在价值。如此一来，观察、理解困境的人和亲身经历困境的人之间产生了鸿沟。

---

① 所有引文首先引用 2008 年重印的中文版，其次引用 1970 年的莱尔译本。两个版本都十分准确，也更容易理解。

对火星的殖民凝视

叙述者的飞船在火星表面迫降后不久，他遇到了为他提供文化消息的当地人大蝎。大蝎是一位地主和猫国政要，拥有一片"迷叶"种植园。这是一种类似鸦片的植物，是令猫国所有人上瘾的毒品。紧接着登场的是大蝎悲观的儿子小蝎，父子二人前后带领叙述者参观猫国，领略了它衰弱的原始经济，以及它的各种公民和文化机构。因此，叙述者说，"在政治上我可以去问大蝎；在文化事业上问小蝎"(80;150)。除了他们专业领域不同之外，大蝎和小蝎还代表了他们在文化态度上的代沟。年长的政治家大蝎代表老一辈人，他们从前的理想主义都已经消失殆尽。而小蝎代表了新一辈人，他们的理想主义逐渐被悲观主义和绝望所征服，因为他意识到变革性的积极改变不可能发生。

《猫城记》的叙述者几乎瞬间确定，他正在目睹一个文明的崩塌。大蝎第一次带他进入猫城时，他评价道："一眼看见猫城，不知道为什么我心中形成了一句话：*这个文明快要灭绝*。"(49;96)社会崩溃是小说的主旋律，叙述者对自己正在目睹一个文明的终结这一内心深处的认识变成了曼怛罗真言，他将这一现实联系起地球历史和社会达尔文主义的遗产："文明与民族是可以灭绝的，我们地球上人类史中的记载也不都是玫瑰色的。读历史设若能使我们落泪，那么，眼前摆着一片要断气的文明，是何等伤心的事！"(49;96-97)

老舍的这篇科幻小说晚于清末先驱者们20多年写成，其特征则同样是以社会达尔文主义为一种普遍历史力量。① 借助《猫城记》的描写，叙述者面前展开一幕史诗般的悲剧，任凭他用尽最大努力阻止其汹涌而来。社会达尔文主义的现实和猫国文明的贫瘠，促使叙述者陷入意识危机，思考起自己在猫人命运中扮演的角色。叙述者在火星上见证了文明的灭绝，这样的讽寓式游记是对中国历史意识以及任何复兴或改革社会政治制度企图的虚无主义式谴责。前文考察的所有清末科幻作品，均讲述了克服寻常社会弊病的尝试，即便结果是有缺陷或未实现的乌托邦(通常表现为叙事本身的崩溃)。但《猫城记》却是一部彻头彻尾的反乌托邦小说，它是对中国过去和当下的广泛而彻底的批判，是对中国未来的诅咒式展望，既谴责了左翼社会主义运动，又谴责了民族法西斯主义。

在大蝎和小蝎的带领下，叙述者见证了一系列文化实践和机构，作者在描绘这些场景时，采用类似于20世纪初国内外批评中国的最严厉的负面用语。除了鸦片泛滥的问题外，叙述者还指出人们缺乏礼貌和相互尊重，甚至丧失尊严；妇女是一种财产形式，卖淫和纳妾是常见的做法。猫人对一切外国事物报以怀疑和敬畏的态度，但没能采纳任何使外国强大的技术或做法；学校、博物馆和图书馆都是空洞的闹剧。②

迷叶是对鸦片的直接影射(Raphals, 74)，构成了大蝎口中猫国社

① 关于民国时期社会达尔文主义观的演变，见 Spence, 300-305。

② *Cat Country*, 1970, 36(英译注)。关纪新认为，这是一部"文化讽寓小说"，而不是"政治讽刺小说"，因为这部小说在很大程度上是对中国文化各方面的批判，而不仅仅是对失败领导人的批判(169)。更多关于小说讽寓内容的论述，请参见 Hsia, 165-168, 546。尽管在许多情况下，我的译法与威廉·莱尔相比更忠实于原文，但是这样会降低莱尔英语翻译的文学质量，所以我仍大量使用莱尔翻译的《猫城记》。

会不断恶化的第一个症状。为了缓解饥饿和口渴，叙述者采摘了一些叶子，品尝之后他若有所思，感到“心中有点发迷，似乎要睡，可是不能睡，迷糊之中又有点发痒，一种微醉样子的刺激”。等到药效充分发挥作用，他表示“全身没有一个毛孔不觉得轻松的要笑，假如毛孔会笑。饥渴全不觉得了；身上无须洗了，泥，汗，血，都舒舒服服的贴在肉上，一辈子不洗也是舒服的”(19;36)。迷叶象征着叙述者对猫国文明匮乏的初体验，但他初尝毒品也是自己道德败坏的第一个迹象。

叙述者对猫国人表现出殖民主义态度，用表达原始和野蛮的词汇来理解整个社会。叙述者很快学会了“猫语”，认为它比马来语更容易学习(21;40)。这种漫不经心的评论使东方和西方的二元逻辑复杂化，与《月球殖民地小说》相呼应，暗示了同心圆式政治和社会等级制度，其中南亚和东南亚成为东北亚文化中心的东方主义他者。猫人语言的简单性是它们劣等文化地位的众多标志之一。

猫国的劣势体现在居民卫生条件差、房屋破旧和社会不平等等方面，致使叙述者既看不起猫人，又肩负着拯救猫人的使命。这就是“地球人的负担”——正如吉卜林笔下所谓太空中的“白人的负担”，所有以治理殖民对象为名义犯下的暴力都可以得到正当化，这一双重意识的时刻呼应了法螺先生为了建立新的中国而引发大屠杀的意愿。叙述者进入猫国社会后，有时表现出对猫人之间互相对待的方式的烦恼。叙述者决心要根除猫国道德和精神败坏的原因并提出解决方案，导致他使用一种粗鲁和专横的语气。当矮人军队入侵猫国时，叙述者加入小蝎和苦行僧大鹰一同抵抗，尽管三人都清楚他们的斗争是徒劳的。就像约瑟夫·康拉德(Joseph Conrad)小说《黑暗之心》中的库尔兹，他原计划压制“野蛮人”的习俗，最后却成为他们中的一员。叙述者一再宣称他对猫人的优越性,却往往是为了自己获取巨大的利益。

叙述者对猫国人支离破碎的态度,与猫国对“地球先生”和其他外国人的嫉妒和不屑的矛盾心理如出一辙。猫人对内外事务精神分裂般的态度遵循着自私自利的逻辑,他们坚持自己在道德和精神上的优越性,任意采用一些外国思想和做法而拒绝另一些,少有条理和缘由,更没有给国家带来什么好处。这种对外的心理反应,将法农和杜波依斯的双重意识概念碎片化和多样化了;主从关系的二元镜像被密铺成小块,就像在通过万花筒镜观看一样。猫国政治精神分裂症的自我认知的基本原因之一,是他们悠久的民族历史感。

叙述者殴打或威胁猫人的意愿不断升级,直到他的行为导致猫人死亡。在他参观猫国文化机构时,叙述者发现学校和博物馆处于完全混乱的状态。25 年没有领到工资的教师们只能靠贪污谋生。与此同时,学生们通过殴打老师来宣示主权。叙述者抵达学校时,爆发了一场近乎暴乱的事件,他向空中开了一枪,中断了这场战斗。由于教师和校长的贪污行为,年久失修的墙壁在枪声的冲击下轰然倒塌,砸在师生们的头上。

> 我把手枪掏出来了。其实我喊一声,他们也就全跑了,但是,我真动了气,我觉得这群东西只能以手枪对待,其实他们哪值得一枪呢。啪!我放了一枪。哗啦,四面的墙全倒了下来。大雨后的墙是受不住震动的,我又作下一件错事。想救校长,把校长和学生全砸在墙底了!我心中没了主意。就是杀校长的学生也是一条命,我不能甩手一走。但是怎样救这么些人呢?幸而,墙只是土堆成的;我不知道近来心中怎么这样卑鄙,在这百忙中似乎想到:校长大概确是该杀,看这校址的建筑,把钱他全自己赚了去,而只用

些土堆成围墙。办学校的而私吞公款，该杀。(87;164)

叙述者对猫人的称谓摇摆不定，有时称之为人，有时用更野蛮的词语，或者甚至称之为“东西”。尽管言辞上的干预已经足够，但叙述者仍想展示和运用一种更令学生震惊的权力形式。发动骚乱的学生试图捆绑老师，叙述者“哪值得一枪呢”的说法揭示了他对猫国人最深层次的蔑视，表明他们的生命还不如带走生命的武器更有价值。他承认自己又犯了一个错误，这表明他并不完全了解猫国，而且他以自己为参照、使猫人文明化的努力正面临失败。最后，他得出这样的结论：校长和其他躺在瓦砾下的人一样，都该死。在叙述者的眼中，中国人的讽寓性替代品很快便开始丧失人性。

叙述者和猫人都以“人”自居。猫人和叙述者承认，虽然他们都是猿猴的后代，但猫人的进化祖先谱系可以追溯到猫。猫城居民并不总是表现出兽性的一面，但他们已经退回到野兽的状态，这主要是由于他们的教育体系和彼此折磨的倾向。叙述者一再提到猫人失去了“道德尊严”或“人格”，暗示他们确实曾经具有独特的人类特征，尽管这些特征已经消失殆尽。这种观点认为火星上的居民是一种人类，只不过或多或少由于历史变迁而失去了人性。光国的猫人却反驳了这一观点，他坚持认为民族和个人特质的失败，不能仅仅归因于环境条件(58-59;110)。在任何一种进化模式中——不管是退化还是延迟进化——叙事性民族志都为我们打开了一扇窗，让我们看到一个与飞禽走兽的世界别无二致的社会。

如前文第二章所述，严复译自赫胥黎的《天演论》是第一部详细介绍进化论的著作，将社会达尔文主义表现为达尔文体系中最突出的方面。动物物种的起源问题和将智人归为灵长类动物的问题，被社会适应性问题、根据颅相学量化种族优势的概念以及种族灭绝的必然性所掩盖。换句话说，比起关心人类是否起源于猿猴，中国作家更关心的是一个社会群体是否会被另一个群体消灭，以及这一过程将如何发生。这种误解一直持续到 20 世纪 30 年代中期，在老舍的作品中可见一斑。

尽管如此，中国早期科幻小说的一个突出主题就是达尔文进化论在理解人性方面的意义。从主题上说，这个问题表现在人与动物之间模糊的界限中。就老舍的猫人而言，造成界限逐渐消失的原因是失败的进化过程和教育体系。小蝎以愤世嫉俗的观察结束了他对猫城教育机构的悲观言论："教育能使人变成野兽，不能算没有成绩，哈哈！"(97;183)猫国的进化被逆转，而体制结构需要为倒退而不是进步负责。

吃人者与自我批评

就像鲁迅笔下的狂人一样，小蝎认为教育制度不过是延续吃人文化的一种手段。在第十八章中，小蝎的抨击详细描述了教育系统的思想和财政破产，基本证实了叙述者在他本人灾难性的探访中得出的结论。他将中学和大学描述为"彻底失败"，学生入学第一天就毕业了，所有资金都转移到腐败官员囊中，教师们工作只是希望未来晋升为校长乃至官员，而所有学校都应该是一流的。在过去两百年间，"新学"的引进——梁启超、徐念慈及同时代人所倡导的文化适应——也同样失败了，因为没能吸收外来知识的内在精神；取而代之的是，新思想像移植手术失败之后溃烂的皮肤一样："在这个时期，人们确是抱着一种希望，虽然他们以为从别人身上割取一块新肉便会使自己长生不老是错误的，可是究竟他们有这么一点迷信，他们总以为只要新知识一到——不管是多么小的一点——他们立刻会与外国一样的兴旺起来。这个梦想与自傲还是可原谅的，多少是有点希冀的。”(94;176)

老舍笔下的吃人隐喻，发源于鲁迅早期作品中出现的另一种问题的背景下——采纳外国知识却不首先致力于培养对于这种知识的探索研究精神。小蝎继续解释，目前的教育体系只不过是双重失败，一方面灌输道德价值(旧体系的少数胜利丰碑之一)，另一方面生产与现代世界相关的知识。正如威廉·莱尔(William Lyell)所指出，“对教育现代化的祛魅，是其作品中的主要主题”(*Cat Country*，xi)。

商业、工程和农业等领域的教育最终毫无用处，因为猫国的全部生产力都投入于制造和销售迷叶。学校是一系列运动的发生地，与20世纪头几十年中国(和整个东亚)发生的各种社会运动相呼应。一种运动取代另一种运动，描绘出权力下放的历史轨迹。小蝎告诉叙述者，“污蔑新学识的时期”已经被“咒骂新知识的时期”所取代，并且“这咒骂新知识的时期便离亡国时期很近了”。在《猫城记》中，历史和进化图式被颠覆，猫人逐渐进入了一种越来越不文明的状态。

这一失败的最终结果不仅导致道德品质的丧失，“而且……返回古代人吃人的光景”(96;133)。再一次，堕落到谷底的社会和道德败坏被描述为同类相食。在鲁迅写作《狂人日记》13年后，在荒江钓叟描绘勒尔来福岛食人族30年后，中国现代文学(以及当代先锋艺术)中普遍存在的食人意象表明，大众想象的重要性比批判孤立的历史时刻更受到关注。罗鹏(Carlos Rojas)在解读中国当代行为艺术中同类相食的象征价值时提出,“同类相食通常被视为社会秩序赖以存在的基本禁忌”。① 然而,对于鲁迅、荒江钓叟和老舍来说,三者文本中的同类相食没有被描述为对文化规范的破坏和对道德准则的违反,而是作为维持中国文化的社会实践。吃人者不是社会秩序的破坏者,而是继承者和保护者。

将同类相食描述为堕落社会的顽固特征,也折射出女性服从地位的图景。叙述者与一群妻妾和妓女谈论中国的裹脚习俗时,妓女们都对这个想法十分着迷。解释完裹脚之后,叙述者告诉听众,地球上的女子脸上擦白粉,梳各种各样的发型,用香水和香油,耳朵上戴着坠子。在服装方面,他认为暗示性的服装比赤身裸体更好,因为它在美学上更让人愉悦:

> “穿着顶好看的衣裳,虽然穿着衣裳,可是设法要露出点肌肉来,若隐若现,比你们这全光着的更好看。”我是有点故意与迷们开玩笑:“光着身子只有肌肉的美,可是肌肉的颜色太一致……”(99;186-187)

地球并不一定更道德,叙述者也没有争辩说地球女性比火星女性受到更好的待遇。“更文明”社会文化实践的优越性并不在于它拒绝将女性视为客体,而是因为它对女性的客体化形成了更为美观、视觉上更为多样化的体系。

妻妾们被裹脚的念头激发了兴趣,不明白为什么要取消这种习俗。叙述者试图安抚她们,解释说裹脚已被高跟鞋所取代,他对高跟

① 见 Rojas 2002。

鞋的描述同样怪诞：

“……她们不是不裹脚了吗，可是都穿上高底鞋，脚尖在这儿，”我指了指鼻尖，“脚踵在这儿，”我指了头顶，“把身量能加高五寸。好看哪，而且把脚骨窝折了呢，而且有时候还得扶着墙走呢，而且设若折了一个底儿还一高一低的蹦呢！”(99－100；187－188)

叙述者与他描述中的民国女性时尚保持了一定距离，暗示他的意图只是为了让听众们嫉妒其家乡对于女性美的社会认知。然而，他对女性着装打扮的描述绝不是虚构的；这是对20世纪女性时尚的忠实再现，表明叙述者是这个社会的成员，而这个社会与猫国一样有许多缺点。

妻妾和妓女们被高跟鞋的想法所吸引，便向叙述者询问它们由什么材料制成。其中一人问：“皮子作的？人皮行不行？”(100；188)叙述者完全没有理会这个问题，只是在心里暗想，假使他知道如何制作皮革，当时就能在猫国发财。他还没来得及告诉内室妻妾们地球女子确实具有能动性，也确实是社会的积极参与者，就被一群学者的到来打断了。叙述者参观猫国文化机器之旅的这个简短插曲撕开了讽寓式的薄纱，这样做是为了论证女性作为国家弱点和改革需要的象征，然而不论在老舍当时所处的真实中国还是在火星上的讽寓中国，女性地位均处于极度困境之中。

火星上的知识产业

猫国的漫长历史就像是曼怛罗真言，为了证明其文化优越性而被不断传诵。叙述者很快了解到,“猫人有历史,两万多年的文明”(21;41)。历史本身成为拒绝新事物或外来事物的正当理由,无论其效用如何。大蝎告诉叙述者:“有好多外国来的东西……很好用,可是我们不屑摹仿;我们是一切国中最古的国!”(25;48)老舍的小说指责40年前国人推动洋务运动时也表现出类似的文化沙文主义。与洋务运动一样,猫国的自欺欺人在很大程度上是一种否认真实社会现实的修辞上的权宜之计。

猫国居民对国外的技术和知识嗤之以鼻,同时又自相矛盾地对其产生了迷恋。这种面对外国时精神分裂式的看法,也体现在对外国的命名上。其中一个国家名为“光国”,与美国和英国的中文名称遥相呼应,它们的音译分别暗示了美丽和繁荣的文化(56;109)。小蝎告诉叙述者,“父亲以为凡是能说几句外国话的,便算懂得一切”,尽管许多出国留学后归国的人对他们所在国家的语言文化几乎一无所知,只是一直依靠其士绅家族的慷慨馈赠而生活(61;81)。采用外国文化元素的形式通常是粗暴的移植和零碎的挪用,而没有真正理解它们的思想内容。故事中,叙述者遇到一群学生,他们已经习惯使用听起来像俄语的短语,常在谈话中不断提到“呀呀夫司基”“花拉夫司基”和“通通夫司基”,之后叙述者才了解到这些都是无稽之谈;学生们互相之间甚至也不理解交谈中胡言乱语的伪外国词汇。猫国的政治精神分裂阻碍了产生任何有意义的对话或改变。

猫国的政治精神分裂也以复杂的逻辑为标志,在这种逻辑之下,任何个人耻辱都在心理上被重新定义为给他人带来耻辱。这个逻辑为大蝎父亲决定吃迷叶提供了借口:因为迷叶最初是外国人带来的,于是他声称吃迷叶可以让外国人丢脸。国家积弱和自我毁灭被讽刺地表现为抵抗行为。这种态度也与采纳外国教育和管理猫国古物院的混乱尝试有关，古物院中的宝物被一件一件卖给高价求购者。

叙述者拜访了一系列学者——一位语文学家、一位天文学家和一位历史学家——他们只会为谁的领域最重要而争吵不休。之后，叙述者与小蝎造访猫城古物院，这是对老少年"文明境界"博物院的反乌托邦式的反转。在宝玉拜访的博物院中，中国古代和当下的所有宝物都保存完好，安全地存放在帝国征服者无法触及的地方。相反，猫城古物院却是一个空壳，所有的文物都被卖到了国外。馆长猫拉夫司基为自己起了一个明显的俄语绰号，为了体现他熟识外国知识。他管辖一些糊着泥墙的空屋子，在带领叙述者四处参观时，一一指明缺席的物件及其各自的价值：

> "这是一万年前的石器保存室，按照最新式的方法排列，请看吧。"
>
> 我向四围打量了一眼，什么也没有。"又来得邪！"我心里说。还没等发问，他向墙上指了一指，说："这是一万年前的一座石罐，上面刻着一种外国字，价值三百万国魂。"
>
> 噢，我看明白了，墙上原来刻着一行小字，大概那个价值三百万的石罐在那里陈列过。(107;202)

装腔作势的猫拉夫司基近乎一个卡夫卡式的形象，因为他坚持认为那些早已被卖到国外的物品仍然存在。古物院已经沦为搬空的礼品店，它作为收集、订购和文化教育中心的功能现在已变得毫无意义。不仅历史的物证被带走，它所代表的秩序被摧毁，而且货币价值也完全掩盖了这些物品作为有形文化遗产的象征资本。在此，有助于构建猫国想象共同体的知识产业,必须依靠沦为仅仅具有交换价值的物品,它们的缺席只能依靠想象力来弥补。①

猫城图书馆的情况与古物院和学校雷同。书架上的图书已全部售罄。而与学校一样,这座建筑变成了活动的据点,已被改造为社区中心,这里上演着一系列社会运动和革命,"新学"的支持者也定居于此。图书馆员也像老师一样被绑起来,始作俑者是"革了图书馆的命"的学生们。图书馆已成为诸多"主义"和"夫司基"激烈支持者的战场,新学者沉迷并以暴力般热忱的方式推行各种流行的革命和意识形态。就像空置的书架一样,图书馆革命在思想上是空洞的,已经沦为对服饰选择的分歧。沉迷洋学的"新式学者"断言,穿短裤是一种革命行为。与此同时,"很会杀人"(110 - 111;209)的大家夫司基和"新学者"一同决定,穿裤子象征了一个人对进步事业的信念。因为他们相信公共财产,大家夫司基便要求图书管理员为他们提供裤子,并以死亡相威胁。革命者计划将这个空间改造成旅馆以便增加收入,因为大约15年前售书收入就已枯竭,图书馆完全背离了它的初衷,成了资本主义企业。

人们很容易从"大家夫司基"联想到共产党,因为共产主义者的特点是支持公有财产,而在小说的最终时刻,人民集结起来,在摇摇欲坠的国会大厦前举行抗议示威,呐喊要求财产和文物的重新分配。关纪新认为,"大家夫司基"实际上代表国民党,而"马祖大仙"才是卡尔·马克思的象征(Guan Jixin, 174)。威廉·莱尔将马祖翻译为"卡尔叔

① 日本学者认为,这段文字以及其他反复提及"墙上书写"和手指的内容,都是在影射《圣经》中的《但以理书》(Guan Jixin, 173)。

叔”,与这种理解保持一致。虽然这一论点可以支撑老舍忠诚于共产党,但这里强行咬文嚼字并没有太大意义。随着国家陷入混乱,大家夫司基和马祖大仙都迷失在各种杂乱的口号声中。一群学生聚集在城西的石头周围,这时人群中出来一个煽动者,要求打倒士绅阶级,将迷叶还给平民百姓,还说必须抓住皇帝并移交给外国侵略者。他的集结口号在一通胡言乱语中达到了高潮:“大家夫司基是我们的,马祖大仙说过:扑罗普落扑拉扑是地冬地冬的呀呀者的上层下层花拉拉!我们现在就到皇宫去!”(139)

学生们还没有勇气直接攻击皇帝,就开始争论要不要先杀了自己的父亲。组织分裂成越来越小的派系。最终,他们厌倦了争吵,分道扬镳,革命随之终结。未来的青年革命者无法区分共产党人和国民党人,他们的运动首先陷入派系主义斗争,然后因冷漠而导致反高潮式的死亡。老舍笔下的猫人无法在任何政治主张下集结为国家主体。

小蝎和大鹰计划最终通过大鹰的牺牲来团结公民,叙述者想阻止他们,于是反问牺牲能够带来什么收益。他们回答,这一行为可能不会带来任何有益的结果;相反,大鹰的死是一次绝望的、最后的努力,企图号召猫国公民武装起来,而他们自知极有可能失败。十有八九,他们两人都会死去,他们的死将成为反抗行为的象征,惩罚那些曾看不起他们的敌人。牺牲代表了政治精神分裂复杂逻辑的最后一幕。小蝎和大鹰知道他们不会成为英雄,但同时,他们却是唯一愿意合力抵抗的人。“假如没人响应我们呢,那就很简单了:猫国该亡,我们俩该死,无所谓牺牲,无所谓光荣。”(132;245)就这样,大鹰吃下致命剂量的迷叶,他的头颅被悬挂在猫城供人参观。头颅没有成为团结猫国人的烈士的象征,反而激发了城市居民娱乐的好奇心。不久之后,猫城被矮人入侵军队占领。猫国最后的幸存者遭到围捕，他们被关进笼子里，最终互相抓咬致死。根据叙述者描述，6个月后他被一艘法国飞船救起，送返地球。

至此，故事迎来尾声。从叙事上而言，这个故事自一开始就被构建为见证文明终结的演习。在新文化运动乌托邦式的热忱和左翼激情中，老舍的小说与任何清末科幻小说一样，对中国进行了黑暗的描绘，甚至也许比前者更加黑暗。老舍的许多前人都在传统与现代的关系中挣扎，试图从国内外已有的全新模式中筛选出可用的元素。而老舍的小说则非常悲观，认为引进外国新思想或复苏传统思维方式和社会结构都无甚希望。老舍的作品在特征、形式和功能上，都与前辈科幻作品有很大的相似之处，尤其是表达了对拯救中国的强烈愿望，但同时又对这样的前景抱有切实的怀疑。

瑞丽(Lisa Raphals)指出，在许多方面，《猫城记》并不符合王德威(David Der-wei Wang)和赵扬(Henry Zhao)所确定的20世纪早期中国科幻小说中的任何一个亚类，它与《新石头记》《月球殖民地小说》和碧荷馆主人的《新纪元》等作品不同。“这显然不是中国早期小说的翻版，将其称为科学幻想也有些勉强。虽然它使用了乌托邦(或者说反乌托邦)的文学主题，但它并不关心技术或科学要素，除了飞往火星的太空场景。未来本身并不是这本书的重要内容。总而言之，《猫城记》既可以算作中国科幻小说的早期作品之一，也是一部与这个分类格格不入的奇特作品。”(Raphals, 79)诚然，老舍小说中唯一的想象技术，就是使叙述者往返于火星的宇宙飞船。情节及结局并非通过科技发明或科学方法的应用所驱动。然而，如果说这部小说不以科学为特色，那就忽略了清末科幻小说中对科学生产制度的深切关注，也忽略了20世纪初知识分子对人类发展科学理论的关注。

随着叙事拉开序幕，叙述者从远距离观察自己的社会，我们在《新石头记》《新法螺先生谭》和《月球殖民地小说》中也看到了同样的隐喻。从这一具有距离感的视角出发，叙述者的民族志研究得到当地人的引导，帮助他理解新的社会环境。在这幅民族志图景中，叙述者看到了由内部衰败和外部侵略双重因素决定的危机，使他认识到社会达尔文主义的"现实"——一个文明的毁灭正在迅速降临。这一认识激发了叙述者身上法农式的双重意识，他矛盾地致力于寻找方法解决危机，同时又对自己拯救的文化主体感到恐惧。同样，讽寓中的镜像中国居民也以一种民族和政治精神分裂的态度对抗西方，在表现出敬畏的同时又坚决拒绝接受殖民统治者的成就。社会衰落和生存或救亡的机会，以医学隐喻的方式被描绘成病态的身体和可能的药理学及心理学治疗。当本地向导带领叙述者/主角参观博物馆、图书馆和学校等重要社会机构时，人们对灭绝危机的最初想法得到了证实。迫在眉睫的文化毁灭威胁也体现在物质损失方面，表现为叙述者对猫人未能收集或保存具有突出的历史文化价值的元素而感到的焦虑。尽管多种因素决定的内部社会衰退和外部侵略危机推动了我已探讨过的许多叙事呈现出的(往往不可持续的)乌托邦幻想，但《猫城记》没有进行这样的尝试——叙述者只是见证了一个社会的毁灭。就像《新石头记》和《月球殖民地小说》一样，《猫城记》的批判态度既针对传统中国社会，也针对殖民侵略。叙述者站在一种侧面视角，体察一切混乱，既无法对症下药，同时又在思考以民族国家为名义的抵抗或牺牲是否有任何价值。从这个意义上说，《猫城记》在中国科幻史上占有重要地位，它也完全切合中国现代文学的许多重要主题。

第七章　科幻的方向/科幻的衰落：中国科幻的另类历史

随着中国科幻研究领域的发展，科幻在中国的兴衰始终是一个核心问题。早在 1905 年，探讨这一文类的论文就试图将《西游记》和《镜花缘》等古典冒险和幻想小说作为中国早期科幻小说的范例，而很多当代研究（Takeda and Hayashi 2001；Zhang Zhi 2009；Wu Xianya）也提出了类似观点，其中包括一些分类法上更适合归为幻想小说的作品（Wu Yan 2011）。20 世纪初，中国科幻小说在文坛出现后不久，随即销声匿迹 20 多年——在陆士谔《新中国》和老舍《猫城记》之间出版的小说，几乎没有一部可以称得上是科幻小说。① 而武田雅哉、张治和吴岩的研究提醒我们，定义科幻文类始终是一个难题，不论在中国科幻研究领域，还是在任何其他国家或语言的背景下。在当代华语"科幻小说"——科学幻想小说——一词的语境下，对于更多"奇幻"元素的

---

① 见 Wu Yan 2011，11，233 - 236 和 Han Song 2013，15 - 16。

考察尤为必要。前几章讨论的翻译和小说都可以称之为科幻小说文化场域的一部分。本章作为尾声，通过研究科幻小说出现之前和缺失期间崛起的一些体裁之间的交叉点，表明为何从科幻小说与小说叙事之外的散文形式的关系的角度来探讨中国科幻小说，对于理解该文类的起源和发展方向尤为重要。

在这一章中，我考察了两种以“科学”话语为特征的媒介，它们几乎立即出现在清末民国时期中国科幻文学短暂的高潮之前和之后，借此说明中国传统文学形式与科幻文学的融合方式。以中国科幻电影为例，杨薇认为“该电影类型的功能与好莱坞科幻片非常不同”，论证了中国科幻电影中的科幻叙事元素如何与其他类型传统相融合（Yang Wei 2013）。按照里克·奥尔特曼（Rick Altman）（1999）的电影语言研究，人们可能会认为中国科幻电影将该类型的语义元素融入其他类型的句法结构中。清末出现了流行画报新闻业，而 20 世纪 10 年代后半期则出现了一种致力于普及科学知识的新文体，也就是科学小品。最初在清末科幻小说中突出的比喻和主题——科学普及与科学精神、国家建设、遭遇他者、传统与现代性的关系、社会达尔文主义的幽灵——早已在清末视觉媒介中可见一斑。在 1949 年之前的几十年中，随着科幻的“消失”，同样的比喻和主题在其他散文体裁和文学形式中得到升华。

从表面上看，这两种“新”媒介形式是完全不同的——一种是博人眼球的商业行为，强调场面的刺激性，而不是对具体现实的忠实再现（Huntington 2003）；另一种则是清醒的，几乎完全是对科学事实的文本表述，致力于普及而不是发展专门知识。然而，这两种“新”的形式都大量借鉴了已有的散文传统，试图吸引广泛的受众群。19 世纪 70

年代,清末画报崭露头角,它的出现先于科学小说范畴的界定,也先于伴随梁启超呼吁民族复兴新文学而带来的小说体裁的激增。借用米尔纳的话,虽然清末画报在文化场域所占据的位置与后来界定中国科幻小说的更广泛的媒介生产和消费方式具有同样的主题内容,但画报却并没有被认为属于这一选择性传统。在这一时期,对外国科幻小说的翻译也少之又少。① 以 20 世纪 20 年代末和 30 年代兴起的科学小品为例,虽然当时存在科幻小说的范畴,但这一时期少有例子被认为属于这一选择性传统。不管是画报还是科学小品,这两种体裁都没有采用叙事文的形式,即本书的主要研究对象。然而,这两种媒介形式对于理解科幻小说与变迁中的清末民国文化场域之间的关系具有一定的指导意义。

正如第五章中对《新法螺先生谭》的讨论,从门罗的宗教克里奥化概念出发,清末画报和民国时期的科普写作都采用了古典文学叙事惯例的"语法"来构建科学知识的"词汇"。用安德鲁・米尔纳的话来说,这意味着界定中国科幻小说出现的选择性传统的文化场域可以描绘如下:20 世纪早期的科幻小说出现时借鉴了先前存在的关于西方科学技术的散文体裁和论述,它的"消失"可以说是对科幻小说的升华,之后出现的一系列新文类则再次借鉴了 20 世纪前的模式。在贺麦晓对布尔迪厄文化场域概念的使用上进行拓展,沿着文化资本、象征资本和政治资本的轴线,以三维空间来描述中国文学,这时再增加第四维

① 王德威将《荡寇志》(1853)视为"科学幻想"的典范,而吴岩的《科幻年表》中并未收录这部作品,后者将梁启超未完成的乌托邦作品《新中国未来记》确定为中国第一部科幻小说。从 1871 年到 1900 年之间,吴岩只收录了 4 部科幻翻译文本(D. D. Wang 1997, 252 - 297; Wu Yan 2011, 240 - 267)。

度——时间——将有助于构建一个更准确的关于中国科幻小说出现和“消失”的图谱。19世纪末,随着大众媒介在城市中心的出现,出版业的经济资本轴线越来越受到重视。在20世纪20年代末和30年代,随着左翼人士强调文学的政治价值,经济资本被淡化,这一转变在1949年后受到文学史学家的推崇。在这几十年中,对政治资本价值高低的定义也发生了变化,于是社会主义现实主义在1949年后成为主流。随着白话文取代了古典文学形式和流派,象征资本的定义也发生了变化。于是,从时间变化的角度来理解20世纪早期的中国文化场域更显得无所定形。文化场域中的单一元素——文类、风格和形式——也发生了迅速的变化。在这些条件下,科幻小说的出现是把已有的中国体裁惯例与西方文学观念结合起来。它见证了象征、文化和政治资本上升的短暂时期(作家们希望保持如此),而且它并没有消失,只是被升华为其他的形式和文体惯例。

《点石斋画报》

来自中国和国外的新闻图像很快成为清末现代出版业的主要内容之一,韩瑞亚(Rania Huntington)认为这种故事大杂烩是“志怪小说文类的延续”(Huntington, 341)。《点石斋画报》原为中文报纸《申报》(1872年创刊)的增刊,14年来每10天出版一期,刊登过超过4000幅图片。第一期《点石斋画报》出版于1884年5月8日,最终于1898年停刊。该画报由制作《申报》的同一个团队出版,所有者为欧内斯特·梅杰和弗雷德里克·梅杰兄弟俩,以及他们的三个朋友C.伍德沃德、W.B.普赖尔和约翰·马克力普。梅杰兄弟俩都是企业家,涉足了包括石版印刷在内的许多行业。他们的出版社从一开始就大获成功，出版了超过十几万册的《康熙字典》，售卖给科举应试者，并通过申报馆重新出版了《古今图书集成》(Wagner，121)。① 该公司多次翻印经典作品，也因出版《申报》而获得巨大成功。《点石斋画报》是中国最早的此类刊物之一，在它打响知名度之后，大量模仿刊物迅速涌现(Chen Pingyuan and Xia Xiaohong 2006，6)。点石斋工作室印刷的作品在全国范围内发行。《申报》首次印刷后不久，梅杰兄弟便开始制作画报的装订本，每本包括12期。梅杰兄弟的编辑政策依赖于中国编辑的市场营销本能，在题材和编辑风格上往往反映中国人的观点和政治情感。前四卷对中法战争的报道是完全亲华的；同样，在中英冲突发生时，画报的编辑们也并不考虑梅杰兄弟或其他潜在英国读者的感情。编辑们延续了对1884年朝鲜甲申政变的描述，允许作者和插画家采取坚决亲中的立场，谴责那些参与政变的人(Ye Xiaoqing，4-9)。梅杰兄弟竭力以中国人自居，他们使用中国式的编辑内容，往往侧重于惩恶扬善的主题。虽然编辑们没有回避民族主义的内容，但编辑人员既不是政治上的激进派，也不进入科举考试系统(Ye Xiaoqing，12-13，28-29)。

画报的主要画师是吴友如(1894年逝世)，一位缺乏古典教育或学术背景的天才插画家。② 结束在《点石斋画报》的工作后，他继续创作

---

①《康熙字典》(1716)是康熙皇帝委托编纂的一部辞典，收录超过4.7万字。直到20世纪初，它仍是最全面的汉语词典，意在表明王室对儒家文化的兴趣，"通过统一文字来表达统治权"(E. Wilkinson，80)。《古今图书集成》是清朝康熙皇帝授权的一部藏书，最初由陈梦雷(1669—1732)于1726—1728年间编撰，书名便能清晰体现其内容和收录作品与中国新兴知识产业的关系(E. Wilkinson，955-960)。

② 更多关于吴友如的信息，请参见Wagner，127-129。

了《飞影阁画册》。至于从事画报工作的中国画师团队的其他成员,大众知之甚少。该杂志每月出版3期,每期刊登8幅插图(第六期之后增加到10幅),并附有散文评论和印章形式的简评作为每幅插图的结尾。

《申报》在上海和中国其他至少24个城市发行了这本画报,包括北京、天津、南京和重庆。准确的发行量很难确定,一方面是因为无法得知某一年出版《申报》的实际数量,另一方面是因为任何一期《申报》或《点石斋画报》都会多次易手,首先初步发行到主要城市的读者手中,然后邮寄到内陆较偏远和城市化程度较低的地区。读者也可以用订阅价格的大约十分之一租阅报纸。简言之,《申报》及其配套画报的实际读者人数应是印刷份数的数倍。《申报》上刊登的宣传《点石斋画报》的广告称,这一画报非常成功,常常很快售罄,促使出版商重新发行和印刷该杂志的装订本(Ye Shaoqing, 9-10)。《点石斋画报》的成功开创了图片新闻时代。其他出版企业也深受《点石斋画报》教育使命和艺术形式的影响,紧随其后发行了《启蒙画报》(1902)、《时事画报》(1905)、《开通画报》(1906)和《图画日报》(1909)等。到了五四时期,这类期刊已成为大众化出版的主要模式(Chen Pingyuan and Xia Xiaohong 2006, 6)。

除了兼收并蓄的各种插画,《点石斋画报》还提供耸人听闻的小报信息、世界新闻、政治报道、时事新闻、民族志、科技创新新闻和地方新闻。该杂志的主要关注点之一便是西方技术对中国文化的渗透,以及对西方世界和相关知识领域日益增长的兴趣。在这一广泛的主题范围内,出版内容包括:出生婴孩的反常和特异动物,对欧洲领导人的简介,对中国和国外文化事件的解释,对力量和胆识壮举的报道,对城市生活奇观和危险的描述，对中国各地民俗和时事的介绍，处决或误判，对其他国家和文化的介绍（既有真实的，也有想象的），对西方科学技术的描述（同样既有真实的，也有想象的）。① 报道中提到的创新技术包括电子防盗报警器、X光仪器、机枪、各种水下呼吸器，甚至还曾刊登过一个英国机器人的图像，滚滚浓烟从它那状似烟囱管的帽子中冒出。②

包天笑是徐念慈在《小说林》工作时的同事，他曾回忆这本杂志在影响他艺术鉴赏力方面所起的作用，他写道：

> 我在十二三岁的时候，上海出有一种石印的《点石斋画报》，我最喜欢看了。……每逢出版，寄到苏州来时，我宁可省下了点心钱，必须去购买一册。这是每十天出一册，积十册便可以线装成一本。我当时就有装订成好几本。虽然那些画师也没有什么博识，可是在画上也可以得着一点常识。因为上海那个地方是开风气之先的，外国的什么新发明、新事物，都是先传到上海。譬如像轮船、火车，内地人当时都没有见过的，有它一编在手，可以领略了。风土、习俗，各处有什么不同的，也有了一个印象。（转引自 Chen Pingyuan 2006, 9）

《点石斋画报》使"博学"成为一种流行媒介，偶尔用博物馆的形象

① 例如，创刊号内含以下插图：两幅描绘中法北宁之战；一幅描绘潜水艇插画；一幅描绘热气球兼船；一幅展示江苏水雷演放；上海一座桥的倒塌，当时一群人正在围观消防队员扑灭火灾；对苏州一妓院嫖客自杀案的调查；一位孝子为了给父亲治病而割下自己肝脏的故事(Wu Youru, vol. 1, plates 1-8)。

② 武田雅哉的《飛べ！大清帝国——近代中国の幻想科学》（中文翻译为《飞翔吧！大清帝国：近代中国的幻想与科学》）是对清末视觉文化的深入研究，尤其是与科学和伪科学有关的图像。书中讨论了一些出现在《点石斋画报》中的图像。

替代“博学绅士”。包天笑对一系列作品的描述既有启发性,又有娱乐性,这与徐念慈在《新法螺先生谭》中的奇幻写作有着惊人的相似之处(Huntington, 344)。1898年,一篇题为《论画报可以启蒙》的社论发表在《申报》的版面上。这场论战表现出清末关于通俗报刊教化作用的讨论,特别是关于视觉文化与印刷文字的关系。撰文者认为,附带图像的文本符合传统学习方式,这样的插图有助于加深读者对材料的理解,吸引更多的新读者(Ye Shaoqing, 12)。

《点石斋画报》中对科学技术的描述,遵循了学术界对科学以及不久之后科幻写作的方法。这种态度包括对西方世界精神分裂式的理解,特点是既对西方进行风格化的表现,同时又传达出嫉妒和异国情调。另外,许多技术图像都与国家地位和权力的问题有关。鲁道夫·瓦格纳(Rudolph Wagner)指出,该报创刊号以中法战争为主要焦点,定期刊登亚洲各地的冲突,表明了该报与民族主义考量的联系(Wagner, 122 - 126)。

画报上刊登各种新奇事件、异常现象和创新发现,在纪实报告和虚构文学之间徘徊,甚至时常完全转向虚构领域——尽管刊物很少承认这一点。刊物大部分内容可以视为具有松散的科学(或伪科学)取向,相比传达可证事实或普及科学原理,更倾向于奇观的刺激性。即使对超自然或奇观事件的描述被揭穿,画报作为商品化的娱乐形式仍然继续着墨于这些事件。理性的和超自然的解释地位几乎平等,二者都位次于对奇观本身的刻画。描绘特异动植物、新发现物种或非中国本土物种的插图,可以说承担了生物科学的分类学使命,但它们也常常与中国传统自然和超自然世界图录进行对话。同样地,对中外文化、民族和风俗的描述带有民族志或人类学基调,但也包含一些明显带有奇幻风格的叙述。《点石斋画报》和其他同类出版物在“科学小说”作为单独文类被命名之前就已经存在,它们在不断变迁的文化场域中占据了一席之地,与未来的“科幻小说”非常接近。

如果定义更严格的话,很难说画报上的任何纪实报告都是真正科学的——如果“科学幻想”一词最能够贴切地描述一些长篇和短篇小说的内容,它们在前文所述科学知识的背景下描绘了探索和帝国征服,那么虚构科学(fictional science)也许最能贴切地描述《点石斋画报》上大多数有关科学发现的内容。作为以吸引尽可能多读者为主要目的的出版物制作人,编辑人员很少关注新闻报道的准确性或忠实性。尽管杂志中描述的许多事件都与真实新闻事件相对应(例如一个人游泳横渡英吉利海峡的插图),但几乎所有插图都模糊了现实和虚构之间的界限,而且(可以理解的是)中国艺术工作者们也不得不依靠自己的想象力来描述大多数事件。报上偶尔也会刊登对这样报道的勘误信息,但这并不是出于优秀新闻业者的职业操守,更多的是由于察觉到报道事件冒犯了中国读者的道德情感(Ye Shaoqing, 22)。

这些对中国境外世界的图像呈现,特别是对科技事物的刻画,表明出版商首先希望取悦读者,其次才是注重纪实报告的准确性(如果有的话)。《点石斋画报》中出现的科技报道,看起来几乎总是或多或少与现实世界的发展相关,但我要表达的观点是,只有在极少数情况下,描述的事件和对象符合实际科学原理。其他方面也能看到我所说的“虚构科学”,或称想象的科技创新。在许多情况下,这些描述似乎与事实发展有关,但随着新闻事件从欧美传到东亚,转述过程中已经发生了变化。最后,画报中的一些描写必然属于科幻的范畴——既因为它们显然与可证实的历史发展之间没有任何关系,也因为它们重复了东方主义话语。事实上，即便是《点石斋画报》中最准确的科学纪实报告，也带有对外国认识论和物质文化与“本土”中国世界观和社会模式之间关系的焦虑。

画报与知识产业

《点石斋画报》和其他出版物与前几章所述科幻小说叙事形成的共生关系的其中一个方面，是它们对博物馆、展览和其他有关知识产业机构性工作的关注。《点石斋画报》预示了清末改革家、科幻翻译家和作家对知识产业的关注，知识生产被认为是一种制度化、合理化的实践。对大英博物馆的描述包含大量地点和事件的文字总结，插图中的鱼（很可能大小是旁边奶牛的三到四倍）被关在畜栏中（Wu Youru 2001，vol. 3，appendix）。这幅图像出现在《点石斋画报》的再版集中，旁边附有王韬在理雅各的陪同下参观大英博物馆的文字描述，全文收录在他的游记《漫游随录》中。这是他于1867年和1879年去西欧旅行的记录，同样由《点石斋画报》团队出版于《漫游随录图记》（1890）中。

王韬在文中列举了各种细节，包括入场费、展览场地和舞厅大小，甚至还有夜间如何打扫展览场地等内容。他在描述大英博物馆的展品时写道：

> 午后，理君雅各至，同游博物院……院中藏书最富，所有五大洲舆图、古今历代书籍，不下五十二万部。……各国皆按槅架分列，不紊分毫。……男女观书者，日有百数十人，晨入暮归，书任检读，惟不令携去。
>
> 旁一所，储各国图画珍玩。……

> 出此。降阶复升,重门洞达,衔接百数十楹。举凡天地间所有之鸟兽鳞介、草木谷果,山岳之精英,渊海之怪异,博物志所不及载,珍玩考所不及辨,格古论所不及详,莫不棋布星罗,各呈其本然之体质。(Wang Tao, 102)

博尔赫斯①、鲍德里亚和麦克卢汉②都为我们提供了解读这幅图像和相关文本的有效方式。博物馆是一个世界目录,是博尔赫斯式展示帝国权威的拟像(simulacrum),而王韬的描述则是对这个拟像的拟像,《点石斋画报》中的图像又是对那个拟像的拟像,于是这些拟像的拟像的拟像通过新兴大众传媒业无限复制,以达到大众消费的目的。

《点石斋画报》汇集了多种媒介的特点:视觉图像的特点往往融合了传统中国和西方插画风格(Huntington, 359)。可以说,这奠定了一种混合视觉风格,它融合了中国风俗画和西方现实主义插图的风格,中国艺术家和业余英国自然史学家在创作动植物画作时常常使用这种风格,范发迪也曾对此做过分析(47)。《点石斋画报》的混合视觉语言,结合了借鉴笔记和志怪传统——介于真实事件记录和奇幻创作之间的两种古典散文形式——的解释性段落,对图像进行阐释。王韬的叙述特别借鉴了古代中国的"博物"名录,以帮助读者全面地理解大英博物馆藏品。王韬叙述的市场性反映出人们对一系列机构的广泛兴趣,这些机构致力于编目、博物馆化和其他展示形式——也就是琼斯和

① 译者注:指豪尔赫·路易斯·博尔赫斯(Jorge Luis Borges),阿根廷作者、诗人、文学评论家。

② 译者注:指马歇尔·麦克卢汉(Marshall McLuhan),加拿大哲学家,现代传播学理论和媒介研究学科的奠基人。

劳赫所谓的“知识产业”。①

托尼·贝内特(Tony Bennett)认为，博物馆的发展必须与其他机构的发展一同考察，其中一些机构与博物馆的科学使命没有明显关系，但它们都具有城市景观的常见特征，并且在20世纪初成为上海这样的城市的普遍特征(Bennett，6)。除了博物馆和画廊展示外，展览作为展示权力和知识的教育和文明化机构，在现代民族国家的形成和表现中发挥了关键作用。邵勤指出，许多国家都渴望参与现代性的展示，以此作为它们在民族国家现代想象中世界性参与的象征(Shao Qin，687；Bennett，6－7)。享受、休闲和消费的空间，不像博物馆和图书馆那样通常与道德教育使命联系在一起，但也是展示现代性和进步的场所，可以公开塑造现代公民行为的演变。②

展览场地是另一个表达现代主义驱动力的场所，在清末科幻(以及欧洲出版界)中受到极大的关注，这是清末印刷媒介的另一个常见特征，尤其在世界博览会中可见一斑。19世纪的博览会文化，通过展示机械和工业的创新或程序，其发展准则与博物馆相似，都被看作是进步的物质符号(Bennett，66－67)。傅兰雅是清末科学翻译界的一位重要人物，他帮助出版了一本关于1893年芝加哥世界博览会的小

① 《申报》的出版商还从事印刷其他属于中国古代“知识产业”文化的媒介，重印了包括《康熙字典》和《古今图书集成》在内的一些作品(Huntington，347)。

② 冯客还指出：“在全球参照系中，效仿和竞争导致了不断改变的标准、创新和期望，博物馆的建立是为了激发人们对本土实力的信心，从而为现代社会作出贡献：组织者相信，传统技能和传奇工艺可以轻易地转移到现代商品的生产中。1927年，工商部甚至要求各省市建立博物馆，以便推广国货。”(Dikötter 2006，66)

册子，书名为《美国博物大会图说》。① 这本小册子是两期《格致会编》(1876)的再版，在江南兵工厂和一些不知名学者兼传教士的帮助下翻译成中文。《格致会编》本身就是清末期间出版的最具影响力的科学杂志(Chen Pingyuan and Xia Xiaohong 2006，18)。

全文开篇首先用大量篇幅解释博览会开办的缘由以及举办此类展览的意义，然后详细列举了领导委员会和投资结构。手册中的大部分内容是对各种国家和主题展馆及陈列厅的详细描述，配上许多建筑插图，并用中文注释。文中还罗列了农业、植物学、矿物学、机械、动物学和其他展馆的展品列表。此外，还介绍了运送参观展览者的火车，以及浴室和餐厅等住宿设施。这本小册子用很大篇幅专门介绍对参展者的行为预期，包括物品展示规则、如何为机器提供动力、如何将展品运送到芝加哥，以及正确的展示方式。此外还有与会者的一般规则和条例。卷首插图包括一段来自《北华捷报》的英文引述："我们相信[这本手册]将满足[傅兰雅]最乐观的期望，他在书中所作的通俗而冗长的描述，将对中国启蒙运动的伟大事业提供实质性帮助……每一位居住在中国的美国爱国者，如果对世界哥伦布纪念博览会②感到自豪，认为它是古代或现代最伟大的成就，那么他应当向每一位中国朋友赠送一份本册。"(Fryer，frontispiece)③④这本手册不仅对展览进行

① 见 Fryer 1892。丹尼尔·伯翰和丽莎·M. 斯奈德协助制作了实时在线模拟展览现场，数据库正在扩充中，其中包括场地的虚拟参观、展览图片和其他出版材料，具体请见 http://www.ust.ucla.edu/ustweb/Projects/columbian_expo.htm。慕维仁指出，傅兰雅是清末翻译界最重要的人物之一(Murthy，55；另见 Qiu Ruhong，27)。

② 译者注：即芝加哥世界博览会。

③ 开卷页还列举了一系列科学技术工具的中英文标题及标价，并引导潜在买家前往位于上海汉口路的格致书室。

④ 译者注：中文原文不可考。英文原文翻译可能为直译或原创内容。

了详尽的描述，而且是一本如何组织和赞助此类活动的入门说明，它明确了展览文化、现代性和民族活力之间的关系。尽管这一出版物由傅兰雅监督，明确表露了其科学性和西方化的传教任务，但可以从当地在展览上的投入和对这类展览的虚构描写中看出该出版物的影响力。

展览——最初记录在游记和画报中，后来在小说中被想象，最后在半殖民地中国被复制——的一部分目的是用来促进经济民族主义。到1909年5月，南京、上海和其他几十个城市都举办了地方博览会或其他文化展览活动（Godley，517）。1910年的南洋劝业会，以及民国时期的其他类似展览会，意在表明国家对工业现代化的承诺。这些展览一部分致力于甄选优质的外国商品的仿制品。一场1910年的展览会，专门用整整一周的时间讨论航空的主题（Dikötter 2006，10–12，104）。日后，人们认为南洋劝业会是一次失败的尝试，但它显示出一种敏锐的认识，即工业过程和技术创新形式的现代性展示与民族国家地位之间的关系。现代民族国家的一个重要方面，不仅是拥有或生产知识和物质产品，而且展示它们的方式要能够体现出生产这些产品的社会的发展进步。进入20世纪第三个10年之后，博物馆和其他公共机构被视为中国现代国家发展的关键场所。2010年，中国在上海举办世博会，将诞生于清末科幻小说中的幻想推向了巅峰。① 面对1910年南京博览会的失败，中国持续流露出自己对世界舞台中地位的焦虑。在当代大众媒介中，世博会的举办引发了一批清末乌托邦小说和科幻

---

① 邵勤指出："[中国]新时代的一个显著标志，是在展览机构和活动上投入大量精力和资源，体现在国家对于主办2008年奥运会和2010年世博会的热情上。"（Shao Qin，684）

小说作品的再版，这些作品以上海作为世界博览会举办地，描绘了中国重返世界强国的地位，成为万国领导者的场景。

这些展示形式都被理解为帝国形态的一部分，也出现在中国科幻小说中——《新石头记》中贾宝玉在文明境界遇到的博物院就是一个例子。小说中，乌托邦文明境界财富和力量的首要标志，就是它巨大的图书馆和博物院。它们的综合性和条理性彰显出国家实力，将观察主体编排进各自的分类体系。博物院这样的布局使观者之间互相可见，从而引导观者通过展品了解世界文化的演变和秩序，向他们灌输类似特点的演进，因此博物馆既是文明的象征，也是文明的使者。

在许多中国的反乌托邦作品中——萧然郁生未完成的《乌托邦游记》(1906)和老舍的《猫城记》——公共教育机构的混乱是文明崩溃的标志。王韬对展览的综合性的记录，暴露了他对本土知识体系不足的焦虑，有效地削弱了所有西方知识只不过是在重述中国古代已有作品的观点。这样看来，大英博物馆便成了中国本土知识结构不足的能指。

《点石斋画报》和作为科幻原型的志怪小说

对中国神话传说中的生物进行识别和编目的愿望，既是一种与知识产业相关的合理化公开展览的冲动，在《点石斋画报》中有所表现，我认为这也是不久之后出现的科幻叙事的一个关键特征。中国村民将巨大的羽毛举过头顶，神话中的鹏鸟在他们头顶展翅翱翔，水手发现了鲛鱼，①这些源于《山海经》的意象表明，中国神话中的异兽占据了

① 见 Shanhai jing，12:6；另见 Strassberg，204 (plate LXII. 292)。

与现代科技奇迹并驾齐驱的一席之地。1895年，康有为表达了类似的愿望，希望通过视觉文化来充实古典传统。

> 文字明其义，有不能明者，非图谱不显。图谱明其体，有不能明者，非器物不显。《诗》称："关关雎鸠"，熟陆机之疏，通冲远之说，学者穷日详其形色，而不知雎鸠也，置雎鸠于前，则立识矣。人之一体，读《素问》，考明堂，全体新论不知也，外国有人身全体，一见则立明矣。（转引自 Claypool，595）

当然，雎鸠是真正的动物，不像鹏和鲮鱼都是神话中的异兽，但康有为所言确实与《点石斋画报》描绘的神话动物具有异曲同工之愿。人们认为图像的表现力超过了文字描述。康有为还将视觉教学素材与西医相联系，以便说明西医图解有助于理解中国古典医学文本。也就是说，人们期望视觉文化能够确认传统的知识体系，而不是取代它们。

《点石斋画报》中另一个经常出现的主题是新兴的交通方式，它们表现为许多对现代运输奇迹的幻想性描绘上，而画师在创作时往往只能依赖于口头描述和想象内容。这些交通方式包括热气球、潜水艇、蒸汽轮船、各种飞艇和降落伞等(Wang Ermin，156－157)。殖民现代性在很大程度上得益于全球通信的速度，而清末科普写作的一个常见主题便是对传播速度的惊叹，这些同样以插图形式呈现。描绘的内容包括中国和东亚其他地区新铺设的铁路，以及更遥远地方的奇观。对蒸汽机和露天轨道车的真实描绘，远不如多层豪华火车车厢、飞天海船和满载大炮的热气球等奇幻插图那么引人注目。

《点石斋画报》中出现的各种飞行器插画，与清末知识分子游记和笔记小说中描绘的新交通方式相辅相成。如冯客所述：

> 中国最早有关蒸汽的参考文献,出现在魏源著名的世界地理著作①中,这本书在19世纪40年代广为流传:"今西方各国,最奇巧有益之事,乃是火蒸水气,舟车所动之机关,其势若大风无可当也。或用以推船推车,至大之工,不借风水人力行走若飞。"许多个人记录很快接踵而至,乘坐蒸汽轮船从上海到香港旅行的郭连城是19世纪60年代第一个对此表达惊异之情的人,他感叹"轮动船走如飞"。1872年的李静山认为,轮船"快如飞鸟过云天",而嘉兴的两位居民则称赞轮船"如驶马"。(Dikötter 2006, 75)

1890年,一位名叫宋晓濂的金矿小吏在日记中用梦幻般的语言描述了对铁路旅行的印象:"电掣星驰,快利无比。然极快之中,仍不失为极稳。有时由窗中昂头一望,殊不觉车之颠簸,但见前途之山水村落如飞而来;不转瞬间,而瞻之在前者,忽焉在后矣。嘻!技亦神哉!"(Dikötter 2006, 102)。《点石斋画报》中刊登的乘坐热气球和火车的描绘也涉及现代交通的危险,比如马和老人被火车碾压和热气球着火的故事。

图7.1描绘的场景,极有可能是塞缪尔·兰利(Samuel Langley, 1834—1906)在制造无人驾驶蒸汽动力飞机(Guo Enci, 145)。考虑到这位画师从未亲眼见过飞机,这幅插图已经是对飞机最忠实的还原。图中的文字评论再次惊叹于西方科技的成就。同样,图像及其文本描述跨越了科学报告和虚构文学之间的边界。插画传达了一种探索精神,以及组装飞行器的竞争意识,但与实际的科学报告仍有一定差距。虽然画报和报上刊登的插画声称考虑了事实情况,但编辑政策和出版内容显然没有避开事实科学向虚构科学的滑坡,并最终迈入科幻之

① 译者注:即《海国图志》。

图 7.1　美国某学堂教习兰利,近思得新法用攀石等类轻质风舟一只。舟内有汽锅一,汽器一,暗轮二,风翼四,舵一。风翼宽二迈当又百分之四十。曾在华盛顿地方试行,颇觉灵捷。此船在空中行驶,或上或下,运动自如,虽遇风雨,亦无关碍。乘风上驶,可至三百迈当之高。西人格致日精,制造之巧,真出人意外哉。或曰:"是殆变气球之式,匠心运用,制成此舟,使之运气腾空,飞行绝迹,较之列子御风而行,尤觉超前。"

Wu Youru, *Dianshizhai huabao da ketang ban*, ed. Shanghai da ketang wenhua youxian gongsi, 15 vols. (Shanghai: Shanghai huabao chubanshe, 2001), vol. 14 (approx. January 1897 – January 1898), p. 110.

列。这幅画作与20世纪早期科幻叙事之间的一个共同点,就是建立了科学、技术和国家地位之间的明确联系。附文最后一行引用周朝《列子》的典故,①显示出一种熟悉的不安感,既表明中国文学和哲学传统中早已出现飞行工具,同时又承认该发明超越了《列子》中虚构的御风而行。

画报中的其他内容与任何可证现实之间的关系都不那么紧密,却表现出对西方与其他国家之间关系的相似焦虑。在一幅描绘化肥厂的画像中(图7.2),西方人使用人类遗骸来制造堆肥,这恰恰表明了这种焦虑,但对于科学的优越性和解决物质问题的实用主义方法来说,却又表现得十分矛盾。对于现代读者来说,这幅图像显然是虚构的,已经越过了科学和虚构的界限,完全是对他者的风格化描述。这种西方主义视角将西方刻画成一个回收人类尸体来生产纯碱、油和化肥的地方,这与西方作为一个本质化他者与中国有着不可忽略的差异的观念不谋而合。然而,这种不可忽略的差异并不能说明落后、野蛮的食人习俗,也不能说明中国在道德和文化上的优越性。相反,用人类遗骸制作堆肥被用来说明科学知识的力量和西方丧葬习俗的实用性,并最终成为西方财富和权力的来源之一。换言之,对人类肉体的循环利用——这是一个持续出现在当代中国科幻中的中国现代文学经典的重要主题②——受到颠覆,反而被用来表明中国在思想和实践上的缺陷,而不是西方文明的思想缺陷。画报最终刊登了对这张图片的撤回信息,但撤回的理由是这张照片冒犯了中国人的感情,而不是因为其为杜撰内容。

---

① 《列子》是一部道教著作,一般认为作者为列御寇(公元前4—前5)。见Barrett, 298-308。另见Liezi 1990 (trans. Graham)。

② 宋明炜在对韩松作品的分析中提到了两个同类相食/回收人肉的例子(Song Mingwei, 94)。

图 7.2 “西人尚格致,化腐朽为神奇,几令天下无弃物,乃至格无可格,而格及于人尸,谓熬成油可以造碱屑,其骨可以壅田。其说倡于英国士葛兰之某化士。洵如是,则中国之格致亦讲之素矣。知死者之体魄求安也,故停棺不葬有罪;知贪者之残忍尤甚也,故发冢盗棺必杀,粗之为条教,精之为仁术,载在律书,亦治国之一端也。然则西人之格致亦可推及治国乎?曰可。尸毁迹灭则葬可以废,旷土既无而耕种之区益广,家贫亲死则尸可以卖,丧具既省而赢余之利且收,但使售碱者得求善价,力田者屡庆丰登,国富民裕而治道成矣。此则西人之格致也。”

Wu Youru, *Dianshizhai huabao da ketang ban*, ed. Shanghai da ketang wenhua youxian gongsi, 15 vols. (Shanghai: Shanghai huabao chubanshe, 2001), vol. 5 (approx. March 1888 - March 1889), p. 170; Rania Huntington, “The Weird in the Newspaper,” in *Writing and Materiality in China: Essays in Honor of Patrick Hanan*, ed. Judith T. Zeitlin, Lydia Liu, and Ellen Widmer (Cambridge, MA: Harvard University Press, 2003), p. 368.

《点石斋画报》中收录的大量物品、机构、事件和社会现象的一个共同点就是，它们都介于事实和虚构之间，而且绝大多数都被理解为有助于解释中西方之间的差异，并成为展现国家地位的符号。这些对19世纪末世界的描述与科幻小说并驾齐驱，主要有三个原因。第一，它们试图为中西方认识论的共存开辟空间。第二，他们对硬科学或客观可证事实的描述，往往被异国情调和博人眼球的记叙所掩盖，从而迈入虚构领域。作为科幻作品，它们更关注探索认识论模式之间的关系和激发探究意识，而不是充当最新科学发现的启蒙读本。第三，字里行间最普遍的主题之一是对国家实力的关注。显然，画报中最常见的图像属于各式军事主题——海军舰队、战斗和武器。《点石斋画报》实际上虚构的、伪科学的内容也突出表达了全民健康的问题。

《点石斋画报》和清末科普刊物的编辑们，试图为中国的知识体系开辟与西方科学平等的空间，对科学解释的霸权表现出特定的警惕性。虽然不可否认科学的有效性，但一个常见的方法是否认科学作为通用知识体系，没有任何现象不能被其解释。《点石斋画报》这面镜子，折射了清末社会的普遍创伤、焦虑、风尚和论争。清末社会的这些特征——新出现的消费主义，关于新兴外国商品的写作，以及在主体想象中再现和再生产的帝制结构——成为人们共同的关注点。这种新与旧、外与内的交涉过程，出现在清末民初科幻中，是对外来事物价值的焦虑性关照。科学有时被技术取代，但对科学的描述更多时候涉及对进化论和社会达尔文主义影响的思考。正如郑观应所呼吁的经济战（见第三章），中国科幻对帝国经济维度的关注程度不亚于对军事部分的关注程度；资本作为武器或意识形态，是帝国的重要组成部分。在吴趼人《新石头记》这样的作品中，真正有价值的实用品和花里胡哨的消遣品之间存在一道清晰的分界。一本关于战舰的书比一瓶白兰地更有价值。人们关注的第二个问题是各种技术掌握在谁手中：航行在长江上的轮船船长是中国人还是英国人，这个问题与船的存在本身同等重要，步枪只有在敌人手中时才令人担忧。尽管对技术创新价值的担忧是非常真实的，但我在分析上述中国早期科幻小说时已经表明，关于技术恐惧和启蒙运动的沉思，在政治体适宜性的问题上占据次要地位。

科学、新文化运动和文化场域变迁

吴岩指出，民国初年，随着《科学》(1915 年 1 月)和《新青年》(1915 年 8 月)杂志的创刊，科幻小说迅速“让位给更丰富于说明性的工具文类‘科学小品’和‘科普散文’”，为中国科幻的第一波浪潮画上了句号。与整体文学领域的转变相呼应(尽管他们在全国范围内作出了承诺)，科幻作家感到更需要创作能够解决当前社会问题和推动社会变革的作品(Wu Yan 2011，234－236)。虽然 1911 年之前就已经出现许多致力于“引进”和传播技术信息的期刊，但到了 20 世纪 20 年代，期刊和学校数量迅速增加，期刊对非专业读者的普及性也得到强调(Qiu Ruohong，131－182)。1917 年开始的文学革命，在鲁迅《狂人日记》和五四学生运动的催化下，见证了 20 世纪早期科幻作家努力实现的、有关国家建设的白话文学被经典化。在“赛先生”和“德先生”的时代，康有为和梁启超等人被视为封建历史残余而遭到排斥，知识分子则谴责章回体小说等体裁，尽管它们仍然是当时的大众读物(Chen Pingyuan 1990，113－120)。但这个时代也见证了科幻小说作为介绍技术知识的虚构读物的“消失”，遭逢外星人的奇遇让位于科普应用写作。与《点石斋画报》上出现的关于科学的新兴话语一样，20 世纪 10 年代和 20 年代的科普写作不同于谴责继续使用旧文体的新兴话语，在形式上受到散文体裁的影响，而散文体裁在小说作为现代化工具兴起之前就已出现。

1914 年，康奈尔大学的一群学生建立了科学社，并于 1918 年迁至中国。创始成员包括胡适(1891—1962)、杨铨(1893—1933)、赵元任(1892—1982)、任鸿隽(1886—1961)等 10 余人(Cheng Min，9)。义和团运动赔偿金①的一部分，用来支付赴美进行科学和工程研究的奖学金。其中一位奖学金获得者是竺可桢(1890—1974)，他是 1910 年前往美国学习科学的 70 名学生之一。竺可桢和胡适一同赴学，两人日后都成为中国近代史上最有影响力的人物之一——竺可桢是气象学家、地理学家和科教家，胡适则是作家、哲学家和外交家。在中国，科学社是介于国家和社会之间模糊边缘地带的众多机构之一，它独立于民族国家的目标，但往往又与之保持一致。它最初通过股票投资获得资金，然后通过私人、企业、政府和半政府来源获得各种各样的资助。该机构的成立以促进中国的强盛为宗旨，与民国时期的管理机构有着密切联系，并为其提供支持，但仍然独立于政府而存在。这个机构致力于“科学专业主义”——研究自由，对科学家知识和专业权威的社会尊重，以及国际主义——和“科学民族主义”，意味着希望通过推动科学技术来促进民族自治和繁荣(Z. Wang，291－299，308，313－318)。

继《科学》和《新青年》创刊后，科学社于 1915 年 10 月更名为中国科学

① 义和团运动失败后，清朝奉命在 39 年的时间中向镇压义和团运动的八国联军(奥匈、英国、德国、法国、意大利、日本、俄罗斯和美国)赔付四亿五千万两银子。1908 年，美国承诺将这些款项的大部分用于资助在美国学习的中国学生(Spence，235，283)。

社，被正式认定为中国第一个综合性科学社团。该社（总部仍在美国）资金来源为会员会费和个人及机构捐款，分为编辑部、翻译部和另一专门负责在中国建立科学社图书馆的部门。该社扩展了原有宗旨，进一步包括如下目的：普及科学知识，弘扬中国科学家的研究传统，撰写和翻译科学文献，建立中文科学术语，举办科普讲座，建设图书馆、博物馆和研究机构，从而促进科学知识的生产和传播。1918 年，中国科学社将总部迁至上海，利用上海已经建立的出版业，延续这座城市作为科学进步中心的传统。① 清末科幻小说中虚构的事件和机构，变为民国真正的政策目标和科学机构。

该社最早的成就之一是于 1915 年 1 月创办《科学》杂志，最初由商务印书馆在上海发行。这本半月刊是第一份中文科普期刊，致力于让非专业人士也能了解科学（Cheng Min，9）。期刊的内容包括关于科学的轶事短篇小说和对话、科幻小说的翻译，以及外国对科学与写作之间关系的专门研究（Cheng Min，13 - 14）。该杂志被视为社会成员之间进行科学交流的工具，也是在中国知识分子中普及科学技术的手段（Z. Wang，301，308）。发刊例言云：

> 文明之国，学必有会，会必有报，以发表其学术研究之进步与新理之发明。故各国学界期报实最近之学术发达史，而当世学者所赖以交通智识者也。同人方在求学时代，发明创造，虽病未能，转输贩运……他日学问进步，蔚为发表新知创作机关，是同人之所希望者也。（转引自 Z. Wang，301 - 302）

① 见 Z. Wang，302 - 305。中国科学社的新总部很快就在当地建立了其他类似机构。1922 年，中国科学社生物研究所成立，配有常驻研究员和实验室，这是中国第一个由中国科学家建立和管理的私营科研机构。那时，中国科学社还在南京和上海经营一家印刷厂、一家科学图书和工具公司，以及两家科学图书馆（Z. Wang，311 - 317）。

中国科学社的既定目标延续了关注社会机构在知识产业中关键作用的模式，这种模式以前可见于《点石斋画报》中的半虚构报告文学，随后出现在《新石头记》和《猫城记》等小说作品中。随着该杂志的创刊，以及它分享初步科学发现的朴素目标的实现，同时期的文化场域中也发生了一系列重要转变。白话文越来越普遍，1920 年被列入小学课程，（关注无产阶级问题的）文学也越来越流行，章回体小说则受到排斥（Chen Pingyuan 1990，122－123）。从改革到革命的转变，最明显的标志是白话文的新地位，以及对文学作为娱乐形式和经济资本的否定，从而重新调整了定义文化场域的术语。

虽然没有明确使用达尔文式斗争的语言写作，但中国科学社的伪宣言确实表明科学社会和科普出版物是文明国家建立的重要基石。例言中还指出，在致力于科学的民间机构和这些机构所监督的出版物领域，中国在思想上仍处于落后阶段。作家们接着宣称："继兹以往，代兴于神州学术之林，而为芸芸众生所托命者，其唯科学乎，其唯科学乎！"（Z. Wang，302）创始人们规定，他们的主要目的是在广大民众间普及基本科学知识，而专业化是次要的考虑。这一点被概括在"科普为主，专业为补"的格言中。在陈独秀《新青年》杂志的版面中，《科学》杂志的科普使命也得到了阶级意识使命的补充。这两种出版物在创刊号上互相肯定了彼此的使命，都慷慨地为对方提供前页广告，强调双方在民族复兴使命中的互补性。① 《科学》和中国科学社是提高全中

① 见 *Xin qingnian*，1915，1:2；*Kexue*，1915，1:10。另见 Cheng Min，9。中国科学家的科学民族主义基调呼应了皇家亚洲文会成员的发言，在文会成立会议上，科学被视为是对"世界各国似乎正在加速进行的竞争，是单纯的物质力量还是思想力量"这一问题的答案（Claypool，575）。

国阶级意识和实用科学知识水平的诸多手段之一。

在新文化运动中,中国科学社成员和学会刊物都发挥了积极作用。胡适为《新青年》和《科学》撰文,体现出两份杂志相辅相成的使命。《科学》表明了它作为现代性的标志和在一个越来越不容纳古典文学的文化场域中的地位,这一点甚至在视觉布局上也有所体现,因为它是第一本采用横向排版和西式标点符号的期刊。呼应鲁迅在《科学史教篇》等文章中对欧洲科学家反传统(既有事实也有想象)的赞誉,编辑们赞扬伽利略寻求真理的愿望,“血战肉搏,与宗教争此思想上之自由”。期刊编辑们进一步呼吁国家开放和社会文化批评(Z. Wang, 307)。这些机构帮助创造了一个全新的、充满活力的科学和文化辩论环境,作为一系列新机构的先锋,它们激发了国内科学研究和人们对应用自然科学的兴趣,以及更重要的对社会科学的理解。

第一次世界大战后,对科学目的的重新思考很大程度上推动了主要知识分子关注重心的转移。五四激进分子对中国在《凡尔赛条约》中的待遇感到愤怒,但这并不是争论的唯一焦点。知识分子失望于中国将在后凡尔赛世界中继续维持二等国家的地位,加之欧洲进步的成果只不过是持久和残酷的战争,于是他们更加感到中国必须走出不同的现代化道路。战争期间投入使用大规模生产的新式武器和化学技术,造成了空前的流血和灾难,这使人们重新开始质疑科学和现代主义的优越之处,而这些疑虑很快进入中国人关于科学、现代性和纯文学的争论中。

这一时期出现了对传统儒家秩序的激进批判,尽管中国哲学和思想传统的残余仍然存在,但解决问题的答案是革命而非改革的氛围与日俱增。史华慈(Benjamin Schwarz)认为,社会达尔文主义和历史、演化进步的概念，在关于国家未来的争论中持续享有不可撼动的地位。社会达尔文主义并没有被理解为某个社会中个体的适者生存法则，而是将同样的法则应用于社会之间的竞争。对于社会达尔文主义竞争的必要性，其答案不是粗犷的个人主义，而是发展出更适应的国家政体。只有社会凝聚力才能克服成为不适物种集体的威胁。也就是说，社会达尔文主义的答案是社会主义（Schwarz 1983，99－105）。如上文陈平原在关于民国时期文学形式的论述中指出，与儒家传统的决裂在某些方面并不像五四知识分子设想的那样激进。如同严复一样——对他来说，赫胥黎因关注社会问题而更有现实意义——20世纪30年代的左派也受到儒家强调社会稳定的影响，这促使他们把重点放在社会科学而不是自然科学上。虽然废除了儒家等级制度，但注重当前的社会需要、人际关系以及通过教育完善社会实体，这些依然是左派思想家们所拥护的“儒家”观念，尽管他们对孔圣人的谴责越来越直言不讳。

在这个时代关于科学的重要性以及向大众传播科学的争论中，出现了一系列大家耳熟能详的回答。科学仍然被视为占据全球中心位置，必须引入当时中国这个边缘的位置，而这往往是由曾经生活或驻扎在国外的中国知识分子所要求的。在美国、英国和日本接受教育的知识分子们，建立了民间机构，致力于与同胞分享知识。与鲁迅一样，他们中的许多人最初接受的是自然科学教育（例如，胡适最初学习的专业是农业），但之后他们都将精力全部或部分转向普及科学知识和呼吁阶级/民族意识的使命。在这种熟悉的外国教育作为民族复兴方法的模式下，人们开始关注文字的价值，精英们则自上而下地向大众宣传他们的民族复兴计划。

尽管关于科学的文章开始从硬科学转向关注更日常的社会问题，但帝国仍然是在这一背景中隐约可见的主题(如上文关于《猫城记》的讨论所示)。日本侵略朝鲜半岛、中国东北和东南亚的浪潮加剧了民族危机感，迎合了许多人认为中国仍处于毁灭边缘的观点。知识分子指出了西欧思想破产，与此同时，在关于科学教育重要性的讨论中仍然流露出中国在全球舞台上落后的看法。这些为了促进科学教育的努力，是在新成立但熟悉的社会机构的背景下进行的——左翼社会主义宣传者和科学普及者聚集在中国科学社和出版业周围。现代制度、工业需求和社会实践之间的连续性是这场辩论的指导思想原则。

1923年，清华大学哲学家张君劢(1886—1969)和胡适二人之间爆发了一场论战。当时张君劢在一场演讲中表示，在欧洲世界大战的浩劫之下，科学的冷酷理性主义不足以生成一种主观的、直觉的世界观。科学社的成员则认为，这不光是对科学主义和科学进步的挑战，也是对中国现代化使命的挑战。胡适很快加入辩论，撰写了《科学与人生观》序，[①]他在文章中指出：

> 中国此时还不曾享着科学的赐福，更谈不到科学带来的“灾难”。我们试睁开眼看看：这遍地的乩坛道院，这遍地的仙方鬼照相，这样不发达的交通，这样不发达的实业，——我们那里配排斥科学？……中国人的人生观还不曾和科学行见面礼呢！我们当这个时候，正苦科学的提倡不够，正苦科学的教育不发达，正苦科学的势力

① 鉴于多部论述民国时期“科学与人生观”之争和科学主义问题的英文著作已经出版，我对这场争论的分析仅限于上文总结。《科学》上发表的论战全文见《科学与人生观》(1927)。对论战的进一步分析见 Furth 1970；Kwok 1965；和 G. Yang，79－95。

> 还不能扫除那迷漫全国的乌烟瘴气，——不料还有名流学者出来高唱“欧洲科学破产”的喊声，出来把欧洲文化破产的罪名归到科学上，出来菲薄科学，历数科学家的人生观的罪状，不要科学在人生观上发生影响！信仰科学的人看了这种现状，能不发愁吗？能不大声疾呼出来替科学辩护吗？（转引自 Z. Wang，308 - 309）

胡适最初的笔调并不令人感到陌生，甚至很容易预测，他用“民族灭亡”这一残酷的措辞来描述科学研究和教育问题。同样，欧洲在思想上破产的论调，也在与西方世界的交锋中随处可见。值得注意的是，这里与以往的不同之处在于区分了科学、欧洲和所谓的欧洲道德优越性。在第二章中，我论述了科学、进步、文学、现代性和文明等概念，各种相关术语通过日本新造词传入中国，在清末跨语际的语境中经常被混淆。到了 20 世纪 20—30 年代，中国知识分子开始把这些术语分离出来，将科学、文明和西化作为独立实体来理解。作为独立于西方世界的知识体系，科学有可能被赋予中国特色。同时，科学在中国的制度化，过度战争和工业革命所带来的对科学和现代主义价值的质疑，以及对科学、文学和现代性的深入理解和本土独立性，这些因素都促使人们重新思考科学和文学在民族复兴大计中的作用。

在重新思考科学技术的精神和道德影响的同时，一套新的哲学和社会理论开始在中国知识界站稳脚跟。五四知识分子采用欧洲的反理性主义、怀疑主义、无政府主义和唯物主义批评等观念，作为认识自己与西方世界关系的新素材。1923 年，这场论战在名为“科学与人生观”的辩论中达到高潮。这场辩论以胡适的文章命名，由张君劢在清华大学演讲时引燃。张君劢认为科学不符合中国的文化特性，因此更需要的是形而上学的观点，尤其是在伦理学、精神性、哲学和心理学领域。张君劢和他的同事们对科学只关注物质世界和自然世界深表怀疑,并认为道德和形而上学问题最应当被理解为科学研究范围之外的一个独立体系。丁文江(1887—1936)领导的科学派支持者则认为,科学提供了客观的视角来看待生命和自然世界,只有实证主义的科学方法才能引导正确的世界观。这场辩论重新提出了关于科学来源的问题,以及西方科学在中国环境下适用性的思想问题,有助于重新唤起对中国自身历史和哲学基础的文化相关性的意识(Liu Shi, 32-35)。

大众科学、阶级意识与新文化运动:《太白》

这场论战之后,在《科学》《科学杂志》和《晨报》这样的期刊上出现了一种全新的混合式写作形式,即“科学小品”。“科学小品”融合多种写作形式和目的,结合了理论论文、新闻报道和文学的元素,传达了科学、美学和实用的观念。到 20 世纪 30 年代,小品文成为激烈辩论的中心,作家们论证了将以往与精英鉴赏有关的文学形式重新用作社会教育和转型工具的重要性。解释科学的文章往往面向广大读者,甚或是为了传播科学知识,可能由科学家撰写,但也常常由非专业人士写作。正如我们可以在《点石斋画报》和其他以科技图片为主要内容的科普出版物中发现科幻小说的先驱元素,我们也可以将 20 世纪 20—30 年代科幻小说的低潮期视为该文类升华为其他形式的标志。在许多方面,这种升华的特点是将科幻小说重新融入世纪之交文学转型之前在文化场域中占据重要地位的古典文体。

在 20 世纪的前 30 年中,关于科学技术的写作出现在许多并非纯粹的科幻小说体裁中,而且许多已经存在的文类是分享对西方事物的敬畏和忧虑的便捷载体。罗福林(Charles Laughlin)认为,出现于20世纪20年代,并在30年代达到盛行的小品文,是三种传统共同影响的结果:《庄子》对儒家文化的道家批判,陶潜等诗人的隐居传统,以及佛教关于欲望和超越的讨论。小品文是一种与培养有意义的个人生活有关的文体。在它的现代形态下,这一文体"与欧洲纯文学保持一致,同时与传统古文和八股文保持距离"(Laughlin, 1-7)。在小品文的发展过程中,围绕着如何将传统形式重新用于激进目的的问题,学者之间展开了争论。那些批评小品文轻浮的人,呼吁将小品文重新定位为一种教育性文类(12)。

20世纪20年代末和30年代初出现的科学小品,也是人们不断试图明确科学技术在日常生活中的作用,以及知识分子与大众读者分享科学知识的作用的一部分。杂志文章也属于科普写作的一种,内容包括交流实用信息或详细介绍可在家中进行的简单实验,以及各种主题的辩论,譬如关于科学的优点和传播科学知识作为国家复兴手段的最佳方法。科学小品是散文、科普解释和科学方法评论的结合体,旨在扩大对科学的认识和受众,传播对科学实践的兴趣,以及继续发扬鲁迅在《科学史教篇》中所倡导的探究精神。科学小品被认为是一种比其他散文更系统化的形式,并注重审美性、可读性、思维清晰性、意识形态内容和人文主义目的。另一方面,这些作品并不像教科书或科学研究出版物那样具有系统性、针对性和技术性。①

① 程民还列出以下四种不同于科学小品的科学写作形式:科学童话、科学诗、科学相声和科学寓言。1929年,胡适和赵元任共同作曲作词,为科学社创作社歌,强调科学的实际应用和追求科学知识的乐趣(Cheng Min, 18-20)。另见Z. Wang, 304。中国科学写作的这一子类非常值得深入具体研究,特别是考察科学写作与三四十年代左翼运动之间的关系。如,见《儿童科学文艺作品选》(1986)和《中国科学文艺大系》(1999)。

1931年，贾祖璋(1901—1988)是科学小品最早和最成功的倡导者之一，他在1931年出版的《鸟类与文学》一书中，对“鸟科学”和“鸟文学”进行了对照研究(Cheng Min, 16－17)。书中介绍了不同鸟类的种类、分类学和鸟类行为，收录了关于鸟类的神话传说，以及古典文学中有关鸟类的记载。通过科学的视角，作者为中国古典文学中鸟类的典故世界建立了秩序。这类作品是科学和人文艺术的入门读物，寓教于乐，且实用性强。它们与现实世界的相关性是显而易见的。

半月刊《太白》是科学小品发展史上最具影响力的期刊之一。刊名取自中国传统的“金星”一词(金星在地平线上低垂，预示着黎明的到来)，又可解读为“太明白”。见证《太白》诞生的编辑、作家和左翼知识分子们，深知它的使命是大众教育。茅盾写道：

> 刊物取名《太白》，是陈望道的主张。他解释太白是白而又白，比白话文还要白的意思；太白二字笔画少，符合简化的原则，又太白星在黎明前出现时，名启明星，表示天快亮了，这又暗示国民党的黑暗统治即将结束。鲁迅对陈望道的这几层意思十分赞赏，又说，这只能在我们自己淘里知道，不能对外讲，防备被审查委员会的老爷们听了去。①

鲁迅和茅盾都认为科学小品是一种复杂多样的形式，非常适合向大众传授科学和历史的基本原理，从而促进阶级意识的形成。这里知识分子之间达成的共识是，这种形式应该强调社会科学和哲学，而不是自然科学，关于自然科学的文章应该与人们的日常生活经验有明确

---

① 见 Mao Dun, “Wenyi dazhonghua de taolun ji qita,” 34：558(转引自 Cheng Min, 42)。

的关系。[1] 在左派呼吁关注社会问题之际，柳湜（1903—1968）和庶谦（生卒年不详）等作家进一步坚持强调社会普通成员的必要性："偶然谈一只蚤，一个啄木鸟，我也认为一定要通过现世的'社会感'的。听了啄木鸟的啄木之声，难道会联想到日本最近对中国的侵略就叫做'啄木外交'吗？如果通过了这种'社会感'，对于这一自然现象的描写，自然还是会被大众接受的，还是有它的客观存在的。"（Liu Shi，188）

科学小品的突出地位，以及关于其社会作用的理论争论，并不局限于专门的科学著作。《申报》副刊《自由谈》和《新人》《芒种》等杂志，都刊登过著名作者的观点、读者反馈以及他们自己创作的科学小品。左翼人士形成了一种共识，即这种形式要和"帮闲文学"划清界限，并开始出现恢复传统的倾向，以及对着重于出版遵循辩证唯物主义和历史唯物主义原则的作品的支持（Cheng Min，50－52）。

尽管该刊只持续了一年（共 24 期），但它对知识界和文化界产生了深远的影响，帮助造就了新一代的科学小品作家和投身于该文类的新一代出版者。科学小品的发表持续到 1949 年中华人民共和国成立以后，"文化大革命"期间中断了 10 年，1976 年后又再度兴起，当时对科学和科幻出版的兴趣迎来了又一波高峰。[2] 从这个角度来看，科学小品的命运反映出现代时期虚构小说的命运顺应了政治潮流的兴衰涨落。在这些年中，科幻小说的发展也并不算顺利，这给中国科幻研究者提出了棘手的问题。

---

① 见 Mao Dun，"Kexue he lishi de xiaopin，" 437－438；Liu Shi，8－10。

② 见《中国科学文艺大系》。

科学小品的创作比科幻小说更为稳定,从20世纪20年代开始一直延续到当代。中国出版的科幻小说大多创作于20世纪的前10年,随后是漫长的枯水期。在整个10年代、20年代和30年代,中国出版的原创科幻小说寥寥无几,1949年后也一直不景气。关于科幻小说为何未能在新文化时期的乌托邦时代占据一席之地,这一问题尚未得到应有的重视。清末时期,笔记和志怪等古典小说体裁的融合与科幻小说文类有许多共同之处,为被定义为科幻小说的散文体文学作品的出版埋下了伏笔。民国时期,科幻随着散文、科普和国家建设的结合被升华为一种更为实用的文学形式,科普读物的出现和与之相关的期望是导致科幻文类日渐式微的重要因素。民国时期的左翼人士选择把注意力集中在更为日常的问题上,而像鲁迅这样的清末知识分子所设想的科学教育任务则由科学小品代替完成。20、30年代只出版了少量纯科幻作品,其中包括顾均正(1902—1980)和老舍的小说。

尾声

维罗妮卡·霍林格在思考“全球科幻小说”这一不断扩张的领域可以从中国科幻小说身上学到什么时，注意到鲁迅作品的中心主题与刘慈欣、韩松等作家近期创作的一些中国科幻小说作品的关键主题之间存在相似之处（Hollinger，即将出版）。在刘慈欣的短篇小说《乡村教师》（2001）中，罹患晚期食管癌却无力承担治疗费用的乡村教师临终前躺在自己任教的单间校舍的病床上。他重温着鲁迅的铁屋子隐喻，逐字回忆这段话。受结尾几句的启发，也就是“不能说绝没有摧毁这铁屋的希望”，教师坚持教完最后一堂课，要求学生背诵牛顿三大运动定律。此时，为了方便碳基联邦建立隔离区，阻止硅基帝国在长达千年的星际战争后复苏，地球即将被毁灭。刘慈欣故事中的乡村居民几乎完全不知道这出星际闹剧的存在，这个地方文化落后，只知道追求私利，与中国作为一个民族国家的更广泛的政治地理相隔绝。这种明显的无时间性（timeless）特征显然在反乌托邦作品中再熟悉不过了，金介甫（Jeffrey Kinkley）将其称为中国的“新历史小说”（Kinkley 2014）。在小说的最后，孩子们通过一项测试，向外星人证明他们作为先进碳基文明的地位，从而拯救了地球；他们只答对 15 个问题中的 3 个，因为他们事先记住了教师说的话。铁屋子里的人们继续生活，对此一无所知。

金介甫指出，在 20 世纪 90 年代最著名的中国反乌托邦小说和电影中，“技术发展不是重点”（13）。然而他观察发现，这一时期主流文学中最杰出、最受好评的作品，有一部分采纳了与清末科幻相同的观点，即人类进化容易走向进步，但也容易走向堕落。他注意到左翼和右翼人士都采用社会达尔文主义的观点，认为冲突驱动的变革是“*群体*为争夺至高无上的地位而斗争”，但这种斗争状态的最终结果不是演化上的进步，而是“世俗的和反复的衰落，甚至倒退”（180）。魔幻现实主义元素在中国的“新历史小说”中比科技发展的主题更加突出，加夫列尔·加西亚·马尔克斯（Gabriel García Márquez）和米格尔·阿斯图里亚斯（Miguel Asturias）这样的作家显然比乔治·奥威尔或赫胥黎更有亲和力和影响力。尽管如此，社会衰落作为人际关系的一个决定性特征这一主题，在中国科幻的选择性传统之外也是一个耳熟能详的套路。

在刘慈欣的小说《吞食者》（2000）中，一位外星文明的使者来到地球，他告诉人类，地球这颗行星将被毁灭，而这个外星文明正是依靠吞食其他行星来维系自己的存在。使者大牙的话不禁让人想起《月球殖民地小说》中玉太郎关于普遍尺度上殖民征服的理论，他说：“在银河系，一个文明成为更强大文明的家禽是很正常的，你们会发现被饲养是一种多么美妙的生活，衣食无忧，快乐终生，有些文明还求之不得呢。你们感到不舒服,完全是陈腐的人类中心论在作怪。”(刘慈欣《乡村教师》,167-168)刘慈欣呼应了中国早期科幻小说中劣等文明被摧毁的讽刺主题,他颠覆了“文明”的概念,将它视为征服他人力量的委婉说法。地球毁灭后,大牙说:“文明是什么?文明就是吞食,不停地吃啊吃,不停地扩张和膨胀,其他的一切都是次要的。”(182)吞食帝国和人类被当作家禽饲养的景象,同样在刘慈欣的小说《诗云》(1997)中出现,其中描绘了吞食帝国掠夺地球后人类被迫生活在地下的情景。宋明炜指出,刘慈欣的小说中,“在以光年为单位的宏大宇宙背景下,人类社会往往被呈现为无足轻重的小问题。人类生命可能受到一个极其强大的外来物种的支配,而人类灭绝对宇宙的影响微乎其微”(Song Mingwei, 95)。宋明炜认为,在刘慈欣的《三体》三部曲(《三体》,2007;《三体Ⅱ·黑暗森林》,2008;《三体Ⅲ·死神永生》,2010)中,对星际等级制度和与外星生命交流的描述,被定义为一种非道德的永恒斗争,斗争中可以通过改变物理定律来满足高级文明的需要(97)。

通过征服或吞食他人来维持运转的近似文明的社会,是一个靠自我吞食来维持生存的社会的幽灵。鲁迅对吃人社会的诊断,一直是中国科幻小说中经久不衰的主题。霍林格指出,在韩松的《乘客与创造者》(2005)中,一群乘客被飞机上的极权社会囚禁在永恒的飞行中,他们同样不知道自己被囚禁在铁屋子里。与鲁迅的《狂人日记》相呼应,这个故事以日记的形式记录了飞机上一名乘客的遭遇,他最终发现在飞机上存在着一套人肉分配的吃人制度,用来维系公务舱乘客的生命。飞机被摧毁后,他发现自己被一群高加索士兵包围了,于是叙述者自问:“是谁把我们驱逐到黑暗中飞行的?我们真的这样对自己吗?”(韩松,172)矛盾的结局似乎表明,熟悉而仁慈的极权国家可能比铁屋外的未知帝国更可取。这种凄凉的对等关系让人想起鲁迅的小说《失掉的好地狱》(1925),在这部小说中,人类为了回应那些谴责地狱的恶魔,赶走了魔鬼,却使地狱变得比从前更可怖。[①]

在《鬼魅中国:韩松科幻小说中的中国形象》(2013)一文中,贾立元(笔名飞氘)将韩松的作品与鲁迅的作品进行了大量对比,指出封闭、吃人社会的形象也出现在韩松的《地铁》(2011)、《再生砖》(2011)等作品中,认为“韩松讽刺地将鲁迅提出的‘从昏睡入死灭’的命题,改变成了新时代的‘从昏睡入强盛’”(107)。宋明炜将人类互惠关系的崩溃——最终退化为同类相残,以及人类在封闭的“地铁”系统中转变为缺乏自我意识的昆虫——视为对进化的重构,进入“正在摧毁人性的退化过程”(94)。

为纪念 2010 年上海世博会,中国出版了多部汇集曾预言上海主办世博会的小说集,其中包括吴趼人的《新石头记》、陆士谔的《新中国》(1906)和梁启超的《新中国未来记》(1902)等。任东梅注意到,上述 3 位作者在虚构乌托邦作品中关于中国属于全球知识产业的想象性描述,与一个多世纪后《人民日报》真实报道中所使用的语言具有异曲同工之处。她观察得出,通过主办世博会来表明中国属于现代世界,这实际上是清末乌托邦叙事中不可或缺的元素(Ren Dongmei, “Mengxiang Zhongguo,” 2, 42 - 43)。中国通过世界博览会展示国家地位、20 世纪之交知识产业在连载视觉文化中的印刷复制和 1910 年

① 陈冠中的反乌托邦小说《盛世:中国 2013》(2009)想象了中国的另一个未来,其中“失掉的好地狱”形象再次成为话题。

南京博览会的失败尝试，这一系列既科学又虚构的想象在上海举办1992年以来的第一届世博会时变成了现实。

韩松对中国与科学启蒙之间关系的评价，呼应了徐念慈在《新法螺先生谭》中对另类认识论的虚构探索，以及清末知识界对采用西方认识论的普遍质疑。韩松写道："科学、技术和现代化不是中国文化的特征。他们就像外星实体。如果接受他们，我们就会把自己变成怪物，这是我们与西方进步观念共存的唯一途径。"（韩松，20）韩松套用外星人的形象来描述中国科学和科幻文学，讽刺地强调了其与英美科学和科幻的不同特点（Hollinger，4），同时也提醒人们，接受西方科学技术与保护独特的民族遗产不可兼得的看法经久不衰。

清末科幻小说带给我们的启示，不仅关乎当代中国科幻小说的发展，而且对整个文学领域的发展具有重要意义。叶纹认为，科幻是20世纪80年代初重新崛起的最突出的文类之一，这种热情"为探索新兴文学市场中未来主义文类的再次多样化提供了理想的案例"（Iovene，31）。贺麦晓绘制的中国文化场域三维图，没有将任何文类或媒介放置其中，而是留下了一块空白的立方体。这是一个明智的决定，因为这个场域内各种元素之间的关系在不断变化。如第七章所述，在20世纪，不仅场域内各要素需要互相协调，而且界定场域本身轮廓的坐标轴也饱受争议。再往后看，叶纹指出社会主义时期白话文科学期刊的特点是"在列为事实的内容和列为虚构的内容之间存在着显著的连续性"（33）。文化场域内部是无定形的，因为给定的实践和文类之间的边界总是不断迁移和演变，也因为决定其价值的坐标轴同样在变化。我建议以四维模型来理解中国科幻小说史，这样才能够解释这些转变。这将开辟新的研究领域，让学者们重新把视线投向此前被贴上

“儿童文学”标签的社会主义时期的各种亚文类，填补中国科幻文学史上的一个明显空白。

本书研究不敢说是一部翔实的1902—1934年间的中国科幻小说史，更不敢说是科幻文类的全面历史。鉴于主题范围不同，本书研究的作品可能被定位为社会小说、乌托邦、反乌托邦或幻想小说。但无论怎样分类，这些作品都意识到了科幻小说作为一种全球性文类而发展，并积极参与其中。这一文类的发展既关乎工业技术对人类的影响，也关乎科学、技术和帝国之间的关系。本书讨论的作家们创作了多种文类的作品，其中许多人为了探寻新的白话语言，都曾在文学风格上进行了大胆尝试。这些早期作家及其作品所生成的文化场域，表明了科幻小说在中国科学、文学和文化史上的重要意义，也表明了中国科幻小说与全球科幻传统之间的关系。

参考文献

Alkon, Paul. "Cannibalism in Science Fiction." In *Food of the Gods: Eating and the Eaten in Fantasy and Science Fiction*, edited by Gary Westfahl, George Slusser, and Eric S. Rabkin, 142 - 159. Athens: University of Georgia Press, 1996.

Altman, Rick. *Film/Genre.* London: British Film Institute, 1999.

——. "A Semantic/Syntactic Approach to Film Genre." *Cinema Journal* 23.3 (Spring 1984): 6 - 18.

Amelung, Iwo. "Naming Physics: The Strife to Delineate a Field of Modern Science in Late Imperial China." In *Mapping Meanings: The Field of New Learning in Late Qing China*, edited by Michael Lackner and Natasha Vittinghoff, 381 - 422. Leiden: Brill Academic, 2004.

——. "New Maps for the Modernizing State: Western Cartographic Knowledge and Its Application in 19th and 20th Century China." In *Graphics and Text in the Production of Technical Knowledge in China: The Warp and the Weft*, edited by Francesca Bray, Vera Dorofeeva-Lichtman, and Georges M. tail., 685 – 726. Leiden: Brill, 2007.

Anderson, Benedict. *Imagined Communities: Reflections on the Origin and Spread of Nationalism*. New York: Verso, 2006.

Anderson, Marston. *The Limits of Realism: Chinese Fiction in the Revolutionary Period*. Berkeley: University of California Press, 1990.

Arnhart, Larry. *Darwinian Conservatism: A Disputed Question*. Charlottesville, VA: USA Imprint Academic, 2005.

Arrighi, Giovanni. *The Long Twentieth Century: Money, Power, and the Origins of Our Times*. London: Verso, 1994.

Bacon, Francis. *Novum Organum*. Translated and edited by Peter Urbach and John Gibson. Chicago: Open Court Press, 1994. First published in 1620.

Barlow, Tani. *Introduction to Formations of Colonial Modernity in East Asia*, 1 – 21. Edited by Tani E. Barlow. Durham, NC: Duke University Press, 1997.

Barrett, T. H. "Lieh tzu." In *Early Chinese Texts: A Bibliographical Guide*, edited by Michael Loewe, 298 – 308. Berkeley: Society for the Study of Early China, 1993.

Bellamy, Edward. *Looking Backward, 2001 - 1887*. New York: Penguin Books, 1986. First published in 1888.

Bennett, Tony. *The Birth of the Museum: History, Theory, Politics*. New York: Routledge, 1995.

Berry, Michael. *A History of Pain: Trauma in Modern Chinese Literature and Film*. New York: Columbia University Press, 2008.

Biheguan Zhuren 碧荷馆主人. *Xin jiyuan* 新纪元. In *Zhongguo xiaoshuo jindai daxi* 中国近代小说大系, edited by Wang Xuquan et al. Jiangxi renmin chubanshe, 1989.

——. *Xin jiyuan*. Guilin: Guangxi shifan daxue chubanshe, 2008.

Bourdieu, Pierre. *The Field of Cultural Production: Essays on Art and Literature*. Edited and introduced by Randal Johnson. New York: Columbia University Press, 1993.

Braester, Yomi. *Witness against History: Literature, Film, and Public Discourse in Twentieth-Century China*. Stanford, CA: Stanford University Press, 2003.

Brashier, K. E. "Han Thanatology and the Division of Souls." *Early China* 21 (1996): 125 - 158.

Brockway, Lucile H. "Science and Colonial Expansion: The Role of the British Royal Botanic Gardens." *American Ethnologist* 6. 3 (1979): 449 - 465.

Broderick, Damien. *Reading by Starlight: Postmodern Science Fiction*. New York: Routledge, 1995.

Buruma, Ian, and Avishai Margalit. *Occidentalism: The West in the Eyes of Its Enemies*. New York: Penguin, 2004.

Cai, Yuanpei 蔡元培, ed. *Cuimianshu jiangyi* 催眠术讲义. Shanghai: Shangwu yinshuguan, 1906.

Campany, Robert Ford. *Strange Writing: Anomaly Accounts in Early Medieval China*. Albany: SUNY Press, 1996.

Carrier, James G., ed. *Occidentalism: Images of the West*. Oxford: Clarendon Press, 1995.

Chakrabarty, Dipesh. *Provincializing Europe: Postcolonial Thought and Historical Difference*. Princeton, NJ: Princeton University Press, 2000.

Chan, Koonchung 陈冠中. *Shengshi: Zhongguo 2013* 盛世:中国2013. Taibei: Maitian Chubanshe, 2009.

——. *The Fat Years: China 2013*. Translated by Michael S. Duke. New York: Doubleday, 2011.

Chen, Jianhua. "Canon Formation and Linguistic Turn: Literary Debates in Republican China, 1919 - 1949." In *Beyond the May Fourth Paradigm: In Search of Chinese Modernity*, edited by Kai-Wing Chow, 51 - 70. Lanham, MD: Lexington, 2008.

Chen, Pingyuan 陈平原. "Cong kepu duwu dao kexue xiaoshuo—yi 'feiche' wei zhongxin de kaocha" 从科普读物到科学小说——以"飞车"为中心的考察. In *Jia Baoyu zuo qianshuiting—Zhongguo zaoqikehuan yanjiu jingxuan* 贾宝玉坐潜水艇——中国早期科幻研究精选, edited by Wu Yan, 136 - 158. Fujian: Fujian shaonian ertong chubanshe, 2006.

——. *Dianshizhai huabao xuan* 点石斋画报选. Guiyang: Guizhou chubanshe, 2000.

——. *Zhongguo xiaoshuo xushi moshi de zhuanbian* 中国小说叙事模式的转变. Taibei: Jiuda wenhua gufen youxian gongsi, 1990.

Chen, Pingyuan 陈平原, and Xia Xiaohong 夏晓虹. *Tuxiang wanqing*: "*Dianshizhai huabao*" 图像晚清：《点石斋画报》. Tianjin: Baihua wenyi chubanshe, 2006.

——, eds. *Ershi shiji zhongguo xiaoshuo lilun ziliao* 二十世纪中国小说理论资料. Vol. 1. Beijing: Beijing daxue chubanshe, 1997.

Chen, Wangdao 陈望道, ed. *Xiaopin wen he manhua* 小品文和漫画. Shanghai: Shanghai shudian, 1981.

Chen, Xiaomei. *Occidentalism: A Theory of Counter-discourse in Post-Mao China*. Oxford: Oxford University Press, 1995.

Cheng, Min. *Kexue xiaopin zai Zhongguo* 科学小品在中国. Beijing: Kexue chubanshe, 2009.

Chow, Rey. *Primitive Passions: Visuality, Sexuality, Ethnography, and Contemporary Chinese Cinema*. New York: Columbia University Press, 1995.

Clareson, Thomas. "The Emergence of Science Fiction." In *Anatomy of Wonder: A Critical Guide to Science Fiction*, edited by Neil Barron, 3 - 32. New York: R. R. Bowker, 1981.

Claypool, Lisa. "Zhang Jian and China's First Museum." *Journal of Asian Studies* 64.3 (August 2005): 567 - 604.

Clute, John, and Peter Nicholls, eds. *The Encyclopedia of Science Fiction*. New York: St. Martin's, 1993.

Cao, Cong. *China's Scientific Elite*. New York: Routledge Curzon, 2004.

Csicsery-Ronay, Istvan, Jr. "Science Fiction and Empire." *Science Fiction Studies* 30.2 (July 2003): 231-245.

——. *The Seven Beauties of Science Fiction*. Middletown, CT: Wesleyan University Press, 2008.

Cuvier, Georges, and Charles L. Laurillard. *Recherches sur les ossemens fossiles de quadrupèdes, ou l'on rétablit les caractères de plusieurs espèces d'animaux que les révolutions du globe paroissent avoir détruites*. [With plates.] Paris, 1812.

Daruvala, Susan. *Zhou Zuoren and an Alternative Chinese Response to Modernity*. Cambridge, MA: Harvard University Press, 2000.

Davis, Wade. *Into the Silence: The Great War, Mallory, and the Conquest of Everest*. New York: Alfred A. Knopf, 2012.

DeBary, Wm. Theodore, and Irene Bloom, eds. *Sources of Chinese Tradition*. Vol. 1. New York: Columbia University Press, 1999.

DeBary, Wm. Theodore, and Richard Lufrano, eds. *Sources of Chinese Tradition*. Vol. 2. New York: Columbia University Press, 2000.

Delbourgo, James, and Nicholas Dew, eds. *Science and Empire in the Atlantic World*. New York: Routledge, 2008.

Dikötter, Frank. *The Discourse of Race in Modern China*. London: Hurst, 1992.

——. *Exotic Commodities: Modern Objects and Everyday Life in China*. New York: Columbia University Press, 2006.

——. *Sex, Culture and Modernity in China: Modern Science and the Construction of Sexual Identities in the Early Republican Period*. London: Hurst, 1995.

Ding, Wenjiang, and Zhao Fengtian, eds. *Liang Qichao nianpu changbian* 梁启超年谱长编. Shanghai: Shanghai renmin chubanshe, 1983.

Dirlik, Arif. "Orientalism Reconsidered." *History and Theory* 35. 4 (Theme Issue 35: Chinese Historiography in Comparative Perspective, December 1996): 96 - 118.

Duara, Prasenjit. *Sovereignty and Authenticity: Manchukuo and the East Asian Modern*. Lanham, MD: Rowman & Littlefield, 2003.

Du Bois, W. E. B. The Souls of Black Folk (1903). In *Three Negro Classics*, by Booker T. Washington, W. E. B. Du Bois, and James Weldon Johnson, 207 - 389. New York: Avon Books, 1965.

Elman, Benjamin. *A Cultural History of Modern Science in China*. Cambridge, MA: Harvard University Press, 2006.

——. *From Philosophy to Philology: Intellectual and Social Aspects of Change in Late Imperial China*. Cambridge, MA: Harvard University Press, 1984.

——. “From Pre-Modern Chinese Natural Studies 格致学 to Modern Science 科学 in China.” In *Mapping Meanings*: *The Field of New Learning in Late Qing China*, edited by Michael Lackner and Natasha Vittinghoff, 25 - 73. Leiden: Brill Academic, 2004.

Er tong ke xue wen yi zuo pin xuan 儿童科学文艺作品选. Shanghai: Bianzhe, 1986.

Fanon, Frantz. *Black Skin*, *White Masks*. Translated by C. L. Markmann. New York: Grove Weidenfeld, 1967. First published in 1952.

——. *The Wretched of the Earth*. Translated by C. Farrington. New York: Grove, 1968. First published in 1961.

Fan, Fa-ti. *British Naturalists in Qing China*: *Science*, *Empire*, *and Cultural Encounter*. Cambridge, MA: Harvard University Press, 2004.

Fitting, Peter. “Eating Your Way to the Top: Social Darwinism in SF.” In *Food of the Gods*: *Eating and the Eaten in Fantasy and Science Fiction*, edited by Gary Westfahl, George Slusser, and Eric S. Rabkin, 172 - 187. Athens: University of Georgia Press, 1996.

Frank, Andre Gunder. *ReOrient*: *Global Economy in the Asian Age*. Berkeley: University of California Press, 1998.

Freedman, Carl. *Critical Theory and Science Fiction*. Middletown, CT: Wesleyan University Press, 2000.

Fryer, John. *Meiguo bowu dahui tushuo* 美国博物大会图说. Shanghai: gezhi shushi, guangxu 18 (1892).

Fu, Jianzhou 付建舟, ed. *Xiaoshuo jie geming de xingqi yu fazhan* 小说界革命的兴起与发展. Beijing: Zhongguo shehui kexue chubanshe, 2008.

Furth, Charlotte. "Intellectual Change: From the Reform Movement to the May Fourth Movement, 1895 - 1920." In *Intellectual History of Modern China*, edited by Merle Goldman and Leo Ou-fan Lee, 13 - 96. Cambridge: Cambridge University Press, 2002.

——. *Ting Wen-chiang: Science and China's New Culture*. Cambridge, MA: Harvard University Press, 1970.

Garnett, Rhys, ed. *Science Fiction Roots and Branches: Contemporary Critical Approaches*. London: Macmillan, 1990.

Gilbert, Scott F. "Ernst Haeckel and the Biogenetic Law." In *Developmental Biology*, 10th ed. Companion website, www. devbio. com. Sunderland, MA: Sinauer Associates, 20013.

Godley, Michael R. "China's World's Fair of 1910: Lessons from a Forgotten Event." *Modern Asian Studies* 12. 3 (1978): 503 - 522.

Goethe, Johann Wolfgang von. *The Metamorphosis of Plants*. Introduction and photographs by Gordon L. Miller. Cambridge, MA: MIT Press, 2009. First published in 1790.

Gould, Stephen Jay. *Time's Arrow, Time's Cycle: Myth and Metaphor in the Discovery of Geological Time*. Cambridge, MA: Harvard University Press, 1987.

Gramsci, Antonio. "Americanism and Fordism." In *The Antonio Gramsci Reader: Selected Writings, 1916 - 1935*, edited by David

Forgacs, 275 - 299. New York: NYU Press, 2000.

Grewal, Inderpal. "Constructing National Subjects: The British Museum and Its Guidebooks." In *With Other Eyes: Looking at Race and Gender in Visual Culture*, edited by Lisa Bloom, 44 - 57. Minneapolis: University of Minnesota Press, 1999.

Gu, Mingdong. *Chinese Theories of Fiction: A Non-Western Narrative System*. Albany: SUNY Press, 2006.

Guan, Jixin 关纪新, ed. *Lao She ping zhuan* 老舍评传. Chongqing: Chongqing chubanshe, 1998.

Gunn, James, Marleen S. Barr, and Matthew Candelaria, eds. *Reading Science Fiction*. New York: Palgrave Macmillan, 2009.

Gunn, James, and Matthew Candelaria, eds. *Speculations on Speculation: Theories of Science Fiction*. Lanham, MD: Scarecrow, 2005.

Guo, Enci 郭恩慈, and Su Jue 苏珏, eds. *Zhongguo xiandai sheji de dansheng* 中国现代设计的诞生. Hong Kong: Joint Publishing Co., 2007.

Guo, Jianzhong 郭建中. *Kepu yu kehuan fanyi* 科普与科幻翻译. Beijing: Zhongguo duiwai fanyi chubanshe, 2004.

Hamashita, Takeshi 浜下武志, and Kawakatsu Heita 川胜平太. *Ajia koekkiken to Nihon kogyoka, 1500 - 1900* アジア交易圏と日本工业化 1500—1900. Tokyo: Riburopōto, 1991.

Hamlish, Tamara. "Preserving the Palace: Museums and the Making of Nationalism (s) in Twentieth-Century China." *Museum*

Anthropology 19.2 (1995): 20 - 30.

Hamm, John Christopher. *Paper Swordsmen: Jin Yong and the Modern Chinese Martial Arts Novel*. Honolulu: University of Hawai'i Press, 2005.

Han, Song. "Chinese Science Fiction: A Response to Modernization." *Science Fiction Studies* 40.1 (March 2013): 15 - 21.

——. "The Passengers and the Creator." 2006. Translated by Nathaniel Isaacson, edited by Mingwei Song. *Renditions: A Chinese-English Translation Magazine* 77/78 (Spring/Autumn 2012): 144 - 172.

Hardt, Michael, and Antonio Negri. *Empire*. Cambridge, MA: Harvard University Press, 2000.

Harrell, Stevan. "The Concept of Soul in Chinese Folk Religion." *Journal of Asian Studies* 38.3 (May 1979): 519 - 528.

Harris, Trevor. "Measurement and Mystery in Verne." In *Jules Verne: Narratives of Modernity*, edited by Edmund J. Smyth, 109 - 121. Liverpool: Liverpool University Press, 2000.

Henry, David. "Japanese Children's Literature as Allegory of Empire in Iwaya Sazanami's Momotarō (The Peach Boy)." *Children's Literature Association Quarterly* 34.3 (Fall 2009): 218 - 221.

Heroldova, Helena. "Glass Submarines and Electric Balloons: Creating Scientific and Technical Vocabulary in Chinese Science Fiction." In *Mapping Meanings: The Field of New Learning in Late Qing China*, edited by Michael Lackner and Natasha Vitinghoff, 537 -

553. Leiden: Brill Academic, 2004.

Hockx, Michel, ed. *The Literary Field of Twentieth-Century China*. Honolulu: University of Hawai'i Press, 1999.

Hollinger, Veronica. "Genre vs. Mode." In *The Oxford Handbook of Science Fiction*, edited by Rob Latham, 139 - 154. Oxford: Oxford University Press, 2014.

——. "'Great Wall Planet': Estrangements of Chinese Science Fiction" "Changcheng xingqiu: Zhongguo kehuan xiaoshuo zhong de mosheng hua" 长城星球：中国科幻小说中的陌生化. Forthcoming.

Horner, Charles. *Rising China and Its Postmodern Fate: Memories of Empire in a New Global Context*. Athens: University of Georgia Press, 2009.

Hsia, C. T. *A History of Modern Chinese Literature*. 3rd ed. Bloomington: Indiana University Press, 1999.

Hu, Shi 胡适. *Hu Shi xuanji: Shuxin* 胡适选记:书信. Taibei: Wenxing chubanshe, 1966.

Huang, Jie 黄洁. "Xu Nianci de xiaoshuo meixue sixiang" 徐念慈的小说美学思想. *Yuzhou daxue xuebao* 渝洲大学学报 19. 1 (February 2002): 86 - 90.

Huang, Jinzhu 黄锦珠. "Lun Wu Jianren de Xin shitou ji" 论吴趼人的《新石头记》. In *Jia Baoyu zuo qianshuiting—Zhongguo zaoqikehuan yanjiu jingxuan* 贾宝玉坐潜水艇——中国早期科幻研究精选, edited by Wu Yan, 196 - 215. Fujian: Fujian shaonian ertong chubanshe, 2006.

Huang, Kewu 黄克武. "Minguo chunian Shanghai de lingxue yanjiu: Yi 'Shanghai lingxuehui' weili" 民国初年上海的灵学研究：以"上海灵学会"为例. *Zhongyang yanjiuyuan jindai shi yanjiusuo jikan* "中央研究院"近代史研究所集刊. Vol. 55 (March 2007), 99 - 136.

Huang, Yong 黄勇, ed. *Huimou wanqing: Dianshizhai huabao jingxuan shiping* 回眸晚清:《点石斋画报》竞选释评. Beijing: Jinghua chubanshe, 2006.

Huangjiang Diaosou 荒江钓叟. Yueqiu zhimindi xiaoshuo 月球殖民地小说. *In Zhongguo jindai xiaoshuo daxi* 中国近代小说大系, edited by Wang Xuquan et al., 1 - 218. Jiangxi: Renmin chubanshe, 1989.

Huff, Toby E. *The Rise of Early Modern Science: Islam, China and the West*. New York: Cambridge University Press, 2003.

Huntington, Rania. "The Weird in the Newspaper." In *Writing and Materiality in China: Essays in Honor of Patrick Hanan*, edited by Judith T. Zeitlin, Lydia Liu, and Ellen Widmer, 341 - 396. Cambridge, MA: Harvard University Press, 2003.

Huters, Theodore. *Bringing the World Home: Appropriating the West in Late Qing and Early Republican China*. Honolulu: University of Hawai'i Press, 2005.

——. "Culture, Capital, and the Temptations of the Imagined Market: The Case of the Commercial Press." In *Beyond the May Fourth Paradigm: In Search of Chinese Modernity*, edited by Kai-wing Cow, 27 – 50. Lanham, MD: Lexington, 2008.

——. "Ideologies of Realism in Modern China: The Hard Imperatives of Imported Theory." In *Politics, Ideology, and Literary Discourse in Modern China: Theoretical Interventions and Cultural Critique*, edited by Liu Kang and Tang Xiaobing, 147 – 172. Durham, NC: Duke University Press, 1993.

——. "A New Way of Writing: The Possibilities for Literature in Late Qing China, 1895 – 1908." *Modern China* 14. 3 (July 1988): 243 – 276.

Huxley, Thomas Henry. *The Advance of Science in the Last Half Century*. New York: D. Appleton & Co., 1889.

——. *Autobiography and Selected Essays*. Edited by Ada L. F. Snell. New York: Houghton Mifflin, 1909.

——. *Hexuli tian yan lun* 赫胥黎天演论 (Evolution and Ethics). Translated by Yan Fu. Guangxu: fuwen shuju, 1901.

Inoue, Tsutomu 井上勤. *Inoue Tsutomu shū* 井上勤集. *Meiji honyaku bungakushuu* 明治翻訳文学集. Vol. 3. Edited by Kawado Michiaki et al. Tokyo: Ozorasha, Shōwa 47 [1972].

Iovene, Paola. *Tales of Futures Past: Anticipation and the Ends of Literature in Contemporary China*. Stanford, CA: Stanford University Press, 2014.

Isaacson, Nathaniel. "Science Fiction for the Nation: Tales of the Moon Colony and the Birth of Modern Chinese Fiction." *Science Fiction Studies* 40. 1 (March 2013): 33 – 54.

Jacob, Margaret C. *Scientific Culture and the Making of the Industrial West*. New York: Oxford University Press, 1997.

James, Edward, and Farah Mendlesohn, eds. *Cambridge Companion to Science Fiction*. New York: Cambridge University Press, 2003.

Jameson, Fredric. *Archaeologies of the Future: The Desire Called Utopia and Other Science Fictions*. London: Verso, 2005.

Jenkins, Henry. *Convergence Culture: Where Old and New Media Collide*. New York: NYU Press, 2006.

Jia, Liyuan. "Gloomy China: China's Image in Han Song's Science Fiction," trans. Joel Martinsen. *Science Fiction Studies* 40.1 (March 2013): 103 - 115.

Jia, Zuzhang 贾祖璋. *Niao yu wenxue* 鸟与文学. Shanghai guji chubanshe, 2001.

Jiaohui xinbao 教会新报 (Church news). Edited by John Allen. Taibei: Huawen shuju, 1989. First printed 1868 - 1874.

Jones, Andrew. *Developmental Fairy Tales: Evolutionary Thinking and Modern Chinese Culture*. Cambridge, MA: Harvard University Press, 2011.

——. *Yellow Music: Media Culture and Colonial Modernity in the Chinese Jazz Age*. Durham, NC: Duke University Press, 2001.

Judge, Joan. *Print and Politics: "Shibao" and the Culture of Reform in Late Qing China*. Stanford, CA: Stanford University Press, 1996.

Kant, Immanuel. *Critique of the Power of Judgment*. Edited by Paul Guyer, translated by Paul Guyer and Eric Matthews. New York: Cambridge University Press, 2007.

Kaske, Elisabeth. *The Politics of Language in Chinese Education, 1895 – 1919*. Leiden: Brill Academic, 2008.

Katz, Wendy R. *Rider Haggard and the Fiction of Empire*. Cambridge: Cambridge University Press, 1987.

Kern, Stephen. *The Culture of Time and Space, 1880 – 1950*. New Haven, CT: Yale University Press, 1965.

Kerslake, Patricia. *Science Fiction and Empire*. Liverpool: Liverpool University Press, 2007.

Kexue yu rensheng guan 科学与人生观. 2 vols. Edited by Yadong tushuguan 亚东图书馆. Shanghai: Yadong tushuguan, 1927.

Kinkley, Jeffrey. *Visions of Dystopia in China's New Historical Novels*. New York: Columbia University Press, 2014.

Kioka, Nobuo 木冈伸夫, and Suzuki Sadami 铃木贞美. *Gijutsu to shintai: Nihon "kindaika" no shisō* 技术と身体:日本"近代化"の思想. Kyōto-shi: Mineruva Shobō, 2006.

Knight, Damon Francis. *In Search of Wonder: Essays on Modern Science Fiction*. Chicago: Advent, 1967.

Kowallis, Jon Eugene von. *Warriors of the Spirit: Lu Xun's Early Classical-Style Essays*. Berkeley: University of California, Institute of East Asian Studies, China Research Monographs Series. Forthcoming.

Krakauer, John. *Into Thin Air: A Personal Account of the Mount Everest Disaster*. New York: Villard Books, 1997.

Kuhn, Thomas S. *The Structure of Scientific Revolutions*. Chicago: University of Chicago Press, 1970.

Kurtz, Joachim. "Framing European Technology in Seventeenth-Century China: Rhetorical Strategies in Jesuit Paratexts." In *Mapping Meanings: The Field of New Learning in Late Qing China*, edited by Michael Lackner and Natasha Vitinghoff, 209 - 232. Leiden: Brill Academic, 2004.

Kwok, D. W. Y. *Scientism in Chinese Thought, 1900 - 1950*. New Haven, CT: Yale University Press, 1965.

Kwong, Luke S. K. "The Rise of the Linear Perspective on History and Time in Late Qing China, c. 1860 - 1911." *Past and Present* 173 (2001): 157 - 190.

Lach, Donald. *Asia in the Making of Europe*. Vol. 2, books 1 - 3. Chicago: University of Chicago Press, 1977.

Landes, David S. *Revolution in Time: Clocks and the Making of the Modern World*. Cambridge, MA: Belknap Press of Harvard University Press, 1983.

Lao She. *Cat Country: A Satirical Novel of China in the 1930s*. Translated by William A. Lyell Jr. Columbus: Ohio State University Press, 1970.

——. *City of Cats*. Translated by James E. Dew. Ann Arbor: Center for Chinese Studies, University of Michigan, 1964.

——. *Lao She quanji* 老舍全集. Beijing: Renmin wenxue chubanshe, 1999.

——. *Mao cheng ji* 猫城记. Beijing: Renmin wenxue chubanshe, 2008.

——. "Wo zenyang xie Mao cheng ji" 我怎样写《猫城记》. In *Lao She yanjiu cailiao* 老舍研究材料, 2 vols., edited by Wu Huaibin 吴怀斌 and Ceng Guangcan 曾广灿, 544 - 545. Beijing: Beijing shiyue yishu chubanshe, 1985.

Lao-tzu (Lieh-tzŭ). *The Book of Lieh-tzŭ: A Classic of Tao*. Translated by A. C. Graham. New York: Columbia University Press, 1990.

Latham, Rob, ed. *The Oxford Handbook of Science Fiction*. Oxford: Oxford University Press, 2014.

Laughlin, Charles A. *The Literature of Leisure and Chinese Modernity*. Honolulu: University of Hawai'i Press, 2008.

Lee, Leo Ou-fan. "Literary Trends: The Quest for Modernity." In *An Intellectual History of Modern China*, edited by Merle Goldman and Leo Ou-fan Lee. Cambridge: Cambridge University Press, 2002.

Lem, Stanisław. "Todorov's Fantastic Theory of Literature." In *Microworlds: Writings on Science Fiction and Fantasy*, edited by Franz Rottensteiner, 209 - 232. Orlando, FL: Harcourt Brace, 1984.

Levie, Howard S. "Humanitarian Restrictions on Chemical and Biological Weapons." *Toledo Law Review* 13 (Summer 1982): 1192 - 1202.

Lewis, Mark Edward. *Writing and Authority in Early China*. Albany: SUNY Press, 1999.

Li, Xin. "Zhongguo lingxue huodong zhong de cuimianshu" 中国灵学活动中的催眠术. *Ziran kexue yanjiu* 自然科学研究 28.1 (2009): 12-23.

Liang, Qichao 梁启超. *Liang Qichao quanji* 梁启超全集. Vol. 10. Beijing: Beijing chubanshe, 1999.

Liezi. *The Book of Lieh-tzu: A Classic of Tao*. Translated by A. C. Graham. New York: Columbia University Press, 1990.

Lightman, Bernard. *Victorian Popularizers of Science: Designing Nature for New Audiences*. Chicago: University of Chicago Press, 2007.

Lin, Jianqun 林建群. "Wan qing kehuan xiaoshuo de shidai lunti yantan" 晚清科幻小说的时代论题研探. In *Jia Baoyu zuo qianshuiting—Zhongguo zaoqi kehuan yanjiu jingxuan* 贾宝玉坐潜水艇——中国早期科幻研究精选, edited by Wu Yan, 19-36. Fujian: Fujian shaonian ertong chubanshe, 2006.

Liu, Cixin 刘慈欣. *San ti* 三体. Chongqing: Chongqing chubanshe, 2007.

——. *San ti er: Hei'an senlin* 三体 Ⅱ: 黑暗森林. Chongqing: Chongqing chubanshe, 2008.

——. *San ti san: Sishen yongsheng* 三体 Ⅲ: 死神永生. Chongqing: Chongqing chubanshe, 2010.

——. "The Village Schoolteacher" (2001). Translated by

Christopher Elford and Jiang Chenxin, edited by Mingwei Song. *Renditions*: *A Chinese-English Translation Magazine* 77/78 (Spring/Autumn 2012): 114 - 143.

——. *Xiangcun jiaoshi*: *Liu Cixin kehuan zixuanji* 乡村教师：刘慈欣科幻自选集. Wuhan: Changjiang wenyi chubanshe, 2012.

Liu, Hui. "Qingmo minchu kexue xiaoshuo de zhengzhi xing ji yingxiang" 清末民初科学小说的政治性及影响. *Huaibei meishiyuan xuebao* (*zhexue shehui xueyuan*) 淮北煤矿师范学院学报（哲学社会学院）23.3 (June 2006): 83 - 85.

Liu, Jingmin 刘精民, ed. *Guangxu lao huakan* 光绪老画刊. Beijing: Zhongguo wenyi chubanshe, 2005.

Liu, Lydia. *Translingual Practice*: *Literature*, *National Culture*, *and Modernity—China*, *1900 - 1937*. Stanford, CA: Stanford University Press, 1995.

Liu, Shi 柳湜. "Lun kexue xiaopin" 论科学小品. *Taibai*《太白》1. 1, pp. 8 - 10 (reprint of original from Shanghai shenghuo shudian, 2 vols). Shanghai: Shanghai shudian, 1981.

Luan, Weiping 栾伟平. "Jindai kexue xiaoshuo yu linghun: You 'Xin Faluo xiansheng tan' shuo kaiqu" 近代科学小说与灵魂：由《新法螺先生谭》说开去. *Zhongguo jindai wenxue yanjiu congkan* 中国近代文学研究丛刊. Vol. 3 (2006), 46 - 60.

Luckhurst, Roger. *Science Fiction*. Cambridge: Polity, 2005.

Lu, Shi'e 陆士谔. *Xin Zhongguo* 新中国. In Shibo menghuan sanbuqu 世博梦幻三部曲, edited by Huang Lin 黄霖. Shanghai:

Donfang chuban zhongxin，2010.

Lu，Shi'e 陆士谔，Liang Qichao 梁启超，and Cai Yuanpei 蔡元培. *Xin Zhongguo shengshi yuyan* 新中国盛世预言. Beijing：Zhongguo Chang'an chubanshe，2010.

Lu Xun. *Diary of a Madman and Other Stories*. Translated by William A. Lyell. Honolulu：University of Hawai'i Press，1990.

——. "Kexue shi jiao pian" 科学史教篇. *Lu Xun yu ziran kexue：luncong* 鲁迅与自然科学：论丛. Guangzhou：Guangdong keji chubanshe，1981.

——. "Lessons from the History of Science." Translated by Nathaniel Isaacson. *Renditions* 74 (Autumn 2010)：80 - 99.

——. *Lu Xun quanji* [LXQJ] 鲁迅全集. 18 vols. Beijing：Renmin wenxue chubanshe，2005

——. *Lu Xun zhu yi bian nian quanji* 鲁迅著译编年全集. Vol. 1. Edited by Wang Shijia 王世家 and Zhi'an 止庵. Beijing：Renmin chubanshe，2009.

——. *The Real Story of Ah-Q and Other Tales of China：The Complete Fiction of Lu Xun*. Translated by Julia Lovell. London：Penguin Classics，2009.

——. "Toward a Refutation of Malevolent Voices." Translated by Jon Kowallis. *boundary* 2 38.2 (Summer 2011)：39 - 62.

——. "Yuejie luxing bian yan" 月界旅行·辨言. *Lu Xun yu ziran kexue：luncong* 鲁迅与自然科学：论丛. Guangzhou：Guangdong keji chubanshe，1981.

Ma, Shaoling. "'A Tale of New Mr. Braggadocio': Narrative Subjectivity and Brain Electricity in Late Qing Science Fiction." *Science Fiction Studies* 40.1 (March 2013): 55 - 72.

Mao Dun 茅盾. "Kexue he lishi de xiaopin" 科学和历史的小品. *Mao Dun quanji* 茅盾全集, vol. 20, 437 - 438. Beijing: Renmin wenxue chubanshe, 1997.

——. "Wenyi dazhonghua de taolun ji qita" 文艺大众化的讨论及其他. *Mao Dun quanji* 茅盾全集, vol. 34, 558. Beijing: Renmin wenxue chubanshe, 1997.

Mathison, Ymitri. "Maps, Pirates and Treasure: The Commodification of Imperialism in Nineteenth-Century Boy's Adventure Fiction." In *The Nineteenth Century Child and Consumer Culture*, edited by Dennis Denisoff, 173 - 188. Burlington, VT: Ashgate, 2008.

Mauss, Marcel. "Techniques of the Body." In *Techniques, Technology and Civilization*. Edited by Nathan Schlanger. New York: Durkheim, 2006. First published in 1935.

McConnell, Frank. "Alimentary My Dear Watson: Food and Eating in Scientific and Mystery Fiction." In *Food of the Gods: Eating and the Eaten in Fantasy and Science Fiction*, edited by Gary Westfahl, George Slusser, and Eric S. Rabkin, 200 - 212. Athens: University of Georgia Press, 1996.

Mei, Qibo 梅启波. "Lao She Ouzhou wutuobang de huanmie yu Zhongguo wenhua shefen de zhuiqiu—cong Maocheng ji dao Duanhun qiang" 老舍欧洲乌托邦的幻灭与中国文化身份的追求——从《猫城记》到《断魂枪》. *Puyang qikan* 普阳期刊, June 2008: 101 - 104.

Mencius. *Mencius.* Translated by Irene Bloom. New York: Columbia University Press, 2009.

Mengzi 孟子. *Mengzi Zhengyi* 孟子正义 [Correct meanings of the Mencius]. Edited by Jiao Xun 焦循. 2 vols. Beijing: Zhonghua Shuju, 1987.

Metzger, Thomas A. *Escape from Predicament: Neo-Confucianism and China's Evolving Political Culture*. New York: Columbia University Press, 1977.

Milner, Andrew. *Locating Science Fiction*. Liverpool: Liverpool University Press, 2012.

——. "Science Fiction and the Literary Field." *Science Fiction Studies* 38.3 (November 2011): 393 - 411.

Ming, Feng-ying. "Baoyu in Wonderland: Technological Utopia in the Modern Chinese Science Fiction Novel." In *China in a Polycentric World*, edited by Yingjin Zhang, 152 - 172. Stanford, CA: Stanford University Press, 1998.

——. "In Search of a Position: The Paradox of Genre Typology in Late Qing Polygeneric Novel—Romance, Political-Detective, and Science Fiction Novel, 1998 - 1911." PhD diss., UCLA, 1999.

Monroe, John Warne. *Laboratories of Faith: Mesmerism, Spiritism and Occultism in Modern France*. Ithaca, NY: Cornell University Press, 2008.

Moretti, Franco. *Atlas of the European Novel, 1800 – 1900*. London: Verso, 1998.

——. "Conjectures on World Literature." *New Left Review* 1 (January-February 2000): 54 – 68.

Morris, Andrew. "To Make the Four Hundred Million Move: The Late Qing Dynasty Origins of Modern Chinese Sport and Physical Culture." *Comparative Studies in Society and History* 42.4 (October 2000): 876 – 906.

Morse, Donald E., ed. *Anatomy of Science Fiction*. Newcastle, UK: Cambridge Scholars Press, 2006.

Mühlhahn, Klaus, ed. *The Limits of Empire: New Perspectives on Imperialism in Modern China*. New Brunswick, NJ: Transaction, 2008.

Murthy, Viren. "Ontological Optimism, Cosmological Confusion, and Unstable Evolution: Tan Sitong's Renxue and Zhang Taiyan's Response." In *The Challenge of Linear Time: Nationhood and the Politics of History in East Asia*. Leiden Series in Comparative Historiography, vol. 7, 49 – 82. Boston: Brill, 2014.

Nanjing daxue waiguo xuezhe liuxuesheng yanxiu bu Jiangnan jingji shi yanjiushi 南京大学外国学者留学生研修部江南经济史研究室, eds. *Lun Zhang Jian: Zhang Jian guoji xueshu yantao hui lunwen ji* 论张謇：张謇国际学术研讨会论文集. Nanjing: Jiangsu renmin chubanshe, 2006.

Needham, Joseph. *The Great Titration: Science and Society in*

East and West. London: George Allen & Unwin, 1969.

——, ed. *Science and Civilization in China*. Vols. 1 and 2. New York: Cambridge University Press, 1954.

Nienhauser, William H., Jr., ed. *Indiana Companion to Traditional Chinese Literature*. Vol. 1. Bloomington: Indiana University Press, 1986.

Nodelman, Perry, ed. "Bibliography of Children's Literature Criticism" (to accompany *Pleasures of Children's Literature*, 3rd ed., by Perry Nodelman and Mavis Reimer). http://ion.uwinnipeg.ca/~nodelman/resources/allbib.htm. Olson, Richard G. Science and Scientism in Nineteenth-Century Europe. Urbana: University of Illinois Press, 2008.

Owen, Stephen. "The End of the Past: Rewriting Chinese Literary History in the Early Republic." In *The Appropriation of Cultural Capital: China's May Fourth Project*, edited by Milena Doleželová-Velingerová and Oldrich Král, 167-192. Cambridge, MA: Harvard University Asia Center, 2001.

Pagani, Catherine. "*Eastern Magnificence and European Ingenuity*": *Clocks of Late Imperial China*. Ann Arbor: University of Michigan Press, 2001.

Perdue, Peter. *China Marches West: The Qing Conquest of Central Eurasia*. Cambridge, MA: Belknap Press of Harvard University Press, 2005.

Playfair, John. *Illustrations of the Huttonian Theory of the*

Earth. New York: Dover, 1956.

Pomerance, Murray, ed. *Cinema and Modernity*. New Brunswick, NJ: Rutgers University Press, 2006.

Pomeranz, Kenneth. *The Great Divergence: Europe, China, and the Making of the Modern World Economy*. Princeton, NJ: Princeton University Press, 2000.

Prucher, Jeffrey, ed. *Brave New Words: The Oxford Dictionary of Science Fiction*. New York: Oxford University Press, 2007.

Pusey, James Reeve. *China and Charles Darwin*. Cambridge, MA: Harvard University Press, 1983.

——. Lu Xun and Evolution. Albany: SUNY Press, 1998.

Shao, Qin. "Exhibiting the Modern: The Creation of the First Chinese Museum, 1905 - 1930." *China Quarterly* no. 179 (September 2004): 684 - 702.

Qiu, Ruohong. *Chuanbo yu qimeng: Zhongguo jindai kexue sichao yanjiu* 传播与启蒙：中国近代科学思潮研究. Changsha Shi: Hunan renmin chubanshe, 2004.

Rao, Zhonghua 饶中华, ed. *Zhongguo kehuan xiaoshuo daquan* 中国科幻小说大全. Vols. 1 - 3. Beijing: haiyang chubanshe, 1982.

Raphals, Lisa. "Alterity and Alien Contact in Lao She's Martian Dystopia." *Science Fiction Studies* 40.1 (March 2013): 73 - 85.

Reardon-Anderson, James. *The Study of Change: Chemistry in China, 1840 - 1949*. New York: Cambridge University Press, 1991.

Ren，Dongmei 任冬梅. “Kehuan wutuobang：Xianshide yu xiangxiangde—Yueqiu zhimindi xiaoshuo he xiandai shikongguan de zhuanbian”科幻乌托邦：现实的与想象的——月球殖民地小说和现代时空观的转变. *Xiandai Zhongguo wenhua yu wenxue* 现代中国文化与文学，January 2008：92 – 110.

——. “Mengxiang Zhongguo—wanqing zhi minguo shehui huanxiang xiaoshuo zhong ‘zhongguo xianxiang’ de bianhua”梦像中国——晚清至民国社会幻想小说中“中国形象”的变化. PhD diss.，Beijing Normal University，2013.

Ren，Dongsheng 任东升，and Yuan Feng 袁枫. “Qingmo minchu（1891 – 1917）kehuan xiaoshuo fanyi tanjiu”清末民初（1891—1917）科幻小说翻译探究. *Shanghai fanyi* 上海翻译 no. 4（2010）：72 – 76.

Repcheck，Jack. *The Man Who Found Time：James Hutton and the Discovery of the Earth's Antiquity*. Cambridge，MA：Perseus，2003.

Richards，Jeffrey. *Imperialism and Juvenile Literature*. New York：St. Martin's，1989.

Rieder，John. “Colonialism and Postcolonialism.” In *The Oxford Handbook of Science Fiction*，edited by Rob Latham，486 – 497. Oxford：Oxford University Press，2014.

——. *Colonialism and the Emergence of Science Fiction*. Middletown，CT：Wesleyan University Press，2008.

——. “On Defining SF，or Not：Genre Theory，SF，and History.” *Science Fiction Studies* 37. 2（July 2010）：191 – 209.

Roberts, Adam. *The History of Science Fiction*. New York: Palgrave Macmillan, 2006.

Rofel, Lisa. *Other Modernities: Gendered Yearnings in China after Socialism*. Berkeley: University of California Press, 1999.

Rojas, Carlos. "Cannibalism and the Chinese Body Politic: Hermeneutics and Violence in Cross-Cultural Perception." *Postmodern Culture* 12.3 (May 2002). Project MUSE. http://muse.jhu.edu/.

Rose, Mark, ed. *Science Fiction: A Collection of Critical Essays*. Englewood Cliffs, NJ: Prentice-Hall, 1976.

Said, Edward W. *Culture and Imperialism*. New York: Vintage, 1993.

——. *Orientalism*. New York: Vintage Books, 1979.

——. "Orientalism Reconsidered." In *Literature, Politics and Theory: Papers from the Essex Conference, 1976 - 84*, edited by Francis Barker, Peter Hulme, Margaret Iversen, and Diana Loxley, 210 - 229. London: Methuen, 1986.

Schwarz, Benjamin. *In Search of Wealth and Power*. Cambridge, MA: Belknap Press of Harvard University Press, 1964.

——. "Themes in Intellectual History: May Fourth and After." In *The Cambridge History of China*, vol. 12, Republican China, 1912 - 1949, part 1, edited by John K. Fairbank. Cambridge: Cambridge University Press, 1983.

Secord, James A. "Global Darwin." In *Darwin*, edited by William Brown and Andrew C. Fabian, 31 - 57. Cambridge:

Cambridge University Press，2010.

Shanhai jing 山海经. Edited by Guo Pu 郭璞 et al. Changsha：Yuelu shu she，1992.

Shibo menghuan sanbuqu 世博梦幻三部曲. Edited by Huang Lin 黄霖. Shanghai：Dongfang chuban zhongxin，2010.

Shih，Shu-mei. *Visuality and Identity*：*Sinophone Articulations across the Pacific*. Berkeley：University of California Press，2007.

Shih，Shu-mei，Brian Bernards，and Chien-hsin Tsai，eds. *Sinophone Studies*：*A Critical Reader*. New York：Columbia University Press，2013.

Shu，Qian 庶谦. "Muqian kexue xiaopin de gediao he neirong" 目前科学小品的格调和内容. *Xiaopinwen he manhua* 小品文和漫画，edited by Chen Wangdao，163 - 168. Shanghai：Shanghai shudian，1981.

Slusser，George，and Eric S. Rabkin. *Aliens*：*The Anthropology of Science Fiction*. Carbondale：Southern Illinois University Press，1987.

Song，Fagang 宋法刚. "Lun Zhongguo kehuan dianying de queshi" 论中国科幻电影的缺失. *Dianying wenxue* 电影文学 19 (2007)：23 - 24.

Song，Mingwei. "Variations on Utopia in Contemporary Chinese Science Fiction." *Science Fiction Studies* 40. 1 (March 2013)：86 - 102.

Song，Yongyi 宋永毅. *Lao She yu Zhongguo wenhua guannian*

老舍与中国文化观念. Shanghai: Xueshu chubanshe, 1988.

Spence, Jonathan D. *The Search for Modern China*. New York: W. W. Norton, 1990.

Spivak, Gayatri Chakravorty. "Can the Subaltern Speak?" In *Marxism and the Interpretation of Culture*, edited by Cary Nelson and Lawrence Grossberg, 271 - 313. London: Macmillan, 1988.

——. *A Critique of Postcolonial Reason: Toward A History of the Vanishing Present*. Cambridge, MA: Harvard University Press, 1999.

Steinberg, Marc. *Anime's Media Mix: Franchising Toys and Characters in Japan*. Minneapolis: University of Minnesota Press, 2012.

Stott, Rebecca. "Darwin in the Literary World." In *Darwin*, edited by William Brown and Andrew C. Fabian, 58 - 77. Cambridge: Cambridge University Press, 2010.

Strassberg, Richard, ed. and trans. *A Chinese Bestiary: Strange Creatures from the Guideways through Mountains and Seas*. Berkeley: University of California Press, 2002.

Suvin, Darko. *Metamorphoses of Science Fiction: On the Poetics and History of a Literary Genre*. New Haven, CT: Yale University Press, 1979.

Taibai 太白. 2 vols. Shanghai: Shanghai shudian, 1981. Reprint of original from Shanghai shenghuo shudian, 1934.

Takeda, Masaya 武田雅哉. *Tobe! Daishin tekoku: Kindai*

chūgoku no genos kagaku 飞べ～！大清帝国:近代中国の幻想科学. Tokyo: Riburopōto, 1988.

Takeda, Masaya, and Hayashi Hiskayuki 林久之. *Chūgoku kagaku genos bungakukan* 中国科学幻想文学馆. 2 vols. Tokyo: Taishūkan Shoten, 2001.

——. *Feixiang ba! Daqing diguo: Jindai zhongguo de huanzxiang kexue* 飞翔吧！大清帝国：近代中国的幻想科学. Translated by Ren Junhua 任钧华. Taibei: Yuanliu chubanshe, 2008.

Tang, Tao. *History of Modern Chinese Literature*. Beijing: Foreign Languages Press, 1998.

Tang, Xiaobing. *Global Space and the Nationalist Discourse of Modernity: The Historical Thinking of Liang Qichao*. Stanford, CA: Stanford University Press, 1996.

Tang, Zhesheng 汤哲声. *Zhongguo xiandai tongsu xiaoshuo sibianlu* 中国现代通俗小说思辨录. Beijing: Peking University Press, 2008.

Telotte, J. P. *A Distant Technology: Science Fiction Film and the Machine Age*. Hanover, NH: University Press of New England, 1999.

Thompson, E. P. "Time, Work-Discipline, and Industrial Capitalism." *Past and Present* 38.1 (1967): 56 - 97.

Todorov, Tsvetan. *The Fantastic: A Structural Approach to a Literary Genre*. Translated by Richard Howard. Ithaca, NY: Cornell University Press, 1973.

Trumpener, Ulrich. "The Road to Ypres: The Beginnings of Gas Warfare in World War I." *Journal of Modern History* 47. 3 (September 1975): 460 - 480.

Hsieh, Tso-Wei 谢作伟. "The Rhetorical Strategies of Travel Narrative in Late Qing Fiction" 晚清小说中旅途叙事的修辞策略. *Journal of St. John's University* 圣约翰学报 24 (2007): 193 - 204.

Tyndall, John. *Advancement of Science: The Inaugural Address of Prof. John Tyndall*. New York: Asa K. Butts & Co., 1874.

Vint, Cheryl, and Mark Bould. "There Is No Such Thing as Science Fiction." In *Reading Science Fiction*, edited by James Gunn, Marleen S. Barr, and Matthew Candelaria, 43 - 51. New York: Palgrave Macmillan, 2009.

Wagner, Rudolph. *Joining the Global Public: Word, Image, and City in Early Chinese Newspapers, 1870 -1910*. Albany: SUNY Press, 2007.

Wakabayashi, Judy. "Foreign Bones, Japanese Flesh: Translations and the Emergence of Modern Children's Literature in Japan." *Japanese Language and Literature* 42. 1 (April 2008): 227 - 255.

Wallerstein, Immanuel. *The Second Era of Great Expansion of the Capitalist World-Economy, 1730 -1840s*. Vol. 3 of The Modern World System III. New York: Academic Press, 1989.

Walter, E. V., Vytautas Kavolis, Edmund Leites, and Marie Coleman Nelson, eds. *Civilizations East and West: A Memorial*

Volume for Benjamin Nelson. Atlantic Highlands, NJ: Humanities Press, 1985.

Wang, Ban. *Illuminations from the Past: Trauma, Memory, and History in Modern China*. Stanford, CA: Stanford University Press, 2004.

Wang, David Der-wei. *Fin-de-Siècle Splendor: Repressed Modernities of Late Qing Fiction, 1848 - 1911*. Stanford, CA: Stanford University Press, 1997.

——. "Jia Baoyu zuo qianshuiting—wanqing kehuan xiaoshuo xinlun" 贾宝玉坐潜水艇——晚清科幻小说新论. In *Jia Baoyu zuo qianshuiting—Zhongguo zaoqikehuan yanjiu jingxuan* 中国早期科幻研究精选, edited by Wu Yan, 92 - 104. Fujian: Fujian shaonian ertong chubanshe, 2006.

——. *The Monster That Is History: History, Violence, and Fictional Writing in Twentieth-Century China*. Berkeley: University of California Press, 2004.

Wang, Ermin 王尔敏. *Zhongguo xiandai sheji de dansheng* 中国现代设计的诞生. Hong Kong: Sanlian shudian, 2007.

Wang, Hui. "The Fate of 'Mr. Science' in China: The Concept of Science and Its Application in Modern Chinese Thought." *Positions: East Asia Cultures Critique* (Duke University Press) 3. 1 (1995): 1 - 68.

Wang Jianyuan 王建元 and Chen Jieshi 陈洁诗, eds. *Kehuan, hou xiandai, hou renlei* 科幻，后现代，后人类. Fujian: Fujian shaonian ertong chubanshe, 2006.

Wang Shanping 王姗萍. “Xixue dongjian yu wanqing kexue xiaoshuo qianlun” 西学东渐与晚清科学小说浅论. *Baoding shifan zhuanke xuexiao xuebao* 保定师范专科学校学报 19.1 (January 2006): 53-56.

Wang Tao. *Man you sui lu* 漫游随录. Changsha: Yuelu shushe, 1985.

Wang Weiying 王卫英. “Kehuan xiaoshuo yu Zhongguo chuantong wenhua” 科幻小说与中国传统文化. *Xiaoshuo pinglun* 小说评论, February 2008: 147-150.

Wang, Zuoyue. “Saving China through Science: The Science Society of China, Scientific Nationalism, and Civil Society in Republican China.” *Osiris* 17 (2002): 291-322.

Watson, Rubie S. “Palaces, Museums, and Squares: Chinese National Spaces.” *Museum Anthropology* 19.2 (1995): 7-19.

Wei, Leong Tay. “Kang Youwei, the Martin Luther of Confucianism and His Vision of Confucian Modernity and Nation.” *Secularization, Religion and the State* (University of Tokyo Center for Philosophy, Booklet 17, 2010): 97-109.

Yang, Wei. “Voyage into an Unknown Future: A Genre Analysis of Chinese SF Film in the New Millennium.” *Science Fiction Studies* 40.1 (March 2013): 133-147.

Weinbaum, Alys Eve, et al., eds. *The Modern Girl around the World: Consumption, Modernity, and Globalization*. Durham, NC:

Duke University Press, 2008.

Westfahl, Gary. "For Tomorrow We Dine: The Sad Gourmet at the Scienticafe." In *Food of the Gods: Eating and the Eaten in Fantasy and Science Fiction*, edited by Gary Westfahl, George Slusser, and Eric S. Rabkin, 213 - 223. Athens: University of Georgia Press, 1996.

——. "'The Jules Verne, H. G. Wells, and Edgar Allan Poe Type of Story': Hugo Gernsback's History of Science Fiction." *Science Fiction Studies* 19.3 (November 1992): 340 - 353.

——. *Science Fiction, Children's Literature and Popular Culture: Coming of Age in Fantasyland*. Westport, CT: Greenwood, 2000.

Westfahl, Gary, George Slusser, and Eric S. Rabkin, eds. *Food of the Gods: Eating and the Eaten in Fantasy and Science Fiction*. Athens: University of Georgia Press, 1996.

Wilkinson, Alec. *The Ice Balloon: S. A. Andrée and the Heroic Age of Arctic Exploration*. New York: Alfred A. Knopf, 2011.

Wilkinson, Endymion. *Chinese History: A New Manual*. Cambridge, MA: Harvard University Press, 2013.

Williams, Raymond. "Base and Superstructure in Marxist Cultural Theory." In *Problems in Materialism and Culture: Selected Essays*. London: New Left Books, 1980.

——. *Politics and Letters: Interviews with the "New Left Review."* London: New Left Books, 1979.

Worley, Alec. *Empires of the Imagination: A Critical Survey of Fantasy Cinema from Georges Méliès to "The Lord of the Rings."* Jefferson, NC: McFarland, 2005.

Wright, David. "John Fryer and the Shanghai Polytechnic: Making Space for Science in Nineteenth-Century China." *British Journal for the History of Science* 29. 1 (March 1996): 1 - 16.

——. "The Translation of Modern Western Science in Nineteenth-Century China." *Isis* 89 (1998): 653 - 673.

Wu, Dingbo, and Patrick Murphy, eds. *Science Fiction from China*. New York: Praeger, 1989.

Wu, Jianren 吴趼人. *Xin shitou ji* (XSTJ) 新石头记. *Zhongguo jindai xiaoshuo daxi* 中国近代小说大系. Edited by Wang Jiquan 王继权 et al. Nanchang: Jiangxi renmin chubanshe, 1988.

Wu, Kang 吴康, ed. *Xin wenxue de benyuan* 新文学的本原. Changsha: Yuelu chubanshe, 2005.

Wu, Qichang. *Liang Qichao zhuan* 梁启超传. Beijing: Tuan jie chubanshe, 2004.

Wu, Xianya 吴献雅. "Kexue huanxiang yu kexue qimeng: Wan Qing kexue xiaoshuo yanjiu" 科学幻想与科学启蒙——晚清科学小说. In *Jia Baoyu zuo qianshuiting: Zhongguo zaoqi kehuan yanjiu jingxuan* 贾宝玉坐潜水艇——中国早期科幻研究精选, edited by Wu Yan, 37 - 91. Fuzhou: Fujian shaonian ertong chubanshe, 2006.

Wu Yan, ed. *Jia Baoyu zuo qianshuiting—Zhongguo zaoqikehuan yanjiu jingxuan* 贾宝玉坐潜水艇——中国早期科幻研究

精选. Fujian: Fujian shaonian ertong chubanshe, 2006.

——. *Kehuan wenxue lungang* 科幻文学论纲. Chongqing: Chongqing chubanshe, 2011.

Wu, Yan, and Fang Xiaoqing 方晓庆. "Zhongguo zaoqi kexue xiaoshuo de kexueguan" 中国早期科学小的科学观. *Sixiang bianzhengfa yanjiu* 思想辩证法研究 24.4 (April 2008): 97 - 100.

Wu, Youru 吴友如. *Dianshizhai huabao da ketang ban*《点石斋画报》大可堂版. Edited by Shanghai da ketang wenhua youxian gongsi. 15 vols. Shanghai: Shanghai huabao chubanshe, 2001.

Xia'er guan zhen: fu jie ti, suo yin 遐尔贯珍: 附解题, 索引 (Chinese serial). Edited by Matsuura Akira 松浦章 et al. Shanghai: Shanghai ci shu chubanshe, 2005. First printed 1853 - 1856.

Xiaoheng Xiangshi Zhuren 小横香室主人. *Qingchao yeshi daguan* 清朝野史大观. 12 vols. Vol. 4, 158 - 159. Taibei: Zhonghua shuju, 1959.

Xin qingnian 新青年 (La Jeunesse). Edited by Chen Duxiu 陈独秀. Tokyo: Kyūko shoin, 1970 - 1971. Reprint of 1915 - 1921 originals.

Xu, Nianci 徐念慈. "New Tales of Mr. Braggadocio." Translated by Nathaniel Isaacson. *Renditions* 75 (Autumn 2011): 15 - 38.

——. "Xin faluo xiansheng tan" 新法螺先生谭. *Xiaoshuo lin* 小说林, June 1905: 1 - 39.

——. "Xin faluo xiansheng tan." In *Zhongguo jindai wenxue daxi 1840 - 1929: Xiaoshuo ji* 中国近代文学大系 1840 - 1929: 小说

集，edited by Wu Zuxiang 吴组缃 et al.，6：323 - 343. Shanghai：Shanghai shudian.

——. "Yu zhi xiaoshuo guan" 余之小说观. In *Xiaoshuo Lin* 小说林(1908). Vol. 9，1 - 8；vol. 10，19 - 15.

Liu，Xun. *Daoist Modern：Innovation，Lay Practice，and the Community of Inner Alchemy in Republican Shanghai*. Cambridge，MA：Harvard University Press，2009.

Xunzi. *Xunzi：A Translation and Study of the Complete Works*. Translated by John Knoblock. Stanford，CA：Stanford University Press，1988.

——. *Xunzi jijie* 荀子集解 [Collected commentaries to the Xunzi]. 2 vols. Edited by Liang Yunhua 梁运华. Beijing：Zhonghua shuju，1988.

——. *Xunzi：The Complete Text*. Translated by Eric. L. Hutton. Princeton，NJ：Princeton University Press，2014.

Yang，Guorong. "The Debate between Scientists and Metaphysicians in Early Twentieth Century：Its Theme and Significance." *Dao：A Journal of Comparative Philosophy* 2. 1 (December 2002)：79 - 95.

Ye，Xiaoqing. *The Dianshizhai Pictorial：Shanghai Urban Life，1884 - 1898*. Michigan monographs in Chinese studies，vol. 98. Ann Arbor：Center for Chinese Studies，University of Michigan，2003.

Ye，Yonglie 叶永烈，ed. *Zhongguo kehuan xiaoshuo shiji huimou congshu* 中国科幻小说世纪回眸丛书. Fujian：Shaonian ertong chubanshe，1999.

Meng，Yue. *Shanghai and the Edges of Empire*. Minneapolis：University of Minnesota Press，2006.

Zarrow，Peter，ed. *Creating Chinese Modernity：Knowledge and Everyday Life，1900－1940*. New York：Peter Lang，2006.

Zhang，Guixing 张桂兴，ed. *Lao She nianpu* 老舍年谱. Shanghai：Shanghai wenyi chubanshe，1997.

Zhang，Zhi 张治. "Wanqing kexue xiaoshuo chuyi：dui wenxue zuopin ji qi sixiang beijing yu zhishiye de kaocha" 晚清科学小说刍议：对文学作品及其思想背景与知识野的考察. *Kexue wenhua pinglun* 科学文化评论 6.5（2009）：69－96.

Zheng，Wei 郑为，ed. *Dianshizai huabao shishi hua xuan* 点石斋画报时事画选. Beijing：Zhongguo gudian yishu chubanshe，1958.

Zheng，Wenguang 郑文光. *Zheng Wenguang zuopin xuan* 郑文光作品选. Guangdong：Renmin chubanshe，1983.

Zhongguo jindai wenxue cidian 中国近代文学辞典. Edited by Wei Shaochang 魏绍昌 et al. Zhengzhou：Henan jiaoyu chubanshe，1993.

Zhongguo jinxiandai renming dacixian 中国近现代人名大辞典. Edited by Li Shengping 李盛平 et al. Beijing：Zhongguo guo ji guang bo chubanshe，1989.

Zhongguo kexue wenyi daxi 中国科学文艺大系. 4 vols. Edited by Zong Jiehua 宗介华 et al. Hunan：Hunan Jiaoyu chubanshe，1999.

Zhou，Liyan 周黎燕. "Fan wutuobang shiye zhong de Maocheng

ji" 反乌托邦视野中的《猫城记》. *Chongqing sanxia xueyuan xuebao* 重庆三峡学院学报 26. 127 (April 2010): 85 - 89.

Zhuangzi 庄子. *Zhuangzi jinzhu jinyi* 庄子今注今译 [The Zhuangzi with contemporary exegesis and translation]. 3 vols. Edited by Chen Guying 陈鼓应. Beijing: Zhonghua Shuju, 2001.

——. *The Complete Works of Chuang Tzu*. Translated by Burton Watson. New York: Columbia University Press, 1968.

Žižek, Slavoj. *The Sublime Object of Ideology*. London: Verso, 2008. First published in 1989.

译后记

“当我们谈论科幻小说的时候我们在谈论什么”，这个问题是每一个科幻小说研究者和爱好者都不得不面临的问题，也是蔼孙那檀教授试图在本书中探讨的基本问题。

在杜克大学读研时，我接触了蔼孙那檀教授和他的著作，也有幸担任翻译一职。翻译的过程也是学习的过程，这部著作对我自己的硕士和博士研究都有重要的价值。蔼孙那檀教授本人也积极参与了翻译的过程，他耐心地回答我针对英文原文或史料所提出的一系列问题，对工作的进展时时保持关注，令我非常感动。

在翻译的过程中，我逐渐认识到本书既是中国科幻研究史乃至中国近代文学研究史上具有开拓性意义的一部著作，又是一部真正的跨学科人文研究的典范之作。作者有志于跳出学术领域分类的死板框架，打通科幻研究、中国文学研究、后殖民研究和媒介研究的范畴，结合文学和历史学的研究方法，在各个研究领域、理论框架中寻找一个交叉点，试图讨论科幻这一复杂的历史社会生成过程和文类现象，为此后学者们的研究提供了宝贵的思路。作者沿袭美国文学研究学者对科幻小说与殖民主义、帝国主义和科学技术史等之间关系的理论思路，掷地有声地指出清末中国科幻小说特有的时代焦虑和主题性——东方主义和帝国主义。

这部著作出版后即在国内外科幻研究界享有盛名，正因为如此，我更希望能够精细、准确地完成翻译工作，也希望这部不完美的翻译作品能够传达出最贴近原文的主旨和思考。将蔼孙那檀教授复杂的理论思考翻译为中文实属不易，如有拗口之处还请广大读者谅解。我在翻译过程中，逐一核查了所有引用的中文史料、文学文本和研究文献原文，力图做到学术上的准确和严谨。凡是对英文原文作出调整改动的地方都做了注解，例如史料不可考、原文有误、针对中文读者的背景信息的删减等。

除了蔼孙那檀教授本人对翻译工作的支持外，我还要感谢其他科幻研究和文学界的师友对我的慷慨相助，包括对译文仔细校对、勘误和撰写中文版序言的吴岩教授，还有从这一项目起始就持续关注的作家陈楸帆先生，以及提供过帮助支持的李广益教授和宋明炜教授，在此一并表示由衷的感谢。

王丁丁

2024年10月10日

于圣地亚哥